第四届茅盾文学奖获奖作品

第四届茅盾文学奖获奖二十周年纪念

# 白鹿原

中卷

陈忠实/著

作家出版社

# 第十四章

鹿兆鹏经历了投身国民革命以来的头一遭危机，他险些被捕。

那是白鹿原刚刚进入三伏的一个溽热难熬的夜晚，他从井里绞上一桶水提到竹坛旁边的渗坑前，抹下了汗褟儿挂到竹枝上，用一只葫芦瓢舀满水从头顶浇下来，冰凉的井水激得他全身起一层鸡皮圪塔。这当儿有两个陌生人走到他跟前问：「鹿校长住哪个屋？」兆鹏停住搓身的手想说「我就是」，话到出口时却完全变了样：「找鹿校长呀？他跟我是隔壁住南排第三间房子，从过道进去，朝右首拐就到了。他刚刚洗毕躺下了。」他瞧见后院的黑暗处还站着两三个人。他在那一瞬间感到脊梁骨发冷，同时意识到事情不妙，说着又舀起一瓢水浇到头上，双手在胸脯上对搓起来，搓得肌肤咯吱咯吱响着。那两个人朝过道的方向走去，后边的三个人也匆匆跟了上去。他们的举动和脚步使他联想到尚不老练的猎人。兆鹏从竹枝上扯下汗褟儿，绕过竹坛跑到围墙根下纵身扒住墙头，黄土围墙的土屑刷刷下落的声音招来了枪声。他翻过围墙以后才感到了恐惧，刚刚收获过麦子的田野无遮无掩，连一只兔子也难以隐蔽。他顺着围墙朝南跑了一段，然后灵机一动，又纵身翻过围墙进入学校。他从枪声和叫声的方向判断，那五个抓捕他的人已分成两路朝北朝东追去了。他走到竹坛跟前冲刷掉蹭在身上的黄土汗泥，把汗褟儿套到身上，这时教员们全都惊诧地围过来。「他们开始动手了。」兆鹏说，「要走的



趁早快走，不要等到他们再来。」他早已作过安排，凡是公开了共产党员身份的教员全部离开白鹿镇小学，唯一没有公开身份的龚教员将坚守阵地。他离开仍然惊疑未定的教员们回到自己的房子，把藏在书架背后墙壁窑窝里的短枪取出来，掖到腰里又披上一件制服，然后匆匆离去。几位党员教员把他送到学校后门都不说话。「我会去找你们的。」兆鹏说罢就转过身走进黑夜中的旷野。他随后的二十多年里，又经历过无数次的被盯梢被跟踪被追捕的险恶危机，却都不像这夜的脱身记忆鲜明。这一夜正式标志着他在白鹿原进入地下工作……

事情来的并不突然。农历三月，桃红柳绿，阳光明媚，突然从南方传来了一股寒流，蒋介石策动了「四·一二」政变，国共分裂了。鹿兆鹏参加了省委特别委员会议之后回到白鹿原，黑娃和他的革命三十六弟兄正热切地巴望他带回上级关于实行土地分配的具体方案，他看见黑娃时强忍着悲愤交集的沉重心情，装出一副往常的豁达：「同志们，现在必须先抓武装力量！」在只有他和黑娃俩人在场的时候，兆鹏就向农会主任交了底：「蒋介石动手杀共产党了！北伐失败了！」黑娃瞪着眼骂：「我日他妈！我们受闪了，挨黑挫了！」兆鹏说：「省委特别会议决定要抓武装。这是血的教训。我们这回吃了没有军队的大亏。」

鹿兆鹏随之就进山去了。葛条沟有一股五六十人的土匪，据山为王的是辛龙辛虎两兄弟，曾经从逃窜的白腿乌鸦兵手里缴获了二十多杆长枪，成为山里最硬手的一支土匪武装。鹿兆鹏此行就是说服辛家兄弟把土匪改建为革命军队。黑娃却从另一条路进山去找另一股土匪。

大约过了十天，兆鹏回到白鹿镇，抑止不住欢欣鼓舞的心情说：「我们有了自己的军队了！」黑娃却沮丧地说：「我说破

嘴皮打尽了比方，也说不转人家。」

分配土地的大事被搁到一边了，黑娃和他的农会骨干们整天忙着组织训练农协武装。梭镖矛子和大刀绾上了红绸，看起来挺威风的三百多人的武装队伍，在白鹿镇游行了一回就散伙了，因为小麦黄了要收要碾了。等得小麦收打完毕进入三伏，庄稼院桃树上的毛桃发白了又变红了，革命的形势却愈见险恶。国民党和共产党共同组建的国民党省党部宣布解散，共产党和国民党共同组成的省农民协会也被勒令解散停止一切活动，国民党主持陕政的省府于主席被调回国民党中央，一位姓宋的主席临陕接替。观望等待了三个月的国民革命军驻陕冯司令终于拿定主意，投蒋反共。他发表正式声明的时间是阳历七月十五日。鹿兆鹏从白鹿镇小学逃离在这个日子的前几日，国民党里的铁腕早已等不得冯将军发表公开声明而提早动手清党了。鹿兆鹏在镇子里的一个公用茅厕装作大便，观察了白鹿镇再无什么动静，便从背街溜过去敲了敲韩裁缝的后门。他一把抱住韩裁缝的肩膀就止不住痛心裂肝地哭道：「我们上当了，我们受骗了。相煎何太急，相煎何太急哇！」

田福贤随之回到白鹿原，他的屁股后头跟着十一个士兵，士兵们一律黑制服挎长枪。田福贤没有直接进白鹿仓，而是绕道先进入白鹿镇。他看见那些熟悉的店铺掌柜们便率先抱拳拱手，彬彬有礼地颔首微笑着：「兄弟回来了！」他从黑娃的铡刀口里逃脱至今半年之久，面色愈加红润滋和了。岳维山被调离滋水县到南边山区的宁阳小县时带去了田福贤，他在那个贫瘠闭塞却又安定的小县城里过得十分逍遥，山区的珍禽野味滋补了在白鹿原上惊吓熬煎的身体亏空。当国共分裂的消息传到这个山区小县时，小麦开始泛黄。岳维山猛然站起来对田福贤说：「我们要出山了！」他们当晚吃了野鸡熊掌娃娃鱼等山区特产，喝得酩酊大醉，第二天睡醒后便打点行李骑马进省城来了。岳维山走进国民党省党部态度十分强硬：「现在的事实正好证明我在滋水县没有过错。让我还回滋水。」



他们傍晚抵达县城，当夜就派出几个尚不老到的警官到白鹿原抓捕鹿兆鹏。可他们没能如愿以偿。岳维山要田福贤留在县党部，田福贤不同意说：「我还是想回我的原上，这跟你想回滋水是一个道理。」岳维山只得同意：「也好，你回原上去也好。白鹿原是共产党的老窝，你去了我就放心了。」岳维山采取紧急手段从县保安队抽出十一名士兵交给田福贤：「这回回原上你可是够威风的了。」

田福贤回到原上的消息半天时间就传遍白鹿原的所有村庄。从他进入白鹿仓的那天后晌起，连续两天三夜都被前来拜见的人封堵在屋子里不得出门，被斗被游被整过的乡绅财东们一把眼泪一鼻涕一口血气地哭诉自己的苦楚，好些农协积极分子或者是他们的老子却满面羞愧地向他忏悔。田福贤起初沉浸在早就渴望着的报复心理之中，很快就惊觉过来：「回去回去，诸位先回去。兄弟刚回来事儿太多太忙。」他把民团士兵布在门口阻止一切前来求见的人。有人见不到他就把烧酒点心一类礼物托付民团团丁转交给他。田福贤把那些东西接到手看也不看就摔到院子里的瓦砾堆上，鼻腔里喷出一股粗浑的气浪：「还不是喝酒的时候！」

田福贤召集了下属各保障所乡约的会议。乡约们凑到一起便哭诉自己所受的辱践以及黑娃们的种种劣迹，几乎全都不曾想到总乡约召集他们来干什么。「诸位，从现在起，再不许说一句自个咋么了咋么了。」田福贤不耐烦地制止了无休止的控诉，「我们上当了受骗了。我们先前诚心实意跟共产党合作，共产党却把我们塞到铡刀口里。我从铡刀口里逃脱了也就清醒了，必须实行一个党一个主义。现在好了，该我们动手了。」田福贤讲了实施动手的具体方案，用一句话概括他的雄图大略：「这回我们在白鹿原一定要把共产党斩草除根。」

田福贤很快组建起一支二十七八人的民团武装，新招募来的团丁有财东乡绅子弟，也有穷汉家的子弟，他们穿上了由韩裁

白飘凤

刘忠波 著

中卷

一〇八

中卷

一〇九

缝承做的黑色制服上衣，下身暂时仍然穿着家做的叠腰大裆裤。在国民党的青天白日旗帜下举行了集体宣誓之后，由田福贤从县上带回来的十一名老团丁领着他们在麦茬地里进行操练。召开白鹿仓乡民大会的事也已筹备就绪，田福贤吃罢午饭以后就决定去找白嘉轩。

白嘉轩是原上所有头面人物中唯一没有向他表示问候的一个。他走进白家的四合院，白嘉轩正在铺着凉席的炕上午歇，响着令人沉迷的鼾声。白嘉轩被仙草叫醒后，看见田福贤站在跟前也不惊奇，一边用湿毛巾擦着眼脸一边平和地说：「我知道你回原上了。我看你那儿人太多就没去凑热闹。」田福贤笑着说：「老哥，你可比不得浅薄之辈。你水多深土多厚我一概尽知。兄弟今日来跟你说两个事。头一个，你这回得出山了。」白嘉轩说：「我本来就没进山嘛！」田福贤说：「你甭装糊涂。第一保障所乡约得请你出马。」白嘉轩说：「子霖不是干得好好的吗？」田福贤说：「老兄，你尽拿明白装糊涂。他那个共产党儿子把白鹿原搅了个天昏地黑，上边正在悬赏缉拿，他还能当乡约吗？」白嘉轩说：「既是这个交割，我想当你的乡约都不宜出马了，让子霖兄弟疑心我趁机抢了他的帽子戴哩！快说你的后一个事吧！」田福贤很遗憾地慨叹着说：「老哥，你真个拿得稳坐得住。农协那帮死狗赖娃斗了游了你，你好忍性啊！」白嘉轩说：「我权当狗咬了。人嘛，不能跟狗计较。」田福贤说：「你不计较是好忍性。这回咬了你的腿你忍了，再一回它噙住你脖子看你还忍不忍下？」白嘉轩说：「话能这么说也不能这么说。咱不说这话了。你不是说两个事吗？」田福贤无奈就转了话题：「我想借白鹿村的戏楼用一天。」白嘉轩不以为然地说：「借戏楼？你重返故里给原上乡党演戏呀？」田福贤说：「要猴。」白嘉轩问：「要猴？要猴用不着戏楼呀！在地场上围个圈子栽个杆子就成了喀！」田福贤说：「我这回要的是大猴妖猴，不用地场要搁到戏楼上要。」白嘉轩听出话里套话就认真地问：「你明说你用戏楼作啥用场，你不明说我不敢应承。」「要



农协那几个死狗赖娃的猴！」田福贤终于忍不住变得水泄石出，「该当整治这一帮子瞎熊坏种了！」白嘉轩说：「你要是演戏，那没说的。你要弄这号事『要』这个『猴』，请你另借别个村子的戏楼去。」田福贤从桌子旁边站起来冷笑着说：「我看中你的戏楼可不是你的戏楼上开着牡丹，是他们在白鹿村的戏楼上把我当猴要了，我要他的猴就非搁在白鹿村的戏楼上不可。叫原上的人都看看，谁要谁的猴要得好！」

田福贤坐在戏楼正中，两边的宾礼席上坐着九个保障所的八个乡约以及贺家坊的贺耀祖等乡绅。经过初步训练的民团团丁格外精神地分散在各自的岗位上执行任务，戏台两角各站着一个，台下站着一排七八个全都端着枪，另有七八个肩头挂着枪的团丁分布在台下广场上，指挥拥来的男女乡民按秩序站到一定的位置上去。田福贤开始讲话：「乡亲们，兄弟大难不死又回原上来了！」万头攒动哄哄嚷嚷的广场上顿然鸦雀无声。田福贤不失绅士风度地讲了不长的一段话就退下去了，继之登台的是金书手。他在戏楼前台尚未站稳就控制不住喊起来：「田总乡约，我不是人，我是吃草的畜生，是吃屎的狗！我胡踢乱咬是害怕黑娃的铡刀。乡党们，我今日对着日头赌咒，我说田总乡约加码征地丁银的话全是假的……」台下顿时响起了一阵议论。接着就有人跳上台子，把银元从口袋里掏出来，一摞一摞码整齐，然后到桌子前说：「这是分给俺们村的银元。俺村的人托我交还给田总乡约。」接着又有两三个人相继跳上台去交了银元。另外还有两三个人跳上台子表态说：「我的村子还没交齐，交齐了再交来。」田福贤走到台前用手势制止了继续往台上跳的人，然后把交还过银元的那几个人一一点名叫上台子说：「各人把各人交的银元都拿走，分给乡民。」那几个人谁也不拿银元，一齐鼓噪起来表示这种罪恶的钱决不能拿。田福贤火了：「国民革命不是弄钱嘛！再不把银元拿走，我就把你们的手砍了！」那几个人倍受感动地走向方桌，把银元重新装入口袋。田福贤瞅着他们跳下戏楼，突然转过身吼叫一声「乡亲们」便涕泪交流：「我田某人

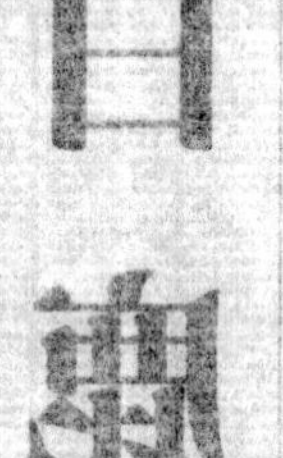

一辈子不爱钱。黑娃抢下我的钱分给各位乡亲，分了也就分了，我不要了。只要大家明白我的心就行了。」台下又变得鸦雀无声。站在一边的金书手开始打自己的耳光，左右开弓，手掌抽击脸颊的声音从戏楼上传到台下。田福贤对金书手的举动嗤之以鼻：「你的毛病没害在脸上，是害在嘴上。」田福贤说罢退到一边，后台里就走来两个团丁，把金书手三下五除二捆绑到戏楼前的明柱上，对着那张可怜巴巴的嘴用鞋底抽起来。金书手嚎叫了几声就不再叫了。台下右侧出现了骚动，那是鞋底抽击嘴巴溅出的血浆飞到台下人的脸上和身上，有人捡起一颗飞溅到地上的断裂的门牙。

接着十个团丁押着十个被五花大绑的人从后台走出，一排溜站到台前。田福贤像数点胡桃枣儿一样不慌不忙地向台下介绍：「这位是神禾村农协副主任张志安，小名牛蹄儿，他跑到三原可没有跑脱。这位是南寨村的李民生，倒是一条好汉，没跑没躲。鹿兆鹏跟黑娃眼儿明腿儿快都跑的跑了溜的溜了，把他的革命十弟兄三十六弟兄撂下代人受过……」田福贤点到最后一个人时停顿半刻：「这一位我不用介绍大家都认识。站在台上的这一排死皮赖娃里头数他年龄最高，这个棺材瓤子前一向好疯张呀！」台下通戏楼的砖砌台阶上走来一伙男女，有老汉老婆也有小伙儿媳妇，走上戏台一下子跪倒下去，磕头作揖哭诉起来：「田总乡约饶了俺那不争气的东西吧！」「田总乡约你权当是狗咬了你一口！」田福贤倒轻淡地笑着说：「你们快都起来！你们说也是白说。得由人家自己说。」那些求饶的男女一下子扑向自己的儿子或是丈夫，训斥着呵骂着推搡着要他们说话，台上台下顿时纷乱起来。有两个人跪下了。又有两个跪下了。田福贤说：「哈呀，你们的声儿太小了，台下人听不见。把他们四个弄到高处让大家都能听见他们说的啥！」

乡民们现在才明白戏楼下边临时栽起的一排木杆的用途了。这四个人被团丁押解到木杆下站定，接着从杆顶吊下来一条皮绳，系到他们背缚在肩后的手腕上，一声「起」，这四个人就被吊上杆顶。从他们的双脚被吊离地面的那一瞬起，直到他



们升上杆顶，四个人粗的或细的妈呀爸呀爷呀婆呀的惨厉的叫声使台下人感觉自己也一阵阵变轻失去分量飘向空间。田福贤站在台口对着空中的四个人说：「你们现在有话尽管说吧！」那四个人连声求饶不迭。田福贤往下压一压手臂，团丁们放松皮绳，那四个人又从杆顶回到地上。另外六个人中有三个见了扑通跪下了。田福贤站在台口瞅着跪在脚下的三个求饶者说：「我那个碎娃子要吃辣子。我说辣子辣你不敢吃。那碎崽娃子硬要吃，你越是说不敢吃，他偏要吃。我哄不下他，就给他嘴里塞一圪塔辣子。他……再不要吃辣子了。你们光跪下不行，得上一回杆，得知道辣子辣。你不知道辣子辣，日后有个风吹草动，还会旧病复发。」这六个人依法儿被推到杆子下面，又依法儿被皮绳吊上去放下来……田福贤说：「这十个死狗赖娃当中还有三个人没有说话。这三个人是好汉！贺老大你个老家伙，爱出风头爱上高台，今儿个让你上到杆顶，你觉得受活了？碎娃子不知辣子辣，你这个棺材瓤子也不知道吗？」贺老大在高杆顶上骂：「田福贤，我把你娃子没当个啥！连我裆里的东西也没当！」贺老大从空中「呸」的一声唾向台口，人们看到一股鲜红的喷泉洒向田福贤。田福贤恼怒地撩起衣襟擦着脸上的血沫儿。台下的前头又起了骚动，乡民们看见一块血红的肉圪塔在戏台前沿蹦弹了三下，那是贺老大咬断喷吐出来的半截舌头。田福贤用脚踩住了它，狠劲转动大腿用脚跟蹭了几下。贺老大的嘴巴已经成为血的喷泉，鲜红的血浆流过下巴灌进脖颈，胸前的白色布衫以及捆扎在胸脯上的细麻绳都染红了；血流通过黑色的裤子显不出色彩，像是通过了一段暗道之后在赤裸的脚腕上复现了，从脚趾上滴下来的血浆在干透起尘的地皮上聚成一摊血窝儿。田福贤又恢复了他的绅士风度：「好哇，我就看中硬汉子。蹴他！」拉绳的团丁一撒手，贺老大从空中蹾到地上，两只粗大的脚在干土地上蹬着蹭着。空中又响起木轮吱吱滚动的声音，贺老大瘫软在地的躯体又被吊起来，背缚的胳膊已经抻直，那是关节全部断裂的表征。台下已经蹲下一大片男女，把眼睛盯着脚下而不敢扬头再看空中贺老大那具被血浆成红色的身

躯。贺老大连续被蹾了三次，像一头被宰死的牛一样没有愤怒也没有呻唤了。这当儿，吊在空中另五个活着的农协骨干一齐发出了求饶声，每根吊杆下都跪着他们的父母兄弟和妻女。田福贤挥了挥手，这五个人被缓缓放回地面。「你们九个这回知道辣子辣了？」田福贤用教训他家那个碎崽娃子的口气说着，又瞅着瘫软在脚下的贺老大的尸首发出感慨，「白鹿原最硬的一条汉子硬不起来了！」

在戏楼后面的祠堂里，白嘉轩正在院子里辨识以前栽着「仁义白鹿村」石碑的方位。那块由滋水县令亲笔题字刻成的青石碑被黑娃以及他的农协三十六弟兄砸成三大块，扔在门外低洼的路道上，做为下雨路面积水时供人踩踏而过的垫脚石。白嘉轩让儿子孝文出面，请来了白鹿两姓里头几个擅长泥瓦技能的匠人，又有几个热心的中年人自觉前来打下手，把砸断的碑石捡回来，用水洗去泥巴和污物，又拼凑成一个完整的碑面了。有热心的族人建议说：「应该请石匠来刻一尊新的。花费由族里捐。」白嘉轩说：「就要这个断了的。」经过再三辨识，终于确定下来原先栽碑的方位。白嘉轩亲自压着木钉长尺子，看着工匠小心翼翼地撒下灰线，对孝文说：「尺码一寸也不准差。」

孝文领着工匠们开始垒砌石碑的底座。断裂成大小不等的三块石碑无法撑栽，孝义和匠人们策划出一个保护性方案，用青砖和白灰砌成一个碑堂，把断裂的石碑镶嵌进去。白嘉轩审查通过了这个不错的设计，补充建议把碑堂的青砖一律水磨成细活儿。

当白家父子和工匠们精心实施这个神圣的工程时，祠堂前头的戏楼下传来一阵阵轰鸣声，夹杂着绝望的叫声。工匠们受到那些声音的刺激提出想去看看究竟，甚至孝文也呆不住了。白嘉轩反而去把祠堂的大门关子插上了，站在祠堂院子里大声



说：「白鹿村的戏楼这下变成烙锅盔的鏊子了！」工匠们全瞪着眼，猜不透族长把戏楼比作烙锅盔的鏊子是咋么回事，孝文也弄不清烙锅盔的鏊子与戏楼有什么联系。白嘉轩却不作任何解释，转过身做自己的事去了。及至田福贤走进祠堂说：「嘉轩，你的戏楼用过了，完璧归赵啊！」他的口气轻巧而风趣，不似刚刚导演过一场还乡复仇的血腥的屠杀，倒像是真格儿欣赏了一场滑稽逗人的猴戏。白嘉轩以一种超然物外的口吻说：「我的戏楼真成了鏊子了！」

修复乡约碑文的工作一开始就遇到麻烦。刻着全部乡约条文的石板很薄，字儿也只有指甲盖儿那么大，黑娃和他的革命弟兄从正殿两边的墙壁上往下挖时，这些石板经不住锤击就变得粉碎了，尔后就像清除垃圾一样倒在祠堂围墙外的瓦砾堆上，不仅难以拼凑，而且短缺不全难以恢复浑全。白嘉轩最初打算从山里订购一块石料再请石匠打磨重刻，他去征询姐夫朱先生的意向，看看是否需要对乡约条文再做修饰完善的工作，尤其是针对刚刚发生过的农协作乱这样的事至少应该添加一二条防范的内容。「立乡约可不是开杂货铺！」朱先生愠怒地说，「我也不是卖狗皮膏药的野大夫！」白嘉轩还没见过姐夫发脾气，小小一点愠怒已使他手足无措了。朱先生很快缓解下来，诚挚动人地赞扬他重修乡约碑文的举动：「兄弟呀，这才是治本之策。」白嘉轩说：「黑娃把碑文砸成碎渣了，我准备用石料重刻。」朱先生摇摇头说：「不要。你就把那些砸碎的石板拼接到一起再镶到墙上。」

白嘉轩和那些热心帮忙的族人一起从杂草丛生的瓦砾堆上拣出碑文碎片，用粗眼筛子把瓦砾堆里的脏土一筛一筛筛过，把小如指盖的碑石碎块也尽可能多地收拢起来，然后开始在方桌上拼接，然后把无法弥补的十余处空缺让石匠依样凿成参差不齐的板块，然后送到白鹿书院请徐先生补写残缺的乡约文字。徐先生在白鹿村学堂关闭以后，被朱先生邀去做县志编纂工作了。他一边用毛笔在奇形怪状的石块上写字，一边慨叹：「人心还能补缀浑全么？」

白鹿村的祠堂完全按照原来的格局复原过来，农协留在祠堂里的一条标语一块纸头都被彻底清除干净，正殿里铺地的方砖也用水洗刷一遍，把那些亵渎祖宗的肮脏的脚印也洗掉了。白鹿两姓的宗族神谱重新绘制，凭借各个门族的嫡系子孙的记忆填写下来，无从记忆造成的个别位置的空缺只好如此。白嘉轩召集了一次族人的集会，只放了鞭炮召请在农协的灾火中四处逃散的列祖列宗的亡灵回归安息，而没有演戏庆祝甚至连锣鼓响器也未动。白鹿两姓的族人拥进祠堂大门，首先映入眼帘的是断裂的碑石，都大声慨叹起来，慨叹中表现出一场梦醒后的大彻大悟，白嘉轩现在才领会姐夫朱先生阻止他换用新石板重刻的深意了。他站在敬奉神灵的大方桌旁边，愈加挺直着如椽一样笔直的腰身，藏青色的长袍从脖颈统到脚面，几乎一动不动地凝神侍立。整个祭奠活动由孝文操持。在白嘉轩看来，闹事的是鹿兆鹏鹿黑娃等人，是他之下的一辈人了，他这边也应该让孝文出面而不值得自己亲自跑前颠后了。今天召集族人的锣就是孝文在村子里敲响的。

孝文第一次在全族老少面前露脸主持最隆重的祭奠仪式，战战兢兢地宣布了「发蜡」的头一项议程，鞭炮便在院子里爆响起来。白嘉轩在一片屏声静息的肃穆气氛中走到方桌正面站定，从桌沿上拈起燃烧着的火纸卷成的黄色煤头，庄重地吹一口气，煤头上便冒起柔弱的黄色火焰。他缓缓伸出手去点燃了注满清油的红色木蜡，照射得列祖列宗显考显妣的新立的神位烛光闪闪。他在木蜡上点燃了三枝紫色粗香插入香炉，然后作揖磕头三叩首。孝文看着父亲从祭坛上站起走到方桌一侧，一直没有抹掉脸颊上吊着的两行泪斑。按照辈分长幼，族人们一个接一个走上祭坛，点燃一枝紫香插入香炉，然后跪拜下去。香炉里的香渐渐稠密起来。最低一辈刚交十六刚获得叩拜祖宗资格的小族孙慌慌乱乱从祭坛上爬起来以后，孝文就站在祭坛上，手里拿着乡约底本面对众人领头朗诵起来。白嘉轩端直如椽般站立在众人前头的方桌一侧，跟着儿子孝文的领读复诵着，把他的浑厚凝重的声音掺进众人的合诵声中。孝文声音宏亮持重，仪态端庄，使人自然联想到曾经在这里肆无忌惮地进行过破坏的黑娃和他的弟兄们。乡约的条文也使众人联系到在这里曾经发生过的一切，祠堂里的气氛沉重而窒息。鹿三终于承受不住心头的重负，从人群里碰碰撞撞挤过去，扑通一声在孝文旁边跪下来：「我造孽呀——」痛哭三声就把脑袋在砖地上磕碰起来。孝文停止领诵却不知该怎么办，瞧一眼父亲。白嘉轩走过来，弯腰拉起鹿三：「三哥，没人怪罪你呀！」鹿三痛苦不堪地捶打着脑袋和胸脯，脸上和胸脯上满是鲜血，他在把脑袋撞击砖地时磕破了额头。众人手忙脚乱地从香炉里捏起香灰揞到他额头的伤口上止住血，随之架扶着他回家去了。孝文又瞅一眼父亲征询主意。白嘉轩平和沉稳地说：「接着往下念。」

鹿三虽然痛苦却不特别难堪。几乎无人不晓鹿三早在黑娃引回一个来路不明的媳妇的时候，就断然把他撵出家门的事实，黑娃的所有作为不能怪罪鹿三；鹿三磕破额头真诚悔罪的行为也得到大家的理解和同情。站在祠堂里的族人当中的鹿子霖，才是既痛苦不堪又尴尬不堪的角色。按照辈分和地位，鹿子霖站在祭桌前头第一排居中，和领读乡约的孝文脸对脸站着。鹿子霖动作有点僵硬地焚香叩拜之后仍然僵硬地站着，始终没有把眼睛盯到孝文脸上，而是盯住一个什么也不存在的虚幻处。他的长睫毛覆盖着的深窝眼睛半眯着，谁也看不见他的眼珠儿。他外表平静得有点木然的脸遮饰着内心完全溃毁的自信，惶恐难耐。白鹿村所有站在祠堂正殿里和院子里的男人们，鹿子霖相信只有他才能完全准确地理解白嘉轩重修祠堂的真实用意，他太了解白嘉轩了，只有这个人能够做到拒不到戏楼下去观赏田福贤导演的猴耍，而关起门来修复乡约。白嘉轩就是这样一种人。他硬着头皮来到祠堂参加祭奠，从走出屋院就感到尴尬就开始眯起了深窝里的眼睛。

从去年腊月直到此时的漫长的大半年时月里，鹿子霖都过着一种无以诉说的苦涩的日子。他的儿子鹿兆鹏把田福贤以及他

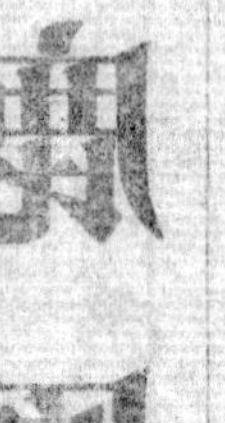

在内的十个乡约推上白鹿村的戏楼，让金书手一项一项揭露征收地丁银内幕的时候，他觉得不是金书手不是黑娃而是儿子兆鹏正朝他脸上撒尿。就是在那一瞬间，他忽然想起了岳维山和兆鹏握在一起举向空中的拳头；就是在那一瞬间，他在心里迸出一句话来：我现在才明白啥叫共产党了！鹿子霖猛然挣开押着他的农协会员扑向戏楼角上的铡刀，吼了一声「你把老子也铡了」就栽倒下去。他又被人拉起来站到原位上，那阵子台下正吼喊着要拿田福贤当众开铡，兆鹏似乎与黑娃发生了争执。他那天回家后当即辞退了长工刘谋儿。他听说下一步农协要没收土地，又愈加懒得到田头去照料，一任包谷子棉花疯长。他只是迫不得已才在午间歇晌时拉着牲畜到村子里的涝池去饮水，顺便再挑回两担水来。老父鹿泰恒也说不出有力的安慰他的话，只管苦中嘲笑说：「啥叫羞了先人了？这就叫羞了先人了！把先人羞得在阴司龇牙哩！」

田福贤回原以后，那些跟着黑娃闹农协整日价像过年过节一样兴高采烈的人，突然间像霜打的红苕蔓子一夜之间就变得黢黑蔫塌了；那些在黑娃和他的革命弟兄手下遭到灭顶之灾的人，突然间还阳了又像迎来了自己的六十大寿一般兴奋；唯有鹿子霖还陷入灭顶之灾的枯井里，就连田福贤的恩光也照不到他阴冷的心上。田福贤回到原上的那天后晌，鹿子霖就跑到白鹿仓去面见上级，他在路上就想好了见到田总乡约的第一句话「你可回咱原上咧！」然后俩人交臂痛哭三声。可是完全出乎鹿子霖的意料，田总乡约嘴角咂着卷烟只欠了欠身点了点头，仅仅是出于礼节地寒暄了两句就摆手指给他一个座位，然后就转过头和其他先他到来的人说话去了，几乎再没有把他红润的脸膛转过来，鹿子霖的心里就开始潮起悔气。两天后田福贤召开了各保障所乡约会议，十个乡约参加了九个独独没有通知他，他就完全证实了面见田福贤时的预感。鹿子霖随后又听到田福贤邀白嘉轩出山上马当第一保障所乡约的事，他原先想再去和田福贤坐坐，随之也就默自取消了这个念头。鹿子霖一头蹬脱了一头抹掉了——两只船都没踩住。先是共产党儿子整了他，现在是国民党白鹿区分部再不要他当委员，



连第一保障所乡约也当不成了。鹿子霖灰心丧气甚至怨恨起田福贤。在憋闷至极的夜晚只能到冷先生的药房里去泄一泄气儿。别人看他的笑话，而老亲家不会。冷先生总是诚心实意地催他执杯，劝他作退一步想。冷先生说：「你一定要当那个乡约弄啥？人家嘉轩叫当还不当哩！你要是能掺三分嘉轩的性气就好了。」鹿子霖解释说：「我一定要当那个乡约干毬哩！要是原先甭叫我当，现在不当那不算个啥，先当了现时又不要我当，是对我起了疑心了，这就成了大事咧！」冷先生仍然冷冷地说：「哪怕他说你是共产党哩！你是不是你心里还不清楚？肚里没冷病不怕吃西瓜。我说你要是能掺和三分嘉轩的性气也就是这意思。」

鹿子霖接受了冷先生的劝说在家只呆了三天，冷先生给他掺和的三分嘉轩的性气就跑光了。田福贤在白鹿村戏楼上整治农协头子的大会之后，鹿子霖再也闭门静坐不住了，跑进白鹿仓找到过去的上司发泄起来：「田总乡约，你这样待我，兄弟我想不通。兄弟跟你干了多年，你难道不清楚兄弟的秉性？我家里出了个共产党，那不由我。兆鹏把你推上戏楼，也没松饶我咯！他把我当你的一伙整，你又把我当他的一伙怀疑，兄弟我而今是猪八戒照镜子里外不是人……」田福贤起初愣了半刻，随之就打断了鹿子霖的话：「兄弟你既然把话说到这一步，我也就敞明叫响，你家里出了那么大一个共产党，不要说把个白鹿原搅得天翻地覆，整个滋水县甚至全省都给他搅得鸡犬不宁！你是他爸，你大概还不清楚，兆鹏是共产党的省委委员，还兼着省农协副部长，你是他爸，咋能不疑心你？」鹿子霖赌气地说：「他是啥我不管，我可是我。我被众人当尻子笑了！我没法活了！你跟岳书记说干脆把我押了杀了，省得我一天人不人鬼不鬼地受洋罪……」田福贤再次打断他的话：「兄弟你疯言浪语净胡说！我为你的事跟岳书记说了不下八回！我当面给岳书记拍胸口作保举荐你，说子霖跟我同堂念书一块共事，眼窝多深睫毛多长我都清楚，连一丝共产党的气儿也没得。岳书记到底松了口，说再缓一步看看。你心里

不受活说气话我不计较，你大概不知道我为你费了多少唾沫？」鹿子霖听了，竟然双手抱住脑袋哇的一声哭了：「我咋么也想不到活人活到这一步……」

鹿子霖站在祭桌前眯着眼消磨着时间，孝文领读的乡约条文没有一句能唤起他的兴趣，世事都成了啥样子了，还念这些老古董！好比人害绞肠痧（绞肠痧：中医指腹部剧痛不吐不泻的霍乱。）要闭气了你可只记着喂红糖水！但他又不能不参加。正当鹿子霖心不在焉站得难受的时候，一位民团团丁径直走进祠堂，从背后拍了拍他的肩膀：「田总乡约请你。」一个「请」字就使鹿子霖虚空已极的心突兀地猛跳起来。鹿子霖走进白鹿仓那间小聚会室，田福贤从首席上站起来伸出胳膊和他握手。当即郑重宣布：「鹿子霖同志继续就任本仓第一保障所乡约。」在田福贤带头拍响的掌声中，鹿子霖深深地向田福贤鞠了一躬，又向另九位乡约鞠了一躬。两个黑漆方桌上摆满了酒菜，鹿子霖有点局促地坐下来。田福贤说：「今日这席面是贺老先生请诸位的。我刚回到原上，贺老先生就要给卑职接风洗尘，我说咱们国民党遵奉党规不能开这吃请风之先例。今天大局初定全赖得诸位乡约协力，又逢子霖兄弟复职喜事，我接受贺老先生的心意，借花献佛谢承诸位。」贺耀祖捋一捋雪白的胡须站起来：「我活到这岁数已经够了，足够了。黑娃跟贺老大要铡了我，我连眨眼都不眨。我只有一件事搅在心里，让黑娃贺老大这一杆子死狗赖娃在咱原上吆五喝六掐红捏绿，我躺在地底下气也不顺，甭说活着的人了！福贤回来了原上而今安宁了，我当下死了也闭上眼睛了！」鹿子霖站起来：「承蒙诸位关照，特别是田总乡约宽宏大量，明天受我一请。」立即有几位乡约笑说：「即使天天吃请也轮不到你，一个月后许是轮上……」田福贤打断说：「诸位好好吃好好喝听我说，原上大局已定，但还是不能放松。各保障所要一个村子一个寨子齐过手，凡是参加农协的不管穷汉富



户，男人女人，老的小的，都要叫他说个啥！把弓上硬，把弦绷紧，把牙咬死，一个也不能松了饶了！要叫他一个个都尝一回辣子辣。如若有哪个还暗中活动或是死不改口，你把他送到我这儿来，我的这些团丁会把他教乖。再，千万留心那些跑了躲了的大小头目的影踪……」田福贤回过头对坐在旁边的鹿子霖说：「前一向你没到任，第一保障所所辖各村动静不大，你而今上任了就要迎头赶上，这下就看你的了。」田福贤说的是真心话。白鹿村在原上举足轻重的位置使他轻易不敢更换第一保障所的乡约，出于各方面的考虑，他仍然保全了鹿子霖，只有他可以对付白嘉轩。

鹿子霖经过一天准备，第二天就召开了白鹿村的集会，从白鹿仓借来八个团丁以壮声威，田福贤亲自参加以示督战。白鹿村那些当过农协头目的人被押到戏楼上，田福贤第一次在这儿开大会时栽下的十根杆子还未拔掉，正得着用场。白鹿村农协分部的大小头目甚至不算头目的蹦达得欢的几个人也都被押到台上，正在准备如法炮制升到杆顶上去。这些人早已见过贺老大被蹾死的惨景，一看见那杆子就软瘫了，就跪倒在鹿子霖面前求饶。鹿子霖瞧也不瞧他们，只按照既定的程序进行。五六个人已经被推到木杆下，空中坠下带钩的皮绳，钩住了背缚在肩后的手腕。这当儿白嘉轩走上台子来。鹿子霖忙给白嘉轩让座位，他早晨曾请他和自己一起主持这个集会，白嘉轩辞谢了，又是那句「权当狗咬了」的话。白嘉轩端直走到田福贤的前头鞠了一躬，然后转过身面向台下跪下来：「我代他们向田总乡约和鹿乡约赔情受过。他们作乱是我的过失，我身为族长没有管教好族人理应受过。请把他们放下来，把我吊到杆上去！」乱纷纷的台下顿时鸦雀无声。田福贤坐在台上的桌子后边一时没了主意，白嘉轩出奇的举动把他搞得不知所措。鹿子霖呆愣了片刻就走到白嘉轩跟前，一边拉他的胳膊一边说：「嘉轩，你这算做啥？人家斗你游你，你反来为他们下跪？」白嘉轩端端正正跪着凛然不可动摇：「你不松口我不起来！」鹿子霖放开拉扯的手又奔到田福贤跟前，俩人低声商议了一阵，田福贤就不失绅士风度地走到台沿：

陈忠实 著
中卷 二二一

「嘉轩快起来。」田福贤又对台下说，「看在嘉轩面子上，把他们饶了。」白嘉轩站起来，又向田福贤打躬作揖。田福贤说：「白兴儿和黑娃婆娘不能放。这俩人你也不容他们进祠堂。」白嘉轩没有说话就退下台去，从人群里走出去了。鹿子霖已经不耐烦地挥一挥手，白兴儿和田小娥就升上空中，许多人吼叫起来：「蹴死他！」「蹴死那个婊子！」田小娥惨叫一声就再叫不出，披头散发吊在空中，一只小巧的尖头上绣着一朵小花的鞋子掉下来……对白兴儿没有施用蹴刑，只轻轻儿从杆顶放下来，两只手高举着被绑捆到头顶的木杆上。田福贤说：「乡党们大家看看他那两只手！」人们一齐拥到白兴儿跟前，那两只鸭蹼一样连在一起的手指和手掌丑陋不堪，怪物似的被好奇的人们仔细观赏。白兴儿平时把手包藏得很严，庄场上又不准人围观，能看到他的连指手的机会几乎没有。田福贤嘲笑说：「长着这种手的人还想在原上成事？！」白兴儿满面羞辱地紧闭着双眼，蜡黄的瘦长条脸上虚汗如注。一个团丁提着一把弯镰似的长刀站在木杆下，像是表演拿手绝技一样洋洋得意地扬起手臂，用刀尖一划一挑，把白兴儿食指和中指间的鸭蹼一样的薄皮割断了。白兴儿一声惨叫连着一声惨叫，像被劁猪匠压在地上割破包皮挤出两颗粉红色睾丸的伢猪的叫声。一些胆小心软的人纷纷退后，一些胆大心硬的人挤上去继续观赏。团丁的刀刃和刀把都已被血浆染红，鲜血从他攥着刀把的后掌里滴落到地上，他仍然不慌不忙地扬起刀，小心翼翼地用刀尖对准两个指头之间的薄皮一划一挑，直到把两只手掌做完了事。白兴儿已经喊哑了嗓子，只见他频频张嘴却听不到一丝声音。

「行啊行啊！你行啊子霖！你今日耍猴耍得最绝！」田福贤说，「就这样往下耍。就这么一个村子一个寨子齐摆摆儿往过耍。皇上他舅来了跪下求情也不松饶！」鹿子霖说：「白鹿原上怕是再也寻不出第二个白嘉轩了。你今日亲眼看见了，嘉轩这人就是个这。」田福贤说：「嘉轩爱修祠堂由他修去，爱念乡约由他念去，下跪为人求情也就这一回了。你干你的事甭管他。你可甭忘了黑娃，他跑了不是死了！黑娃在你保障所辖区又在你的村里，你该时刻留心他的影踪！」鹿子霖说：「怕是他有十个胆，也不敢回原上来了。」田福贤说：「只要我在这原上，谅他也不敢回来。不是他回来不回来的事，咱得下功夫摸着他的踪影，把这猴儿耍了才算耍得好！」

# 第十五章

黑娃早已远走高飞。他现在穿一身青色军装制服，头戴硬壳短舌大盖帽，腰里结一根黑色皮带，缀着紫红皮穗的短枪挂在腰际，十分英武十分干练地出出进进旅部的首脑机关。这是一支国民革命军的加强旅。黑娃已经成为习旅长最可信赖的贴身警卫。

黑娃总是忘不了从白鹿原逃走时的情景。那天晚上兆鹏从城里回来就赶到设在祠堂的农协总会来，把一张纸条交给他说：「你拿这条子去投奔习旅。不能再拖，今黑间就走。」黑娃接住纸条看也没看装进口袋叹了口气：「狼还没来哩娃先跑光了。」他嘴角那一缕嘲弄自己的笑意下隐现着痛苦，「十弟兄三十六弟兄都是我煽呼起来的，他们闹农协没得到啥啥好处，而今连个安宁光景也过不成了。人家父母妻子这下该咋样恨我哩？」兆鹏急了：「现在是啥时候，还说这种话干什么？你今晚就走。还没走的同志由我负责。」黑娃气憋憋地说：「我不走，我决意不走！我就坐在这儿让田福贤把我打死。我跟农协一块完蛋！」

黑娃还是听从了兆鹏的话决定逃走。他和兆鹏在祠堂里最后瞅了一眼就走出来。他回到窑里抱住小娥就忍不住大哭，哭得伤心至极浑身瘫软。他第二天早晨起来就动手担水和泥，把坍塌的猪圈补垒起来，把窑面上脱落的泥皮重新抹糊浑全，就



像和小娥刚刚住进这个窑洞时那种居家过日月的样子，其实心境全非了。无法抵挡的沮丧和灰败的情绪难以诉说，他仅仅只是悲哀地向亲爱的小娥尽最后一点男人的义务了。这天夜里，他才向小娥说透了要走的话。「你走了我咋办？你走哪儿我跟到哪儿，你不带我我就跳井……」黑娃瞪着眼不说话，这是早就料想得到的。小娥哭着叫着发疯似的把他的胸脯抓抠得流血：「你好狠心呀，你跑了躲了叫田福贤回来拿我出气……」黑娃说：「这没有办法。」这当儿响起了两声枪声。黑娃爬起来一边穿衣服一边说：「你再不放手就没我了。他们来了。」黑娃跑出窑洞就躲在坡塄上一个塌陷的墓坑里，五六个人喘着气奔到窑洞口，砸响了窑门。他听见他们的吆喝和小娥惊吓的哭声，不久就看见那几个人吆吆喝喝又奔村子里去了。黑娃从墓坑爬出来，蹲在他的窑垴上久久不动，窑里传出小娥绝望的哭泣。他终于咬着牙离开了。

黑娃在黎明时分走进了习旅的营地。习旅驻扎在滋水县城东边的古关道口，进可以立即出击省城，败可以退入山中据关扼守。凭着兆鹏的纸条，他当即被编入一团一营一连一排，换上了一身青色军装。黑娃大约接受了半月之久的立正稍息、向右转向左转向后转、起步走正步走跑步走、一、二、三、四和一二三、四的基本操练之后，才开始持枪训练。黑娃接住排长发给他长枪的那一刻，突然想到田福贤；在他第一次领到金黄的子弹时，他又想到了田福贤。他想，金黄色的子弹从乌黑的枪管里呼啸而出，击中田福贤那颗头发稀疏头皮发亮的圆脑袋有多么舒心啊。他第一次摸到枪把儿的那一瞬间，手心里有一种奇异的感觉，完全不同于握着锨把儿镢把儿或打土坯的夯把儿的感觉，从此这感觉就伴随着他不再离去。那枝枪很快就成为他手中的一件玩物，第一次实弹演习几乎打了满靶，因此被提为一排一班班副。接着的一场实弹演练比赛中，他以单臂托枪左手叉腰的非操练姿势连打连中，习旅长观看完比赛就把他调进旅部警卫排，手里又添了一把折腰子短枪。他握住折腰子比握住任何农具都更能唤起他的激情和灵感，突然他悟觉到自己可能天生就不是抡镢捉犁的，而是玩枪的角

色；好多老兵练了多年瞄准射击的动作要领仍然常常脱靶，可他无论长枪短枪尤其是短枪，都能玩得随心所欲。他的干练与机敏似乎是与生俱来，又带着某些连他自己也说不清白的神秘色彩。有一次习旅长正对全体官兵训话，四个贴身卫士站在习旅长左右，黑娃和警卫排的其余卫士站在前排，从各种角度封住了可能射向习旅长的路径。黑娃突然预感到要发生什么事了，那种感觉像绳索一样越勒越紧，不是眼睛而是脑袋里头突然闪现出一根黑色的枪管，他猛然拔地而起，纵身一跃，像豹子一样迅疾地扑上去把习旅长压倒在地，几乎同时听到了一声枪响。站在习旅长左右面对着台下的四个卫士还愣呆在原地，子弹擦着黑娃的左肩拉开了皮肉，习旅长安全无恙。那个谋杀的士兵已经被打翻在地，随之被愤怒的士兵携溜到台上，当下就招出了他当刺客放黑枪的由来。「放开他！让他走。」习旅长说，「你回去告诉我大哥，别脸皮太薄，别抹不下脸来剿灭我，派你这号饭桶蒸馍笼子来放黑枪成不了事，即就成了事也太龌龊了嘛！」

习旅长和冯司令是结拜兄弟，他们是在莫斯科学习军事指挥时结拜的。冯司令发表投蒋反共以前以后，都没有忘记说服习旅长继续与他结盟。习旅是省内乃至西北唯一一支由共产党人按自己的思想和建制领导的正规军，现在扼守在古关道口，为刚刚转入地下的共产党保住了一条通道。黑娃随之就被习旅长调为贴身卫士。习旅长半是玩笑半是认真地说：「调你来保卫我责任重大，你明白吗？我习某并不重要，死一个死十个都不重要。可在眼下这要紧弦上我很重要，千万不能给人拿黑枪打了。没我了就没有习旅了，没习旅了，共产党就彻底成了空拳头干急没办法了。冯司令派人朝我打黑枪，不是我跟冯司令人缘不好，是他要我改姓共为姓国我不改，你、明、白吗？」黑娃一下子心血来潮：「黑娃明白！旅长你放心，我有三只眼！」习旅长畅快地大笑着拍了一下黑娃的肩膀。

习旅长待黑娃情同手足。一个重大的军事行动基本决定，部队将要撤离滋水县的古关道口进入渭河边上的时候。习旅长对




黑娃说：「青黄不接时月，你回去安置一下，也看看媳妇」黑娃借机向习旅长请求，让白鹿原和他一起投奔习旅的四个弟兄也能回家一趟。习旅长点头同意了。黑娃一行五人全换上了便装，装作结伙出门揽活的庄稼汉，赶天擦黑时上了白鹿原。五人分道走向各自的村庄，约定在贺家坊贺老大的坟墓上集合。

黑娃走进白鹿村正值夜深人静，树园子里传出狼猫和咪猫思春的难听的叫声。黑娃敲响了窑洞的门板。小娥张皇惊咋的声音黑娃一听就心软了。他把嘴贴着门缝说：「甭害怕甭害怕，我的亲蛋蛋儿！你哥黑娃……」小娥猛然拉开门闩，把一身热气的光身子扑到他怀里，哇的一声哭了。不期而至的欢愉几乎承受不住，小娥趴在黑娃怀里哭诉鹿子霖田福贤把她吊上杆顶的痛楚；又惊慌失措地拼打火石点亮油灯，让黑娃看她胳膊上手腕上被绳索勒破的疤痕；突然又噗的一声吹灭油灯，惊恐万状地诅咒自己太马虎了，点灯无异于给田福贤的民团团丁们引路，说着就把黑娃往窑门外头推搡：「快走快跑！逮住你你就没命咧！」黑娃猛然用力把小娥揽入怀里，用一只手从背后关了门，再把光溜溜的小娥抱到炕上塞进被窝，说：「啥事都甭说了，我都知道了。」他在小娥的枕头边坐下来：「他们逮不住我，你放心，光是让你在屋受恓惶……」小娥又哇的一声哭了，从被窝里跃起来抱住黑娃的脖子：「黑娃哥呀，要是不闹农协，咱们像先前那样安安宁宁过日子，吃糠咽菜我都高兴。而今把人家惹恼了逗急了容不下咱们了，往后可怎么过呀？你躲到啥时候为止哩？」黑娃说：「甭吃后悔药，甭说后悔话。我在外头熬活挣钱，过一些时月给你送钱回来，总有扳倒田福贤的日子！我还要把他压到铡刀底下……」窗外传来鸡啼，黑娃脱了衣服溜进被窝，把在被子外头冻得冰凉抖嗦的小娥搂抱得紧紧的，劫难中的欢愉隐含着苦涩，虽然情渴急烈，却没有酣畅淋漓。当窑门外的鸡窝里再次传来鸡啼的声音，黑娃就从小娥死劲的箍抱里挣脱出来，穿好衣服，把一摞银元塞到她手里。

黑娃赶到贺家坊村北的一堆黑森森枳树坟园前学了一声狗叫，枳树那边也起了一声狗的叫声相呼应，已有三人先到，只差一位弟兄了。四个人隐伏在枳树坟园的四个方向，终于等来了最后一个弟兄，在埋着贺老大被蹾碎了骨头的尸首的坟墓前跪下来，黑娃把一绺事先写好的引魂幡挂到枳树枝上，枳树上的尖刺扎破了手指，一滴鲜血浸洇到写着：「铡田福贤以祭英灵——农协五弟兄」的白麻纸条上。不敢点蜡不敢焚香更不敢烧纸，五个人递传着把一瓶烧酒奠在坟头，叩首长拜之后就离开了。一个弟兄说：「田福贤明日又要忙活了。」黑娃说：「挠一挠田福贤的脚心，叫他也甭睡得太安逸了！」

「这是吓我哩！」田福贤看了看白麻纸上的字随手丢到桌子上说：「他们要是有本事杀我，早把我都杀了。」

挂在枳树枝上的引魂幡子是贺家坊一个早起拾粪的老汉发现的。贺耀祖揣着它亲自来见田福贤。田福贤平淡的反应让贺耀祖觉得丧气：「福贤，你千万千万不可掉以轻心。斩草除根除恶务尽。黑娃一伙逃了躲了贼心可没死哇！」田福贤仍然雍容大度地说：「叔哎，你的话说的都对着哩！黑娃这一帮子死狗赖娃全是共产党煽呼起来的，共产党兴火了他们就张狂了，共产党败火了他们也就塌火了。」送走了贺耀祖，田福贤就对民团团长下令，把团丁分成四路到各个村子去，把黑娃三十六弟兄的家属带到白鹿仓来。

小娥走进白鹿仓立即感到气氛不对，叫她畏怯的团丁们一个个全都笑容可掬，不像训斥仇人而是像接待亲戚贵宾一样带着她走进一个屋子，里面摆着桌凳并要她坐下。小娥不敢坐，又不敢不坐，就在最后边靠墙的一个拐角颤怯怯坐下来，低下头就再不敢抬起来。田福贤在台上讲第一句话她就抑制不住心的狂跳，不敢抬头看田福贤的眼脸而是把头垂得更低了。田福贤的口吻很轻松，似乎在讲一个有趣的故事：「我前几天到县上去撞见朱先生。朱先生耍笑说：『福贤，你的白鹿原成了鏊子了。』我想起白嘉轩也对我说过这句话。我才明白嘉轩的话其实是从他姐夫那儿趸下的。嘉轩说这话时我没在意，当是说耍话的，弄清了这话是朱先生的话我才在意了。朱先生是圣人，向来不说诳话，他说的话像是闲话其实另有后味。



我回来想了几天几夜才解开了，鏊子是烙锅盔烙葱花大饼烙馍的，这边烙焦了再把那边翻过来，鏊子底下烧着木炭火。这下你们解开了吧？还解不开你听我说，这白鹿原好比一个鏊子，黑娃把我烙了一回，我而今翻过来再把他烙焦。」田福贤讲到这儿，一直沉默拘谨的听众纷纷噢噢噢醒悟似的有了反应。田福贤受到鼓舞，又诚恳地感慨说：「要叫鏊子凉下来不再烙烫，就得把底下的木炭火撤掉。黑娃烙我是共产党煨的火，共产党而今垮塌了给它煨不上火了，所以嘛我现在也撤火——」在座的家属全都支长耳朵听着。田福贤郑重地说：「把你们的子弟丈夫叫回来，甭再东躲西藏了。叫他们回来到仓里来走一趟，说一句『我错了，我再不跟人家吆老鸦了』就行了。哪怕一句话不说只要来跟我见个面就算没事了。我说这话你们信下信不下？」众人不吭声。这时有人站起来证实：「我是黑娃三十六弟兄的二十一弟兄。我跑到泾阳在一家财东家熬活，团丁把我抓回来。我只说非杀了我剐了我没我的小命了。田总乡约跟我只说了一句，『回去好好过日子，再甭跟人瞎闹了』。我而今实实后悔当初……」又一个小伙接着说：「我躲到城里一家鞋铺子给人家抹褙子，夜夜想我妈想我大。我偷偷跑回来给民团逮住了……田大叔宽容了我，我一辈子不忘恩德。」这两个人的现身说法打动了许多人，人们虽然担心软刀子的杀法，但还是愿意接受软的而畏惧硬的，当下就有几个人争相表态，相信并感激田总乡约的恩德，明天就去寻找逃躲在外的儿子或丈夫回来悔罪。田福贤笑着向表态的人一一点头，忽然站起来睃巡会场，终于瞅中了低头坐在屋子拐角的小娥：「黑娃屋里的，你听我说，黑娃是县上缉捕的大犯。其他人我敢放手处理，对黑娃我没权处理，但我准备向县上解说，只要黑娃回来，我就出面去作保。冤仇宜解不宜结，化干戈为玉帛，甭把咱这白鹿原真个弄成个烙人肉的鏊子！我佩服朱先生……」

紧接着的六七天时间里，那些逃躲在外的三十六弟兄中的许多人便由他们的父兄领着走进了白鹿仓。田福贤实践诺言，不仅没有加害这些曾经吆喝着把他压到铡刀底下的对手，反而像一个宽厚长者训导淘气的晚辈：「好咧行咧，有你一句知错改错的话就对咧！回去好好下苦，把日子往好哩过，不瞧瞧你爸都老成啥样子咧？」感动得赔罪者愧悔嗟叹，有的甚至热泪滚滚。田福贤这一下完全征服了白鹿原，街论巷议都是宽厚恩德的感叹。这种局面影响到民团团丁，由高度紧张变得松懈起来。田福贤看到了就及时训话：「把这些人宽大了，实际是把老鸦落脚搭窝的树股给它砍掉了，鹿兆鹏这号老鸦再没处落脚垒窝了。你们敢松手吗？外表上越松，内里越要抓紧盯死，一心专意地瞅住共产党。鹿兆鹏跑进城里去了，偷偷还回原上来过几回……你们啥时候能抓住他？我给诸位的赏金早都准备停当了，数目比省上悬赏的数儿还大！」

小娥回到窑里就开始了慌乱，有一半信得下田福贤的话，又有一半信不下。过了几天，听到许多黑娃的弟兄都得到田福贤的宽宥，她就开始发生了朝信的一面的决定性偏倒。她表现得很有主见，一丝也不糊涂，必须让田福贤按他的诺言行事，应该由他先给县上说妥以后再让黑娃回来，不能让黑娃回来以后再由他到县上担保；万一县上不答应，可就把黑娃害了。她几次在白鹿镇通白鹿仓的路上踅来踅去，总是下不了决心鼓不起勇气走过去。她想起把田福贤押上白鹿村戏楼再压到铡刀口时的情景。她那会儿作为妇女代表风风光光坐在戏楼上观看对田福贤的审判，看见田福贤被绳索拘勒成紫茄子色的脖颈和脸膛，两只翻凸出来的眼球布满血丝，那眼睛里流泄出垂死的仇恨、垂死的傲气和少许的一缕胆怯。现在，那两只翻凸出来布满血丝的眼球终日价浮现在她的眼前，她执瓢舀水时那眼球在水缸里，吓得她失了手；她拉风箱烧锅时那眼球又在灶膛的麦秸火焰里，吓得她几乎折断了风箱杆儿；更为不可思议的是，她在冒着蒸气的熬得黏稠的包谷糁子的粥锅里又看见了那双眼球——那天坐在白鹿仓会议室后排拐角，她鼓足勇气从两个脑袋的间隙里偷偷溜了田福贤一眼，滋润的方脸



盘上嵌着一双明澈温厚的眼睛……她在路口装作买东西在摊贩货堆前踅磨了一阵就退回原路来，根深蒂固的自愧自卑使她不敢面对那双明澈的眼睛，就朝镇子的中街走过去，一转身拐进了第一保障所的大门。

小娥一看见鹿子霖叫了一声「大」就跪下了：「大呀，你就容饶了黑娃这一回！」鹿子霖愠怒地斥责：「起来起来。有啥话你说嘛跪下做啥？」小娥仍然低头跪着：「你不说个饶字我不起来。」「爱跪你就跪着。」鹿子霖说，「你寻错人登错门了。黑娃是县上通缉的要犯，我说一百个饶字也不顶用。那天田总乡约亲口给你说了，叫你把黑娃叫回来他再给县上作保，你该去给田总乡约回话。」小娥说：「我一个女人家不会说话，我也不敢进仓里去……」鹿子霖揶揄地说：「你不是都敢上戏楼吗？咋着连仓里的门就不敢进了呢？」小娥羞愧地垂着头：「好大哩，现时还说那些事做啥！黑娃年轻张狂了一阵子，我也张狂了几回，现在后悔得提不起了。」鹿子霖说：「你就这样去给田总乡约回话，就说你两口子张狂了后悔了再不胡成精了。」小娥说：「我求大跟田总乡约说一下。你是乡约说话顶用。黑娃好坏是你侄儿，我再不争气是你老的侄媳妇。我再没亲人……」鹿子霖不再开口，这个一进入白鹿村就被阿公鹿三撵出家门的小媳妇和他算得近门，他和鹿三同辈，又比鹿三小几岁，她自然叫他大大，他从来也没有机缘听她叫一声大。她现在跪在他面前一句一声「大」地叫着，他有点为难了；他又一次感到自己心慈面软的天性，比不得白嘉轩那样心硬牙硬脸冷，甚至比不得鹿三。小娥继续诉说：「大呀，你再不搭手帮扶一把，我就没路走了。我一个女人住在村外烂窑里，缺吃少穿莫要说起，黑间狼叫狐子哭把我活活都能吓死，呜呜呜……」

「唉——」鹿子霖长长地吁叹一声，「你起来坐下。我给田总乡约说说就是了。」说着点燃一根黑色卷烟，透过眼前由浓而淡缓缓飘逸弥漫着的蓝色烟雾，鹿子霖看见小娥撅了撅浑圆的尻蛋儿站立起来，怯怯地挪到墙根前歪侧着身子站着，用

已经沾湿的袖头不住地擦拭着流不尽的泪水，一绺头发从卡子底下散脱出来垂在耳鬓，被泪水洗濯过的脸蛋儿温润如玉光洁照人，间或一声委屈的抽噎牵动得眉梢眼角更加楚楚动人，使人突生怜悯。鹿子霖意识到他的心思开始脱缰就板下脸来：「你叫我给田总乡约说活，也得说清黑娃到底在哪达嘛。」小娥猛乍扬起头来：「我要是知道他在哪达。我就把他死拽回来了。他只说他给人家熬活，死口不说在东在西。」鹿子霖忙问：「他啥时候给你说他给人家熬活来？他回来过？」小娥也不想隐瞒：「他半个月前回来过一回，给我撂下几个铜子叫我籴粮食度春荒，鸡叫头遍进窑门，鸡叫二遍又出了窑门。我问他在哪达，他怕我去寻他，他死活不透底儿……」鹿子霖「噢」了一声，又鼓励小娥继续说下去：「你说这话我信哩！」小娥说：「你给田总乡约把话靠实，只要能饶了他，他再回来给我送钱时，我就拉住他不叫他走……」小娥说着又轱辘辘滚下泪珠来。鹿子霖说：「好了，我立马去找田总乡约。你回吧，你放心地等我的回话。把眼泪擦了，甭叫街上人看见笑话。」鹿子霖叮嘱着，看见小娥有点张皇失措地撩起衣襟去擦眼泪，露出了一片耀眼的肚皮和那个脐窝，衣襟下露出的两个乳头像卧在窝里探出头来的一对白鸽。他只扫瞄了一眼，小娥捋下衣襟说：「大！那我就托付你了，我走了。」

鹿子霖走进白鹿仓找到田福贤直言道：「贺老大坟上的引魂幡子是黑娃娃的。」他看着田福贤惊异的神色愈加自得地学说了与小娥谈话的过程，正是从小娥透露的黑娃回家的时间准确无误地推测出这个结果。田福贤问：「她没说黑娃在哪达？」鹿子霖说：「看来她是真不知底儿。黑娃也逛得鬼得很哩！」田福贤断然说：「好啊子霖，你谈的这个情况很重要。你马上可以给她满碟子满碗地回话，只要黑娃投案回来一概不究，县上通缉的事由我包了。你千方百计把这女人抚拢住，哪怕她漏出一丝黑娃的影踪也好。那样的话你就立下大功了！」





第三天夜里，鹿子霖敲响了小娥窑洞的门板。他刚刚从贺家坊喝酒回来。贺耀祖见了挂在贺老大坟上的引魂幡怒不可遏，指挥族人把贺老大家老三辈的祖坟从贺氏坟园里挖走了，业已腐朽的骨殖和正在腐烂的尸体全都刨出来扔到沟里去了。贺耀祖置备酒席庆贺，邀集本仓的头面人物赴宴。田福贤恪守夜不出仓的戒律谢辞邀约。鹿子霖痛痛快快咥了一顿喝了一通谝了个尽兴，夜深人静时分呼吸着麦苗青草的清新气息，浑身轻松地从村子东边的慢坡道上下来，走进了小娥独居的窑院。窑里传出小娥睡意朦胧惊恐万状的问话声。「你大。」鹿子霖说：「甭害怕。我是你大。」

木门闩哐哧滑动一声门开了一扇，鹿子霖侧身进去随手关上了木闩，窑里有一股霉味烟味和一股异香相混杂，他的鼻膜受到刺激连连打了三个喷嚏。「甭点灯了，省得招惹人眼。」鹿子霖听见黑暗中的小娥拼打火镰火石就制止了，「凳子在哪达？炕边在哪儿？我啥也看不见。」「在这儿。」小娥说。鹿子霖就觉着一只软软的手抓着他的胳膊牵引他坐到一条板凳上，从那种异样的气味判断，小娥就站在他的右侧，可以听见她有点喘急的呼吸声息。「大呀，我托你办的事咋个向？」小娥说话的气浪吹到他的耳鬓上。「说好了说妥了，全按你想的说成了。」鹿子霖爽气地说着，压低声儿变得神秘起来，「还有一句要紧话我不敢对你说。你女人家嘴不牢捅出去，不说你不说黑娃，连我也得倒灶！」小娥急切切地说：「大，你放心说。我不是鼻嘴子娃娃连个轻重也掂不来？」鹿子霖黑暗里摇摇头说：「这话太紧要太紧要了！随便说了太不保险。」小娥无奈地问：「大呀，你信不下我我咋办……那要不要我给你赌咒？」「赌咒也不顶啥。」鹿子霖从凳子上站起来，一字一板说：「这话嘛得、睡、下、说。」小娥像噎住了似的低声说：「大——」鹿子霖断然说：「这会儿甭叫大。快上炕。」

鹿子霖在黑暗如漆的窑洞里站着，对面的小娥近在咫尺鼻息可感，他没有伸出双臂把她挟裹到炕上去，而是等待小娥的举

动。小娥没有叫喊，没有朝大大脸上吐唾沫，只是站着不动也不吭声。听见一声呢喃似的叹息，站在他对面的影柱儿朝炕那边移动，传来脱衣服的窸窸窣窣的响声。鹿子霖的心底已经涌潮，手臂和双腿控制不住地颤栗；他丢剥了夹褂儿又褪下了夹裤，摸到炕边时抖掉了布鞋就跷上炕去；当他的屁股落到炕上时感到了一阵刺疼，破烂的炕席上的篾片儿扎刺进皮肉去了；他顾不得疼痛，揭开薄薄的被子钻进去。小娥羞怯地叫：「大——」鹿子霖嘻嘻地嗔怨：「甭叫大甭叫大，再叫大大就羞得弄不成了！」他已经把那个温热的身子紧紧裹进怀里，手忙脚乱嘴巴乱拱，这样的年纪居然像初婚一样慌乱无序，竟然在刚刚进入的一瞬便轰然一声塌倒。他躺在她身上凝然不动，听着潮涌到心间的血液汩汩退回到身体各部位去，接着他一身轻松无比清醒地滚翻下来，搂住那个柔软的身体，凑到她的耳根说：「黑娃万万不能回来！」小娥呼地一下豁开被子坐起来：「你哄我？你把事没办妥，你哄着我睡觉……」鹿子霖欠起身说：「我说你们女人家沉不住气，你还说你赌咒哩！听我把话说完——」他把她搂住按进被窝：「我给田福贤把你的话说了，田福贤也答应了，昨日专门到县里去寻岳书记，岳书记也答应只要黑娃回来认个错，就啥话不提了。说黑娃万万不能回来是我的主意。你听了我的话好，你要信田福贤的话就去叫黑娃回来……」小娥忙问：「大，你咋说万万不敢回来？咋哩？」鹿子霖说：「你们女人家只看脚下一步，只摸布料光的一面儿，布的背面是涩的，桌子板凳墙壁背面都是涩粗麻麻的。田福贤万一是设下笼套套黑娃咋办？」小娥倒吸一口气「噢」了一声。鹿子霖说：「田福贤跟我是老交情，我本不该说这话。我实实不想看见你钻进人家的套套儿里去。我这人心软没法子改。黑娃辱践了我，按说我该跟田福贤合伙收拾他，可你那天往保障所去给我面前一站一跪一哭，唉……」小娥完全失望地说：「那咋办呀？黑娃不回来我咋活呀？」鹿子霖说：「大给你把后头十步路都铲平了。这样吧！就让黑娃在外头熬着混着哪怕逛着，总比睁着眼钻笼套强。先躲过眼下的风头再说，说不定风头过了也就没事了，



说不定田总乡约调走了也就好办了，你嘛，你就过你的日子，大给你钱你去籴粮食，日后没事了，黑娃回来了，大也就不挨你的炕边了。」说着坐起来，摸到衣服掏出几个银元，塞到小娥手里。小娥突然缩回手：「不要不要！我成了啥人了嘛？」鹿子霖嗔怒地说：「你成了啥人了？你成了大的亲蛋蛋了！不是大的亲蛋蛋儿，大今黑还能给你说这一河滩体己话？」他穿上衣裤，下了炕站住斩劲地说：「谁欺侮你你给大说，大叫他狗日水漏完了还寻不见锅哪儿破了。关门来。大逢五或者逢十来，把炕上铺得软和些儿。」

隔两三日即逢五，鹿子霖耐着性子俟到逢十的日子，又一次轻轻弹响了那木板门。如果逢五那天去了，间隔太短，万一小娥厌烦反倒不好，间隔长点则能引起期待的焦渴。鹿子霖吃罢晚饭，给他的黄脸女人招呼一声，就到神禾村去了，自然说是有公事。他在那儿推牌九手气大红，用赢下的钱在村子小铺里买了酒和牌友们干扳着喝了。他现在不需要像头一次那样繁冗的铺陈，一进门就把光裸着身子的小娥揽进怀里，腾出一只手在背后摸到木闩插死了门板，然后就把小娥托抱起来走向炕边，小娥两条绵软的胳膊箍住了他的脖子。鹿子霖得到呼应就受到鼓舞受到激发，心境中滞留的最后一缕隐忧顿然消散。他把她轻轻放到炕上，然后舒缓地脱衣解裤，提醒自己不能再像头一回那样惊慌那样急迫，致使未能完全尽兴就一泄如注。他侧着身子躺进被窝，一股浓郁的奇异的气息使他沉迷。小娥迎接他的到来，钻进他的怀里。他再次清醒地提示自己不能急迫慌乱，用他的左手轻轻地抚摩她的后颈和脊背，他感到她的手臂一阵紧过一阵地箍住他的后背，把她美好无比的奶子偎贴到他的胸脯上。她的温热的脸腮和有点凉的鼻尖偎着他的脸颊，发出使他怜悯的轻微的喘息，他控制着自己不把嘴巴贴过去，那样就可能使他完全失控。他的手掌在她细腻滑润的背脊上抚摩良久就扩展到她的尻蛋儿上，她在他怀里颤栗了一下。他抽回手从她柔软的头顶抚摩下去，贴着脖颈通过腰际掠过臀部下滑到大腿小腿，一直到她穿着睡鞋的小

脚，便得到了一个统一的感觉，他又从她的脸膛搭手掠过脖颈，在那对颤颤的奶子上左右旋摩之后，滑过软绵的腹部，又停留在他最终的目标之上，小娥开始呢呢喃喃扭动着腰身。他已经从头到脚一点不漏地抚遍她全身的每一寸肌肤，开始失控，于是便完全撒缰。他扬起头来恨不能将那温热的嘴唇咬下来细细咀嚼，他咬住她的舌头就不忍心换一口气丢开。他吻她的眼睛，用舌头舔她的鼻子，咬她的脸蛋，亲她的耳垂，吻她的胸脯，最后就吮咂她的奶子，从左边吮到右边，又从右边换到左边，后来就依恋不丢地从乳沟吻向腹部，在那儿像是喘息，亦像是准备最后的跨越，默默地隐伏了一会儿，然后一下子滑向最后的目标。小娥急促地扭动着腰身，渴望似的呢喃着叫了一声：「大呀……」鹿子霖一扬手掀去了被子，翻身爬伏上去，在莽莽草丛里冲突之后便进入了，发疯似的摇曳扇摆起来：「大的个亲蛋蛋儿呀，娥儿娃呀，大爱你都爱死了……」鹿子霖享受了那终极的欢乐之后躺下来吸烟，卷烟头上的火光亮出小娥沉醉的眯眼和散乱的乌发，小娥又伸出胳臂箍住他的腰，她的奶子抵着他的上臂，在他耳根说：「大呀，我而今只有你一个亲人一个靠守了……」鹿子霖慷慨地说：「放心亲蛋蛋，你放心！你不看大咋着心疼你哩！你有啥难处就给大说。谁敢咯你一口大气大就叫他挨挫！」鹿子霖弹了烟灰坐起来穿衣服。小娥拢住他的胳膊说：「大，你甭走，你走了我害怕。」鹿子霖问：「害怕啥哩？」小娥说：「有人时不时地在窑垴学狼嚎，学狐子哭吓我哩！」鹿子霖呵呵一笑：「你既然知道那是人不是狼。你怕啥？你关门睡你的觉甭理他。我收拾他。」他心里非常清楚，小娥虽好，窑洞毕竟不是久留之地。随后就断然走出了窑洞。

那个学狼嚎学狐子哭的人叫狗蛋儿，三十岁了仍是光棍一条，熬得有点淫疯式子。他爸叫他出去熬活挣钱给他订媳妇，他说不先给他娶媳妇他就不出门去给人下苦熬活，父子俩不得统一，老子随后气死了，狗蛋儿成了游荡鬼，更没人给他提媒



说亲了，狗蛋儿在黑娃逃走以后，就把直溜溜的眼睛瞅住了小娥的窑洞。他夜里从人家菜园偷拔一捆葱拿来向小娥献殷勤，小娥隔着窑窗在里头骂，他把葱捆儿放在门坎上就走了。他偷葱偷蒜偷桃偷杏，恰如西方洋人给女人献花一样献到小娥的门坎上窗台上然后招呼一声说：「小娥你尝一口我走了。」他的痴情痴心得不到报偿，就在窑垴上学狼嚎学孤子哭吓唬她，以期小娥孤身一人被吓得招架不住时开门迎他进窑。再后来，狗蛋儿居然编出一串赞美小娥的顺口溜词儿在窑窗外反复朗诵。

鹿子霖这一夜正搂着小娥亲昵抚摩的当儿听到了狗蛋的创造。狗蛋在窑窗外一字一板朗诵，还用手掌击打着节拍：「小娥的头发黑油油。小娥的脸蛋赛白绸。小娥的舌头腊汁肉。小娥的脸，我想舔。小娥的奶，我想揣。小娥的屄，我想日。我把小娥瞅一眼，三天不吃不喝不端碗；宁吃小娥屙下的，不吃地里打下的；宁喝小娥尿下的，不喝壶里倒下的……」鹿子霖贴着小娥的耳朵说：「你说他唱得好，明晚再来唱。」小娥就对着窗口说：「狗蛋哥，你唱得真好听。我今黑听够了想瞌睡了。你明黑再来唱多唱一阵儿。」

狗蛋第二天黑夜又在窑窗外朗诵起来，朗诵一遍还要问一句：「小娥，你看我唱得好不好？」小娥就说：「好听好听，你再唱一遍。」鹿子霖不失时机地走到窑门口，从背后抓住了狗蛋的后领，一串耳光左右开弓抽得密不透风：「狗蛋你个瞎熊，瞎得没眉眼咧！」狗蛋已经瘫在地上求饶。鹿子霖说：「你今日撞到我手里，算你命大。你要是给族长知道了，看不扒了你的皮！」狗蛋吓得浑身筛糠连连求饶。鹿子霖抓着后领的手一甩，狗蛋爬起来撒腿就跑得没有踪影了。鹿子霖仍然遵守五、十的日子到窑里来寻欢。

狗蛋好久不敢再到窑院里去献殷勤，不敢学狼嚎狐子哭更不敢朗诵赞美诗。他终于耐不住窑洞的诱惑，这夜又悄悄爬在窑

窗窗台上，蹙着鼻子吸闻窗缝里流泄出来的窑洞主人的气味。他听到小娥娇声嗲气的一声呢喃，头发噌的一声立起来；又听到小娥哼哼唧唧连声的呻唤，他觉得浑身顿时坠入火海；接着他就准确无误地听到一个熟悉的男人的声音：「你受活不受活？」狗蛋判断出是鹿子霖大叔的声音，一下子狂作起来，啪地一拳砸到窗扇上喊：「好哇。你们日得好受活！小娥你让乡约日不叫我日，我到村里喊叫去呀！你叫我日一回我啥话不说。」咣一声门板响，小娥站在门口朝狗蛋招手。狗蛋离开窗子迎着小娥走进窑去。鹿子霖猫下腰贴着窑壁溜出门来，吓出一身冷汗，满心的欢愉被那个不速之客破坏殆尽。

狗蛋慌手慌脚脱光了衣服，抱住小娥的腰往炕边拽。他的从未接触过异性肌肤的身体承受不住，在刚刚搂住小娥腰身的一霎之间，就「妈呀」一声蹲下身去，双手攥住下身在脚地上哆嗦抽搐成一团。小娥在黑暗里骂：「滚！吃舍饭打碗的薄命鬼！」狗蛋站起来纠缠着不走。小娥哄唆说：「后日黑你来。」狗蛋挨过了一夜两天盼到了又一个夜晚，他蹑手蹑脚走进窑院叩响窑门之际，就被黑影里跳出的两个团丁击倒了，挨了一顿饱打。团丁是鹿子霖从仓里借来的，打得狗蛋拖着腿爬回他的屋里去了。

这件事不消半天，就在白鹿村风传得家喻户晓。白嘉轩在事发后的头一天早晨听到了族人的汇报，当即作出毫不含糊而又坚决的反应。在修复完备的祠堂正厅和院子里，聚集着白鹿村十六岁以上的男女，女人被破例召来的用意是清楚不过的。白孝文主持惩罚一对乱淫男女的仪式显得紧张。他发蜡之后接着焚香，领着站在正厅里和院子里的族人叩拜三遭，然后有针对性地选诵了乡约条文和族法条律，最后庄严宣判：「对白狗蛋田小娥用刺刷各打四十。」孝文说毕转过头请示父亲。白嘉轩挺身如椽，脸若蒙霜，冷峻威严地站在祭桌旁边，摆了摆头对孝文说：「请你子霖叔说话。」鹿子霖站在祭桌的另一边，努力挺起腰绷着脸。他被孝文请来参加族里的聚会十分勉强，借口推辞本来很容易。他沉思一下却朗然应允了。他对孝文轻轻摆摆头，不失风范地表示没有必要说话。

小娥被人从东边的厢房推出来。双手系在一根皮绳上，皮绳的另一端绕过槐树上一根粗股，几个人一抽皮绳，小娥的脚就被吊离地面。白狗蛋从西边的厢房推出来时一条腿还跛着，吊到槐树的另一根粗股上，被撕开了污脏的对襟汗褂儿露出紫红的皮肉。为了遮丑，只给小娥保留着贴身的一件裹肚儿布，两只奶子白皙的根部裸露出来。执行惩罚的是四个老年男人，每两个对付一个，每人手里握一把干酸枣棵子捆成的刺刷，侍立在受刑者旁边。白嘉轩对鹿子霖一拱手：「你来开刑。」鹿子霖还拱一揖：「你是族长。」白嘉轩从台阶上下来，众人屏声静息让开一条道，走到田小娥跟前，从执刑具的老人手里接过刺刷，一扬手就抽到小娥的脸上，光洁细嫩的脸颊顿时现出无数条血流。小娥撕天裂地地惨叫。白嘉轩把刺刷交给执刑者，撩起袍子走到白狗蛋跟前，接过执刑人递来的刺刷，又一扬手，白狗蛋的脸皮和田小娥的脸皮一样被揭了，一样的鲜血模糊。白狗蛋叫驴一样干嚎起来。白嘉轩撩着袍角重新回到祠堂的台阶上站住，凛然瞅视着那两个在槐树上扭动着的躯体。鹿子霖比较轻捷地走到小娥跟前，接过刺刷抡圆胳膊，结结实实抽到小娥穿着夹裤的尻蛋上，然后把刺刷丢到地上转过身去。他再次接过刺刷抽到狗蛋的胸脯上，无数条鲜血的小溪从胸脯上流泄下来注进裤腰。鹿子霖转身要走的当儿，狗蛋儿哭叫着喊：「你睡了，我没睡你还打我！」整个庭院里变得凝结了一样。鹿子霖早已备着这一着，冷笑着说：「我知道你恨着我！团丁抓你那夜，该把你捶死在窑门口！」白嘉轩立即向族人郑重解释：「子霖早察觉了狗蛋的不轨，派团丁收拾过他，他才怀恨在心反咬一口。加打四十。」孝文先走到狗蛋跟前，推走了鹿子霖，再接过刺刷迎面抽去，狗蛋就再不敢胡咬了。他走到小娥跟前瞅了一眼那半露的胸脯，一刷抽去。那晶莹如玉的奶根上就冒出鲜红的血花，迅即弥散了整个胸脯。鹿三接过刺刷刚刚扬起来，却像一堵墙似的朝后倒去，跌在地上不省人事。鹿三的出现激起了几乎

所有做父亲母亲的同情，也激起了对淫乱者的切齿愤恨，男人女人们争着挤着抢夺刺刷，呼叫着「打打打！」「打死这不要脸的婊子！」刺刷在众人的手里传递着飞舞着，小娥的嘶叫和狗蛋的长嚎激起的不是同情而是更高涨的愤怒。鹿子霖站在台阶上对身旁的白嘉轩说：「兄弟要去仓上，得先走一步。」

狗蛋被人拖回家就再没有起来。他先被团丁用枪托砸断了一条腿，接着又被刺刷抽得浑身稀烂。时值热天，无以数计的伤口三几天内就肿胀化脓汇溃成脓血，不要说医治，单是一口水也喝不到嘴里，他发高烧得喉咙冒火，神智迷糊，狂呼乱叫：「冤枉啊冤枉！狗蛋冤枉……我连个锅底也没刮成就……挨了黑挫……」村里人后来听不到叫声，才走进那幢破烂厦屋去，发现他死在水缸根下，满屋飞舞的绿头苍蝇像蜂群一样嗡嗡作响。

小娥的境况好多了。她拖着浑身流血的身体挪回窑洞，鹿子霖当天晚上就来看护她。鹿子霖在炕边伏下身刚叫了一声「亲蛋蛋呀」，小娥就猛乍伸出手来抓抠他的脸。「甭抠甭抓。」鹿子霖抓住她的手腕说，「留下大这一张脸还有用场。」小娥挣脱手，还要抓要抠：「我给你害得没脸了，你还想要脸？」鹿子霖镇定地说：「你没脸了大知道。大这张脸再抓破了咱们就没有一张脸了，也就没人给你报仇了。」小娥冷笑着说：「给我报仇？凭你？你先说说让我听听你咋么着给我报仇？」鹿子霖说：「你先看病养好身子再说。君子报仇十年不晚。」说罢就伏在小娥脸上哭了：「你挨了刺刷受了疼我知道。可你不知道白嘉轩整你只用三成劲，七成的劲儿是对着我……人家把你的尻子当作我的脸抽打哩！」他终于使小娥安静下来，留下一把银元：「你明日就去看伤。甭怕人七长八短咬耳朵。人有脸时怕这怕那，既是没脸了啥也都不怕了，倒好！」

小娥第二天一早走过白鹿村村巷又走进白鹿镇的街道。她什么人也不瞅，任凭人们在她背后指指戳戳窃窃私语，真的如同



鹿子霖大说的没脸了反倒不觉得胆怯了。她走进白鹿中医堂坐到冷先生的当面。冷先生瞅她一眼既不号脉也不察看伤势，开了一个方子递给抓药的相公，又对小娥说：「大包子药煎了内服。小包子药熬成汤水洗伤，一天洗三回。」

小娥关了窑门脱得精光，用布巾蘸着紫黑色的药水往脸上身上涂抹，药水浸得伤口疼痛钻心。晚上，鹿子霖虔诚地替她洗刷伤口，她又感激得想哭。三天以后，大大小小被刺刷扎破的伤口全都结了痂。七天以后，那些疤痂全部脱落。半月以后，她的脸颊和身体各部位的皮肤又光洁如初。大约是冷先生的药物的神奇效力，她的脸膛更加红润洁净，胸脯更加细白柔腻。这一夜，她和鹿子霖倾心抚爱在一起，真有许多患难不移的动情之处。鹿子霖双手捧着她的脸说：「记得我说的话吗？白嘉轩把你的尻蛋子当作我的脸蛋子打哩刷哩！你说这仇咋报——」小娥知道他其实已经谋划好了，就静静地听着不语。鹿子霖说：「你得想法子把他那个大公子的裤子抹下来。那样嘛，就等于你尿到族长脸上了！」

陈忠实 著 中卷 二四二

# 第十六章

麦子收罢新粮归仓以后，原上各个村庄的「忙罢会」便接踵而至，每个村子都有自己过会的日子。太阳冒红时，白鹿原的官道小路上，庄稼汉男女穿着浆捶得平展硬峥的家织布白衫青裤，臂弯里挎着装有用新麦子面蒸成的各色花馍的竹提盒笼儿，乐颠颠地去走亲访友，吃了喝了谝了，于日落时散散悠悠回家去。今年的「忙罢会」过得尤其隆重尤其红火，稍微大点的村庄都搭台子演大戏，小村小寨再不行也要演灯影耍木偶。形成这种盛况空前的热闹景象的原因不言而喻，除了传统的庆贺丰收的原意，便是平息了黑娃的农协搅起的动乱，各个村庄的大户绅士们借机张扬一番欢庆升平的心绪。

俟到贺家坊的「忙罢会」日，贺耀祖主持请来了南原上久负盛名的麻子红戏班连演三天三夜，把在贺家坊之前演过戏的大村大户压倒了苦住了，也把原上已经形成的欢乐气氛推到高潮。这是一年里除开过年的又一个轻松欢乐的时月，即使像白嘉轩这样严谨治家的大庄稼主户，也表现出十分通达贤明的态度。日头还未落下原去，白嘉轩站在院庭里宣布：「今个喝汤（关中人把晚饭通称喝汤。）喝早些。喝了汤都去贺家坊看戏。我在屋看门。」他又走出大门走进牲畜圈场，对刚刚背着一笼苜蓿回来的鹿三说：「三哥今黑你去看戏。我来经管牲口。麻子红今黑出台唱的是拿手戏《葫芦峪》。」鹿三推让说：「你去你去，你也爱看戏咯！」白嘉轩说：「我跟麻子红已经说妥，给贺家坊唱毕接着到咱村唱，咱白鹿村的会日眼看也就到了嘛！咱村唱起戏来我再看。」鹿三把缀着一串串紫色花絮的苜蓿从笼里掏出来，码齐摞堆在铡墩跟前。白嘉轩揭起铡刀刃子，鹿三跪蹲下一条腿，把一撮撮苜蓿拢起来喂到铡刀口里去。白嘉轩双手压下铡刀，咔哧一声，切断的苜蓿齐刷刷扑落到脚面上，散发出一股清香的气味，从土打围墙上斜泄过来的一抹夕阳的红光照在主仆二人的身上。鹿三接着给水缸里挑满了水，然后推了几车晒干的黄土垫了圈，再把牲口牵回圈里，拌下一槽苜蓿，拍打了肩头前襟后背上的土屑到前院屋里去喝汤。鹿三是个戏迷，逢着哪个村子唱戏，甚或某户人家办理丧事请有吹鼓手为死人安堂下葬唱乱弹，他都要赶去看一场听一回过一过戏瘾。牛犊念书不开窍，整日价跟着鹿三犁地种庄稼务弄牲畜，也就跟着鹿三染上了戏瘾。喝毕汤以后，暮色苍茫里鹿三咂着烟袋，胯骨旁边跟着牛犊走出白鹿村看戏去了。

白孝文也是个戏迷。白鹿原上百分之九十以上的男人无论贫富贵贱都是秦腔戏的崇拜者爱好者。看戏是白孝文唯一的喜好唯一的娱乐。白孝文已经被确立为白鹿两姓族长的继任人，他主持修复祠堂领诵乡约族规惩罚田小娥私通的几件大事树立起威望，父亲白嘉轩只是站在后台为他撑腰仗胆。孝文出得门来从街巷里端直走过去，那些在荫凉下裸着胸膛给娃娃喂奶的女人，慌忙拉扯下衣襟来捂住了奶子躲回屋去；那些在碾道里围观公狗母狗交配的小伙子，远远瞧见孝文走过来就立即散开。白孝文开始替代族长父亲到那些弟兄们闹得不可开交的家庭里去主持分家事宜，到那些为地畔为墙根为猪拱鸡刨打得头破血流的族人家里去调解纠纷。他居中裁判力主公道敢于抑恶扬善，决不两面光溜更不会恃强凌弱。他说话不多却总是一句两句击中要害，把那些企图在弟兄伙里捞便宜的奸诡之徒或者在隔壁邻居之间耍弄心术的不义之人戳得翻肠倒肚无言以对。他比老族长文墨深奥看事看人更加尖锐，在族人中的威信威望如同刚刚出山的太阳。他的形象截然区别于鹿兆鹏，更不可与黑娃同日而语。他不摸牌九不掷骰子，连十分普及的纠方狼吃娃媳妇跳井下棋等类乡村游戏也不染指，唯一

的娱乐形式就是看戏。白孝文喝毕汤先礼让父亲去看戏，声言由自己看门兼侍弄牲口。白嘉轩朗然说：「你去看去。你叫你屋里人也去，天热睡不下喀！」白孝文再到上房问奶奶去不去，然后又问母亲去不去，奶奶和母亲既然都不去，他就再没有去问自己的屋里人。他拿了一把竹皮扇子出门上路了。

贺家坊的戏楼前人山人海，浓烈的旱烟气儿搅和着汗酸味儿在戏台下形成一个庞大的气团，令人窒息。戏楼两边的台柱上挂着两个盛满清油的大碗，碗沿上搭着的一条粗捻上冒着滚滚油烟，炽红的灯火把台子上的演员照得忽明忽暗。本戏《葫芦峪》之前加演折子戏《走南阳》，被王莽追赶着的刘秀慌不择路饥渴交困，遇见一位到田里送饭的村姑，戏剧便在刘秀与这位村姑之间展开。刘秀此时没有了皇帝的架势纯粹是一个死皮赖娃，不仅哄唆得村姑向他奉献出篮子里的蒸馍和瓦罐里的麦仁汤，而且在吃饱喝胀有了精神之后便要骚使拐调戏起村姑来了：「今日里吃了你半个馍，我封你昭阳半个宫。」刘秀唱着许诺着就伸手去摸村姑的脸蛋儿。「今日里吃了你两个半个馍，我封你昭阳坐正宫。」刘秀唱着许诺着又撩起腰带摔打到村姑的前裆里。麻子红出演村姑，天生的娇嫩甜润的女人嗓音特富魅力，人们已经忘记了他厚厚的脂粉下打着摞儿的大小麻窝儿，被他的表演倾倒了。村姑对刘秀死乞白赖打诨骂俏动手动脚的骚情举动明着恼暗着喜噘嘴拒斜眼让半推半就实际上好的那个调调儿，麻子红把个村姑演得又稚又骚。台下一阵阵起哄叫好打唿哨，小伙子们故意拥挤着朝女人身上蹭。白孝文站在台子靠后人群稍微疏松的地方，瞧着刘秀和村姑两个活宝在戏台上打情骂俏吊膀子，觉得这样的酸戏未免有碍观瞻伤风败俗教唆学坏，到白鹿村过会时绝对不能点演这出《走南阳》。他心里这样想着，却止不住下身那东西被挑逗被撩拨得疯胀起来。做梦也意料不到的事突然发生了，黑暗里有一只手抓住了他的那个东西。白孝文恼羞成怒转过头一看，田小娥正贴着他的左臂站在旁侧，斜溜着眼睛瞅着他，那眼神准确无误明明白白告示他：你要是敢吭声我也就大喊



大叫说你在女人身上耍骚！白孝文完全清楚那样的后果不言而喻，聚集在台下的男人们当即会把他捶成肉坨子，一个在戏台下趁黑耍骚的瞎熊不会得到任何同情。白孝文慌恐无主，心在胸膛里突突狂跳双腿颤抖脑子里一片昏黑，喊不敢喊动不能动，伸着脖子僵硬地站着佯装看戏。戏台上的刘秀和村姑愈来愈不像话地调情狎昵。那只攥着他下身的手暗暗示意他离开戏场。白孝文屈从于那只手固执坚定的暗示，装作不堪沤热从人窝里挤出去，好在黑咕隆咚的戏场上没有谁认出他来。那只手牵着他离开戏场走过村边的一片树林，斜插过一畛尚未翻耕的麦茬地，便进入一个破旧废弃的砖瓦窑里。

钻进破烂的砖瓦窑白孝文才感到真正的恐惧。砖瓦窑，大土壕，猪狗猫。他和他惩罚过的白鹿村最烂脏的女人竟然钻进猪狗猫交配的龌龊角落里来了，一旦被某个拉屎尿尿的人察觉了就不堪设想其后果。他很自然地想到逃跑，逃离破砖窑一踏上大路就万事大吉了，和这个女人多在一会儿都潜伏着毁灭的危机。他转过身抬脚就跑，脑门碰撞到低矮的窑门上也顾不得疼了，刚跑出窑外几步，田小娥就在后边大叫起来：「来人哟，救命呀，白孝文糟蹋我哩跑了……」白孝文吓得双腿发软急忙收住脚，立时听不见她喊叫了。跑不了了！这狗东西把人缠死了！白孝文猛地转过身又走进破砖窑的门洞，抡开胳膊抽了田小娥一记耳光。田小娥却顺势抱住他的胳膊，不还手也不反抗扬起头瞅着他的脸，低声嗔气地说：「哥吔你打，你打死妹子妹子也不恼。」瓦罐似的砖窑顶口泄下朦朦的星光，田小娥的眼里透出两束亮晶晶的光点柔媚动人，一缕奇异的气息刺激他的鼻膜，凝聚在胳膊上拳头上的力量悄悄消溶，两条胳膊轻轻地垂落下来。田小娥说：「哥呀，你看我活到这地步还活啥哩？我不活了我心绝了我死呀！我跳涝池我不想在人世栽了。我要你亲妹子一下妹子死了也心甘了！」白孝文的心开始颤抖，斥责道：「你胡吣乱呔些啥！」田小娥说：「哥呀你正经啥哩！你不看看皇帝吃了人家女子的馍喝了人家的麦仁汤还逗人家女子哩！」说着扬起胳膊钩住孝文的脖子，把她丰盈的胸脯紧紧贴压到他的胸膛上，踮起脚尖往起一

纵，准确无误地把嘴唇对住他的嘴唇。白孝文的胸间潮起一阵强大的热流。这个女人身上那种奇异的气味愈加浓郁，那温热的乳房把他胸脯上坚硬的肋条熔化了。他被强烈的欲望和无法摆脱的恐惧交织得十分痛苦。在他痛苦不堪犹豫不决的短暂僵持中，感觉到她的舌尖毫不迟疑地进入他的口中。那一刻里，白孝文听到胸腔里的肋条如铁笼的铁条折断的脆响，听见了被囚禁着的狼冲出铁笼时的一声酣畅淋漓的吼叫，白孝文咂住那美好无比的舌头，双手揽住了田小娥的后腰，几乎晕昏了。

白孝文忘情地吮吻着，觉察到她的手在摸索着解开他衣襟上的布圪塔纽扣，她又抓住他的右手而且导引到她的腋下，示意他解开她腋下斜襟上的纽扣。他摸住一个个绾结的布纽圪塔解脱纽环儿，顺手揭开大襟，把她裸开的奶子搂到他同样裸开的胸膛上，几乎迷醉而跌倒下去。他已经无法控制浑身涌动着的春情，第一次主动出击伸手去解她的布条裤带，慌乱中把她拴着的活扣儿拉成死结，干脆从裤带下把裤腰拉下去。小娥光着身子把砖窑里未燃烧的麦秸扒拢到一起，再铺垫上自己的衫子，便躺下下去。星光从砖窑顶口泻到她的身上，她静静地躺着等待他。白孝文急忙解开裤带抹脱裤子，刚趴到她的身上就从心底透过一缕悲哀，他的那东西软瘫下来。小娥问：「哥你咋咧？咋是这样子？」孝文丧气地说：「我也不知道。」他无奈爬起来重新穿上裤子。小娥也坐起来摸衣服穿。白孝文挡住小娥穿衣服的手兴奋地说：「好咧好咧又好咧！」小娥摸了一把就再躺下去。白孝文刚刚解下裤带抹下裤子，就更加悲哀地说：「咋搞的咋闹着哩？又不行了。」连着反复穿了脱了三四次裤子，都是勒上裤子就好了解开裤子又不行了。小娥问：「哥呀你有毛病？」白孝文说：「没有没有，向来也没出过这情况儿。」到他再次不甘就此失败趴上她的身时却轰然一声泄了。田小娥却柔声安慰他说：「哥呀你甭难受。你逢七到我窑里来我等你。」



白孝文重新来到贺家坊戏台下。《葫芦峪》正演到热闹处，台下一片静默。白孝文小心翼翼地插进人窝里，却怎么也听不进去看不下去，哐哐啷啷的梆子声锣钹声失去了魅力令人心烦。他心不在焉地站了一会儿又退出人窝，干脆回家去了。清爽的夜风抚拂着他的脸，脑子里浮现着田小娥那光亮的胸脯和大腿，鼻腔里残留着那身体里散发的奇异的气味儿，相比之下，自己那个婆娘简直就是一堆粗糙无味的豆腐渣了。甭看都是女人，可女人跟女人大不一样。他走进白鹿村村口时开始懊悔，离家门愈近愈觉心底发虚。他硬着头皮走进街门时感到一种异样的气氛，他的豆腐渣似的女人急慌慌走到院中，看见他失声叫道：「哎呀你才回来……土匪打抢了……」白孝文像当头挨了一棍差点栽倒，立即奔进上房，父亲白嘉轩躺在奶奶的炕上呼吸微弱，连呻唤都很艰难，冷先生正在桌子上的油灯下配制药膏。孝文像从火灼的热炕上跌入冰窖，眼前一黑栽倒在脚地上不省人事了。

这场洗劫干得十分干净利落，时机的选择再好不过，村子里十室九空，男人女人引着孩子看戏去了。白嘉轩给牛马拌了第二槽草料，一个人坐在圈场上摇着扇子乘凉。今年收成不错，老天爷许是看到黑娃们搅起的动乱而有意赐惠庄稼人连下了两场好雨，麦子豌豆在农协狂妄的喧嚣中蓬蓬冒起来孕穗结荚。牛马吞嚼草料的优雅的声音从敞开的窗孔传出来，比戏台上弦索声美妙悦耳。堆积在铡墩前铡碎的苜蓿散发的清香在夜风中弥漫。村子里十分静谧。仙草走来了，一手端着一盘鸡蛋一手提着酒壶，放到鹿三夜晚露宿乘凉的木板上。白嘉轩舒悦地笑笑，善知人意的妻子恰到好处地送来他想吃想喝的东西，贤淑地斟下一杯酒就走出圈场去了。白嘉轩喝一杯酒浑身都活络起来，吱儿吱儿咂得酒盅响着。这当儿从背后伸过一双手卡住他的脖子把他从木板上拽翻到地上，另一双手扭住他的双手，一块烂布塞住了嘴巴。他的双手被捆在背后，随之

就被人提起来，才看见他面前站着三个人。他们拽着他走出圈场进入街门，他看见院子里还站着两三个人；他被推推搡搡拉到上房正厅，看见一根明柱上绑着妻子仙草，母亲白赵氏被一个土匪扭着手压着头按在祭祖的方桌边上，两个桌腿上绑着他的两个儿媳。他们把他的双腿捆到一起让他站着，然后就把一把明晃晃的鬼头刀横到他的脖子前，问他银元在哪儿藏着。白嘉轩揣摩对方是纯粹要钱还是既要钱又要命？如果是前者不是后者，那他就准备折财保命，如果是后者不是前者，那么他就准备折命保财，不至于人财两空。在他准备进一步猜测土匪们的真实目的时，一个土匪用刀尖挑掉他口里的烂布又挑破了他的裤裆：「你不说话我先把你阉了！」白嘉轩怒骂道：「老子老命都不要了还要老二？割了拿回去敬你祖宗去！」土匪却不恼，转过身用刀尖挑破仙草的裤子，仙草羞怯地喊：「他爸……」白嘉轩骂：「小人才欺侮女人！」白赵氏在方桌边上招供了：「在南墙上你们挖去！」土匪进入里间，铁器挖凿土坯墙壁和土块跌落的杂乱的响声使白嘉轩不忍卒听就闭上了眼睛。土匪们得手以后大摇大摆从后门出去了。他们告别之前没有忘记留给他一个永久性的纪念，用那根顶后门用的榆木杠子在他后腰上抽击了一下，他顿时眼前金星迸溅着栽倒了。

同时遭到抢劫的还有鹿家，劫难发生的过程大同小异。那阵子鹿子霖被贺耀祖邀去坐在戏楼的礼宾席上观赏麻子红的精彩表演，不无担心地算计着白孝文钻进圈套的进程。鹿子霖女人娘家在贺家坊，午饭后跟着前来叫她的侄儿回娘家看戏去了。屋里只剩下鹿泰恒以及常年守着活寡心灰意冷的兆鹏媳妇。土匪们把鹿泰恒背缚着用皮绳绕过大梁吊到空中，却对兆鹏媳妇十分客气地说：「嫂子，你睡你的觉，甭害怕没有你的事。」他们用刀尖在鹿泰恒脸上划一道口子，再逼问银元藏在哪达？鹿泰恒叫着喊着骂着却始终不说银元的藏处，直到老汉脸膛胳膊胸脯脊背大腿被刀尖拉成像碎布条一样稀烂。土匪们把所有墙壁都挖得坑坑洼洼，把箱子柜子都翻得乱七八糟，把铺地的方砖揭起来挖下去，仍然没有找到银元。土匪们仿效田福贤鹿子霖整死贺老大的刑法，把鹿泰恒从屋梁上蹾下来，再拉皮绳吊起来又松开皮绳蹾下来，反复蹾了几次，直到蹾得鹿泰恒骨头断裂，尻子里涌出一堆鲜血搅和的粪便，又在当胸戳了一刀。



白鹿原刚刚潮起「忙罢会」的庆贺气氛和升平景象一下子低落了，一些准备演戏的村庄纷纷改变主意，没有心思和兴趣组织唱戏的事了。「忙罢会」开始笼罩上恐怖的气氛。白狼的传闻再度神秘地流传。遭劫后的第二天早晨，鹿家和白家的街门上都发现了土匪留下的手迹：「白狼到此」。新老亲戚见面以后没有多少兴致交谈收成，白狼的种种传闻在酒席茶桌上成为热门话题。抢劫白鹿两家的白狼和烧毁白腿乌鸦兵粮台的白狼以及只吮血不食肉的白狼被连结在一起，有人说在峪道里看见过一对脱皮掉毛的老白狼引着一大群狼子狼孙，骚扰抢劫时像两条腿的人，遇到抵抗打击时全现出四条腿逃窜了。

漩涡的中心反倒是平静的。白嘉轩已经清醒过来，接受冷先生的悉心治疗。治疗分两套措施同步进行，每天早晨空腹时和睡觉前煎服汤药，间隔一天由冷先生亲自给腰部伤位上裹缠膏药。白嘉轩不能翻身转腰，死死地仰躺在炕上接待前来看望他的亲戚友好和乡邻族人，他没有愤恨没有伤感甚至连剧烈的痛楚也不呻唤出来，平静淡漠地接受热切意诚的问候和安慰。七八天以后，腰伤刚见明显好转，背上和臀部压出的褥疮红肿化脓引起高烧，白嘉轩几次烧得昏迷。仙草整天侍候在炕边端屎端尿擦洗身子，仍然没有能够阻止褥疮的发生。冷先生重新开了药方主治高烧，给褥疮配制了外敷药面儿，白嘉轩终于从又一次危机里缓活下来，显然变得十分虚弱了。他微微喘着气对孝文说：「你整天立在炕跟前做啥？该死的话你立在这儿也不顶啥咯！你该弄啥快弄啥去。」孝文显得忧愁而又恓惶，那个破烂砖瓦窑的景象像克化不开的积食整得他心虚神移痛苦不堪。白嘉轩以为儿子为自己煎熬操心，就问「咱村过会的日子快到咧。给戏班子磨面买菜的事安顿停当了没？」白孝文说：「现在还演啥戏哩。我跟麻子红把戏退咧！」白嘉轩瞪着眼问：「谁叫你退戏？」孝文解释说：「咱家

遭了难，子霖叔家刚刚过罢丧事，谁还有心演戏凑热闹？我跟子霖叔商量了就说算咧不演戏咧。」白嘉轩摆一下头嘲弄地笑了：「说定要演的戏就要演不能退。你把你子霖叔叫来我跟他说。」

鹿子霖头上缩着守孝的白布圈来了。白嘉轩说：「子霖，你听我一句话，这戏一定要演，底里嘛缓后我再给你说。」鹿子霖还陷在深沉的悲痛和仇恨里，对演戏仍然提不起兴趣。白嘉轩说：「土匪正是想看你我的哭丧脸儿哩！明白吗？偏给他个不在乎的笑脸儿。明白吗？」

所有亲朋好友包括田福贤前来看望的时候，白嘉轩都保持着一种不失体面的大家风范，唯有姐夫朱先生走进来时他显得难以抑制的动情。他不顾朱先生和家人的百般劝阻，硬是要坐起来，疼得他渗出一头虚汗，才在妻子仙草垫给他的被子上斜倚起来。白嘉轩开门见山地说：「哥呀，你甭听人说白狼长白狼短的混话！不是白狼是黑狼——」朱先生虽然明智，却一时解不开白狼黑狼的隐喻。白嘉轩就一语道破：「这是黑娃做的活！」朱先生不由一惊。

白嘉轩清清白白记得，土匪得手后大摇大摆走出后门时，一个土匪像记起一件未办完的事一样反身又走进后门，顺手从后门背后捞起了那根榆木杠子走到他的跟前，在抡起杠子之前，那个土匪说：「你的腰挺得太硬太直了！」对这句似乎耳熟的话来不及回忆对证，他腰里就挨了致命的一击昏死了。白嘉轩经冷先生抢救活来后的第一个反应，就是那个土匪拦腰抽击之前的那句话，他努力追寻关于这句话的记忆，终于想到了鹿三。等到在他炕前只有鹿三一个人的时机里，白嘉轩像聊闲话那样不经意地问：「三哥，你记得不记得有这回事？黑娃逃学，我给他买了笔墨纸砚叫他念书，他给你说了一句『我嫌嘉轩叔的腰挺的太硬太直』。有这话没这话？」「有有有。那驴日的说过不止一回哩！」鹿三说，「我叫他来给牛割草他说过这话。我叫他替我来顶工，他硬要跟嘉道到渭北去熬活就是不上这儿来，还是那句话，『我嫌嘉轩叔腰挺的太硬太直我害怕。』你这会儿咋就想起这话了？」白嘉轩闭上眼睛似乎很疲惫地说：「我躺在炕上脑子闲了乱想哩。」……



白嘉轩向姐夫朱先生详细叙说了他的确凿无疑的证据：「土匪白狼就是黑娃！」

「噢！这下是三家子争着一个鏊子啦！」朱先生超然地说，「原先两家子争一个鏊子，已经煎得满原都是人肉味儿；而今再添一家子来煎，这鏊子成了抢手货忙不过来了。」

白嘉轩听着姐夫的话，又想起朱先生说的「白鹿原这下变成鏊子啦」的话。那是在黑娃的农协倒台以后，田福贤回到原上开始报复行动不久，白嘉轩去看望姐夫企图听一听朱先生对乡村局势的判断。朱先生在农协潮起和潮落的整个过程中保持缄默，在岳维山回滋水田福贤回白鹿原以后仍然保持不介入不评说的超然态度，在被妻弟追问再三的情况下就撂出来那句「白鹿原这下成了鏊子啦」的话。白嘉轩后来对田福贤说这话时演绎成「白鹿村的戏楼变成鏊子啦」。白嘉轩侧身倚在被子上瞧着姐夫，琢磨着他的隐隐晦晦的妙语，两家子自然是指这家子国民党和那家子共产党，三家子不用说是指添上了黑娃土匪一家子。白嘉轩说：「黑娃当了土匪，我开头料想不到，其实这是自自然然的事。」

黑娃确已成了土匪。

习旅从古关道口转移时做了周密的部署和最坏的打算：队伍一直沿着山根行进，在遭到围击时万不得已可以进山周旋。在开赴预定集结地点之前，习旅长在战前动员中讲述了「七步诗」的历史故事。他说：「老掌柜的死了，大哥要拿家事了。大哥想到六七岁的小兄弟现时虽则撞不动他的壮腿粗腰，可小兄弟总是一年一年往大的长哩，长大了即使不跟他争掌柜的权力，也得平分一半家业呀！大哥痛恨他妈为啥要多生这个祸害……」台下的士兵腾起一片笑声，黑娃也笑了。习旅长接

着说：「大哥就想，干脆趁他还没长大把他掐死算毬了！同志们，中国现在就是这个样子。我们就是那个要被黑心的哥哥掐死的小兄弟，他的手已经掐到我们的脖子了。我们能像曹植那样唱一首诗乖乖儿地送死吗？」

这支队伍到达一个原上就驻扎待命。那原和白鹿原十分相像，那里的几十个村子同样闹过农协而且现在还挂着农协白地绿字的牌子，许多村子的农协头儿领着农协会员给部队送来了米面猪肉和蒸熟的馍馍压好了的面条。三天后的一个夜晚，中国北方最大的一次共产党领导的军事暴动发生了。

那是一场从一开始就注定失败的战争，开头的小小的胜利和接连着的彻底溃灭都是无法改易的。从打响第一枪到枪声在整个战场冷寂下来，习旅长的指挥部不断向战争的前沿推进，黑娃从只听得枪响到看见战壕，枪弹曳出的火线交织成一幅美丽的网，像阳春三月母亲在地上绷着的经线。看着倒在扬花孕穗的麦田里的各种姿势的尸体和一张张扭曲得面目全非的脸孔，黑娃没有愤怒没有悲伤也没有一丝害怕，战争原来就是这个样子。战争不过就是这个样子，直到习旅长下令让他把全部警卫一个不留带上去进入战壕时，黑娃似乎才有了知觉才感到某种难过：「习旅长，你跟前不能一个不留啊！」「我现在已经不重要了，重要的是这场仗。」习旅长吼起来，「同志们，把你们的能耐用到前沿上去。黑娃你不是有三只眼吗？把三只眼都盯紧大哥的黑心窝打！打不死他也要砸断他一条腿！」黑娃就决定不再争辩，决定服从命令率领警卫排进入人手稀少的战壕。习旅长挥了挥手说：「同志们，把能耐可甭用到唱『七步诗』上去哇！」那一刻黑娃看见习旅长眼中有一缕绝望的柔情和一缕绝望的悲哀掺和着的动人的神光；这是他最后看见习旅长的一眼，那神光就永久地留在他的记忆里。

进入战壕里头的战斗远不及他的逃亡印象深刻。进攻和溃败时都没有害怕而逃亡时却如惊弓之鸟，那原因是端枪瞄准大哥的士兵时他已经豁出去了，而逃亡时他不想豁出去了。他率领的警卫排谁死了谁活着谁伤了谁跑了习旅长死了活了撤走了





到哪里去了一概不明，黑娃被露水激醒时看见满天星光，先意识到右手里攥着的折腰子短枪，随之意识到左手抓着一把湿漉漉黏糊糊的麦穗，最后才意识到肩膀挨了枪子儿受了伤，伤口正好与上次保护习旅长被黑枪子射的相吻合。他站起来摇摇手臂似乎还不要紧，就绕过一个个横竖摆列着的尸体朝东南方逃去，脚下是绵茸茸的被攘践倒地的麦子的青秆绿穗儿，辨不清大哥的士兵和自己战友的尸体，反正都像夏收时割倒捆束的麦个子摆在田野里。他走着跑着直到看不见尸体直到站立着的麦子挡阻脚步时才又放缓下来，从黑夜终于走到黎明。齐腰高的麦田小路上走来一位拉牛扛犁的老汉，在甜润润的晨风里唱着乱弹，兴致很好嗓门也很好。黑娃跳到老汉当面，老汉一句乱弹卡在肚里扔了肩上的犁杖软软地瘫倒了，紫红色的大犍牛扬起尾巴跑进麦田里去了。黑娃这才看到自己被血浆染红了的衣裤。他从老汉身上剥下一件蓝衫留下底下的白衫，脱下老汉的青色夹裤留下里边套着的单裤，把自己的衣裤脱下来揉成一圪塔塞到麦地里，再把老汉的蓝衫青裤穿起来，把短枪掖进裤腰，一下子变成他在渭北熬活时的长工装束了。临走时，他从腰里摸出一块银元，塞进老汉僵硬的手心就匆匆走掉了。

涉过一条河沟时，黑娃脱光衣裤洗刷了凝结在身上的血痕，晌午时分走进一个叫做侯家铺的村子，问到一户正在场上碾大麦的人家雇不雇工，主人留下他顺手把一把木杈交给他翻搅碾过的大麦秆子，午饭算是有着落了。他和主人刚刚端起麻食饭碗，两个背着枪的士兵从大门走进来，追问黑娃的来路，而且一口咬定他是暴乱的逃亡分子。黑娃装作傻愣嘎嘣的神气说：「老总你说的话我连听都听不懂。我屋里青黄不接出来混口饭吃倒惹下麻达了！你们不信我也没法，我跟你们走，那也得叫我吃一碗麻食，我干了一晌活饿得……」主人是个厚道人也说起情来：「二位老总就让小伙吃一碗饭，反正他又跑不了嘛！」那当儿黑娃一只手端起主人搁在桌子上的碗，准确无误地把两碗刚出锅的热烫麻食扣到

两个老总脸上，转身从后门逃走了，出后门的时候他感到了极度的恐惧和害怕。

天老黑时黑娃走进秦岭峪口浅山的一个镇子，十数家人家全都关死了店门，只有两家小栈门板虚掩，门上方吊着一个油纸糊的灯笼。黑娃在镇子上溜了一遭踏查了进山出山的路径，就走进一家小栈，青石垒的柜台上铺着一块黑色光亮的生漆漆过的木板，柜台里头有幽微的烧酒的香气儿。一个佝偻着腰的瘦老汉问他吃哩还是住哩？黑娃说想吃也想住。佝偻老汉说你先住下再消停吃，随之领他走进里间，一排大炕，炕洞里的火呼呼啦啦燃烧着，屋里一股很浓的松烟气味。炕上坐着躺着的几个人，全是山民们烟熏火燎得乌秋秋的脸。佝偻栈主向他介绍有野猪肉獾肉野鸡肉，征询他的意愿要吃碗子还是吃块子。黑娃问啥叫碗子啥又叫块子，才得知削下一块蘸盐面吃叫块子，烩了汤的叫碗子。黑娃又饥又渴自然要了碗子，一只大如小盆的粗瓷碗里盛着满满一碗野猪肉，其实不过四五块，筷子挟不起来就动手抓起来撕咬，又吃了四个在炕洞里烤得焦黄酥脆的黄包谷馍，便觉得浑身困惫不堪躺到炕上了。佝偻店主赶过来说：「客官付了账再睡。臭行道的臭礼行。」黑娃摸了摸没有零钱就交给他一枚银元。夜半时分，黑娃醒过来时已被捆死了手脚，听见有人在黑暗里说：「客官甭惊，我认得你。你去年到咱寨上叫咱改号换旗你记得不？」

「兄弟你演了一出『二进宫』。」土匪头子说。黑娃被放开手脚解去蒙在眼上的裤子，强烈的灯光耀得他睁不开眼睛。土匪头子说：「亏得我没跟你挂上共产党的牌号，要不咱俩而今都没有个落脚之地了。」黑娃这时才看清土匪头子的脸，比一年前没有多大变化。去年鹿兆鹏差他来这山寨企图说服这股土匪转成共产党游击队失败了，现在自己流落到此，自然心境全非了。他站在灯火通明的大厅里，咧了咧嘴角说不出话。土匪头子说：「兄弟你放心住下，没人敢碰你一指头。你好好吃好好睡先把伤养好，要革命了你下山再去革命，革命成功了穷人坐天下了我也就下山务农去了！革命成不了功你遇难







了就往老哥这儿来，路你也熟了咯！」土匪头子唤人来给黑娃肩头的伤口敷了药面，就摆了几碗菜和一坛酒。黑娃喝得脸红耳赤，伏在桌边放声大哭起来。他痛痛快快哭了几声，猛地站起来嘲笑说：「堂堂白鹿村出下我一个土匪啰！」

土匪头子拔刀在手上刺出血滴入酒碗里，黑娃接过刀也割破中指，俩人喝了血酒，又在香案前焚香叩拜。黑娃抬头一看，香案后的崖壁上画着一只涂成白色的狼。拜叩完毕，黑娃说：「白鹿原没见出个白鹿，倒是真个出了个白狼。」土匪头子喝道：「拿宝罐子来。」有人立即送上一只半大的青釉瓷罐，土匪头子把罐儿翻过来，倒出两朵一模一样的木刻黑白牡丹花，要黑娃用手摸出一个来。黑娃问其用意，土匪头子说：「你先摸了再说。」黑娃伸手到瓷罐子里随便拈出一朵来，正是白的。土匪头子笑道：「兄弟有福。」接着告诉他，山寨里养着两朵牡丹，由弟兄们抓阄儿平等享用。这个白牡丹是用重金从城里开园寺买来的，人是绝了。那个黑牡丹的来历向一切人保密而且不许打听，只管享用就是了。黑娃皱皱眉头嘴里啰啰嗦嗦说自己还不习惯弄这号事。土匪头子笑着大声说：「兄弟呀，土匪就是土匪。土匪就享这号福，想享旁的啥福享不上。你顾虑啥哩？」

黑娃和白牡丹睡了，后来也和黑牡丹睡了；白牡丹白得好看，黑牡丹也黑得漂亮。肩伤掉痂以后黑娃参与了第一次抢劫行动，他手脚利索枪法特好脾气随伙儿，三五次抢劫后就深得弟兄们拥戴，土匪头子给他加冕为二拇指。土匪们的组织五花八门称谓也别出心裁，土匪头子被尊称为大拇指，二头目黑娃自然就是二拇指了。有一次抢劫令黑娃难忘，那是在盘龙镇抢劫一家药材收购店铺时，他从装着中药的麻包垛子里头揪出年青的掌柜，竟是白嘉轩的老二白孝武。他揪着他的领口拘得他直翻白眼儿，随手就压到地上面朝脚地，紧接着交给一个弟兄，自己就退到店铺门口来，对守在门口的一个弟兄说：「你进去我来守门。我蹬到一条裤腿里了。」抢劫碰见熟人是土匪的忌讳，叫做蹬一条裤腿或者说撞到舅家门板了。黑娃

在门口听见孝武挨打时的惨叫，忽然想起和他以及他哥哥孝文坐他家方桌念书的情景。

洗劫白鹿村白嘉轩和鹿子霖两家的具体行动方案是黑娃一手设计的，纯粹是为了报复白嘉轩在祠堂用刺刷惩治小娥的事。

黑娃作了区别对待，要求他的弟兄务必处死鹿子霖，如果时间充足就蹴死他，不料鹿子霖命大侥幸逃脱了，让那个老棺材瓤子当了替身；黑娃对打劫白家的那一路弟兄说：「那人的毛病出在腰里，腰杆儿挺得太硬太直。我自小看见他的腰就难受。」弟兄们一个个情绪高涨，这是替二拇指报仇雪恨的机会。黑娃向弟兄们最后叮嘱一句：「弟兄们活儿做得干净点！」

黑娃随后就到贺家坊看戏去了。他戴着一顶破草帽遮住了半个脸挤在人窝里，瞧见贺耀祖和鹿子霖体体面面坐在戏楼上。他在戏楼下瞥见好多熟悉的面孔，却没有发现白孝文和田小娥。那阵儿田小娥大约正牵着白孝文走进破烂砖瓦窑。黑娃重新回到白鹿村，走进他的窑院，门板上挂着铁锁；他在鸡窝里看看鸡没有了，猪圈的栅栏门儿撇在地上没有猪了；他坐在窑院里一块石头上陷入柔情似水的回味，从腰里摸出一把银元从门道底下塞进去；最后在窑院接村路处站住脚，回头再瞥一眼破旧的窑洞的门板和窗户，踏上慢坡的小路离去了。

白鹿村的「忙罢会」弥散着浓厚的悲怆气氛。农历七月初三是会日，麻子红的戏班初二晚上就敲响了锣鼓家伙，白孝文通前到后主持着这场非同寻常的演出，忙得奔来颠去。鹿子霖端坐在戏台前角，侧着身子对着台下，头上绾着的那一圈白色孝布，向聚集在台下来自十里八村的男人女人显示着悲怆也显示着强硬。初三的午场戏开锣以后，白嘉轩来到戏台下，掀起了一阵喧哗。白嘉轩拒不听从家里任何人的劝阻要到戏场上来，显然不是戏瘾发了而是要到乡民聚集的场合去显示一



下。孝文用独轮叫蚂蚱车子推着父亲走进戏场，屁股下垫着一方麦秸秆编织的蒲团儿。男人女人们围追着车子，想亲睹一眼从匪劫中逃生的德高望重的族长，认识的和不认识的人都向他抛出最诚挚的问候：「白先生好咧？」白嘉轩平静地坐在蒲团上，双手扶在小车车头的木格上，脸色平和慈祥，眼神里漾出刚强的光彩。他不回答追逐着他的热诚的问候，端直坐着被孝文推到戏台底下，完全是想来过一过戏瘾的样子。他坐到戏台下看戏这个举动本身，已经充分显示了他的存在和他的性气，脸色和言语上再不需要任何做派了。白嘉轩看见田福贤走上戏楼坐在鹿子霖旁边，和鹿子霖说了两句什么话，俩人一起走到台口向他伸出了手，邀请他到戏楼上就坐。白嘉轩说：「看戏可就兴坐在台子下头才看得好！」

白嘉轩头戴一顶细辫儿草帽，进入了剧情。午场一般都是短折子戏，晚场才拉开本戏，麻子红得知白嘉轩晌午要来看戏，有意改换原先的安排出演《金沙滩》，把白鹿村悲怆的气氛推向高潮。白嘉轩特别喜好杨家将的戏，腰伤和褥疮的疼痛也为之减轻了。他的眼角扫到了台角上鹿子霖的举动，鹿子霖正向田福贤介绍一个浑身戎装的军人。那军人谦和地笑着伸出右手，田福贤也伸出右手。戏台下的庄稼人被那种新奇的握手动作所吸引，窃窃议论着那个脸色红润气宇不凡的军人。白嘉轩终于从嘈嘈的窃议声中逮住一个熟悉的名字：鹿兆海。他不由地心里一震。田福贤在演员进入后台的过场中走向台前：「乡亲们，这位是鹿乡约的二子鹿兆海，刚刚从保定陆军学校毕业，在国民革命军里任排长。这是咱白鹿原上头一个国民革命军人。」鹿兆海立正之后一个举手礼，随之又弯腰连鞠三躬。这是一个真正的军人，在白鹿原乡民眼里和心中第一个留下崭新印象的军人。白腿子乌鸦兵无异于土匪，白鹿仓保安队的团丁怎么看都更像一伙子笨手笨脚的庄稼汉。鹿兆海戎装整洁举止干练，脸色红润牙齿洁白，尤其是神态谦和彬彬有礼，就把军人和土匪明朗地划清了界线。

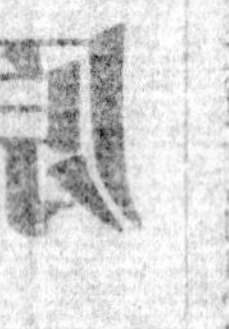

这个站在戏楼上向父老乡亲们敬礼又鞠躬的军人，谦和的微笑下面掩饰着难以排解的痛苦，他和白灵的婚恋发生了意料不及的裂变。鹿兆海走进皮货铺子，嗅到一股熟悉亲切的毛皮的熏臭。他的到来使皮匠夫妇惊诧愣呆。他羞怯地微笑着把手里提着的京津糕点孝敬给白灵的二姑和二姑夫，一直等到关门就寝时分，白灵才走进门来。窄巴的铺店作坊无法提供一个能使他们倾吐热烈思念的地方，俩人便向皮匠夫妇告辞出门，刚刚拐过街角躲开站在台阶上的皮匠夫妇的视角，鹿兆海就紧紧携住了白灵的手，猛然把她揽到胸前。白灵就伏在他的怀抱里，不由自主地呻唤出来：「兆海哥！人想你都想死了……」

兆海和白灵偎依着蹚过纵横交叉的小街小巷，在一块开阔的场地上停住步，俩人都不禁哑了口陷入回忆。这是他俩抛掷铜元的地方。白灵牵着兆海的手，示意他在砖砌的花坛上倚坐下来，贴着他的耳根说：「兆海哥，我和你一样了。」兆海不经意地问：「你啥和我一样了？」白灵悄悄说：「我也入了共产党，和你一样了。」兆海不由地「啊」了一声就愣住了，猛然抓住白灵的双臂：「我已经退出共产党入了国民党了……你怎么正好跟我弄下个反翻事儿呀？」白灵听了也愣呆在那儿说不出话。两个久久思念的情人很快清醒过来，便陷入辩论色彩浓烈的争执之中，谁一时也说服不了谁，各自低下头摁着手瞧着脚下的土地。一枚铜元啷响了一声在地上转了一圈停下来，俩人嘻嘻笑着蹲下来猜谜。现在回忆那个朦朦月光的夜晚，不再轻松不再欢愉而令人痛苦。「这样好吗？你再想想，后日晚我们在这儿再见面。」兆海说。这一提议得到白灵的呼应：「兆海哥，你也好好想想，我盼着后日晚见你时……能得到我想得到的话……」白灵已经喉噎，猛然抱住兆海说：「我等着你的好消息啊兆海哥……」

鹿兆海按照约定的时间来到他们抛掷铜元的那块街巷空园里，没有等到白灵却等见了哥哥兆鹏。悬赏缉捕的共产党要犯一



身商人打扮，浑身抖动着的绸衣绸裤，悠哉游哉地摇着一把折叠扇子，走到弟弟跟前时眉毛一扬嘴唇一嘬，做出一个不要惊讶的暗示，亲昵地攀着弟弟的肩膀离开了：「走吧别等了。她来不了托我来了。」兆海不悦地说：「她说好来怎么不来了？刚入了共产党就得下不守信义的毛病了！」兆鹏说：「你刚刚揣上国民党证就口大气粗起来了？告诉你，她担心你不会改变才没来。她说她来了要是俩人都不改变怎么收场？她珍惜与你的感情才不来，她要我来劝你，盼着再见到你时是一个皆大欢喜的结局。好兄弟，你有啥话跟哥说吧！」兆海痛苦地叹口气：「完了。到此为止。」兆鹏说：「兄弟，没有完。在我看，一切尚未开始，怎么就完了？你太悲观！」兆海说：「我已无法改变。我指望她作改变。她委托你来，就证明她不会改变了。她要是会改变，你也不必来找我了，你肯定是她的领导吧？」兆鹏说：「你们两个都指望对方改变，可以坐下来好好谈谈，心平气和地谈谈，不要一见面先逼对方改变自己的信仰。暂且谈不到一块也不要紧，等三年两年也未尝不可，三两年里大家都经见得更多了，判断和认识是非的能力也提高了，也许就会发生变化。」兆海说：「那好吧！你告诉她，我后天想回乡下看看父母，只能待一天。回来后部队就要开拔了。」兆鹏说：「白灵一定要见你一面，让我跟你约定时间。既然你后日要回原上，你们明晚会面吧，你说在哪儿方便些？」兆海说：「算了不见了。既然谁也改变不了谁，见了也没个好结果，反倒叫人难受。你告诉她，我等待她的话。」

兆海从原上探视回到城里，改变了和白灵不再见面的打算，当晚又一次找到皮匠的铺子。白灵以为兆海有了转机而欣喜，当即和兆海走出二姑的铺店，俩人又转到那个抛掷铜元的园子里。白灵动情地说：「我以为再见不到你了哩！兆海哥，你也太倔了，一回谈不拢二回连面也不见了？真有点国民党翻脸不认人的通病！」兆海却火起来：「算了吧白灵！我不说远处的事，你回咱原上走走看看吧！共产党在原上搞了一场啥样的革命你去看看吧！兆鹏用下一杆子啥人你打听打听一下

吧！鹿黑娃贺老大白兴儿田小娥之流尽是一帮死猫赖狗，凭这些人能完成国民革命？他们懂得革命的一分意思吗？他们趁着革命的风潮胡成乱整，充其量不过是荒年灾月饥民『吃大户』的盲动……」白灵的那一缕温情顿然冷寂，忽闪闪蹿上一股火气，她的强盛的气性迅速恢复，迅即作出反应：「兆海哥，一年多不见，你长了身体长了知识，也长了不少的贵族口气啊！」兆海说：「你用列宁的理论判我为贵族并不过分。列宁就是把穷人煽动起来打倒富人消灭富人，结果是富人被消灭了穷人仍然受穷。兆鹏学苏俄在白鹿原上煽动穷汉打倒财东，结果呢？堂堂的农协主任鹿黑娃堕落成了土匪，领着土匪抢银元，蹾死砍死了俺爷又砸断了嘉轩叔的腰杆子……作为农协主任没有达到的目的，当了土匪却轻而易举地达到了。你叫我还能信还能再入共产党吗？黑娃们干不成共产党的革命可以当土匪，我可不行呀！」白灵说：「你听没听到贺老大怎么死的？你听过你见过把人从高空蹾下来的蹾刑吗？共产党就要发动被压迫者推翻压迫者，建立一个没有剥削没有压迫的自由平等的世界。」兆海说：「我们走着瞧吧！看看谁的主义真正救中国。」俩人不欢而散。思想上的尖锐对立，减轻了他和她感情上的依恋，分手的时候远不及第一次那样沉重如焚。

鹿兆海紧走几步又停住脚，回过头去，看见白灵也站在那儿伫立不动。他走过去对她说：「我明天就要开拔了……」她已忍不住滚下泪珠来：「兆海哥……我还是等着你回来……」





## 第十七章

白嘉轩重新出现在白鹿村的街巷里，村民们差点认不出他来了，那挺直如椽的腰杆儿佝偻下去，从尾骨那儿折成一个九十度的弯角，屁股高高地撅了起来；他手里拄着一根截短了的拐杖，和人说话的时候就仰起脸来，活像一只狗的形体；抬头仰脸跟人说话时，那双眼睛就尽力往上翻睁，原本鼓出的眼球愈加显得突出，眼白也更加大得耀眼；两个嘴角相反地朝下扯拉，阔大的嘴巴撇成一张弯弓，更显出执著不移近乎倔拗的神气。他在街巷里用简短的语言回答着一个个关切问询着的男女，仅作短暂地驻足，几乎不停步地移动拐杖，跟着拉牛扛犁的鹿三走出村巷。

已是秋末冬初，白日短促到巧媳妇难做三顿饭的季节。太阳坠入白鹿原西部的原坡，一片羞怯的霞光腾起在西原的上空。白嘉轩双手拄着拐杖站在地头，瞅着鹿三一手捉着犁杖一手扬着鞭子悠悠地耕翻留作棉田的地块，黄褐色的泥土在犁铧上翻卷着；鹿三和牛的背影渐渐融入西边的霞光里，又远远地从霞光里迎面奔到他眼前来了。白嘉轩手心痒痒腿脚痒痒喉咙也痒痒了，想攥一攥犁杖光滑的扶把儿，想踩踏踩踏那翻卷着的泥土，想放开喉咙吆喝吆喝牲畜了。当鹿三再犁过一遭在地头回犁勒调犍牛的时候，白嘉轩扔了拐杖，一把抓住犁把儿一手夺过鞭子，说：「三哥，你抽袋烟去！」鹿三嘴里大声憨气地嘀嗒着：「天短毬得转不了几个来回就黑咧！」最后还是无奈放下了鞭子和犁杖，很不情愿地蹲下来摸烟包。他瞧

着白嘉轩把犁尖插进垄沟一声吆喝，连忙奔上前抓住犁杖：「嘉轩，你不敢犁地，你的腰……」白嘉轩拨开他的手，又一声吆喝：「得儿起！」犍牛拖着犁铧朝前走了。白嘉轩转过脸对鹿三大声说：「我想试火一下！」鹿三手里攥着尚未装进烟末的烟袋跟着嘉轩并排儿走着，担心万一有个闪失。白嘉轩很不喜悦地说：「你跟在我旁边我不舒服。你走开你去抽你的烟！」鹿三无奈停住脚步，眼睛紧紧瞅着渐渐融进霞光里的白嘉轩，还是攥着空烟袋记不起来装烟。

白嘉轩只顾瞅着犁头前进的地皮，黄褐色的泥土在脚下翻卷，新鲜的湿土气息从犁铧底下泛漫潮溢起来，滋润着空乏焦灼的胸膛，他听见自己胳膊腿上的骨节咯吧咯吧扭响的声音。他悠然吆喝着简洁的调遣犍牛的词令，倒像是一种舒心悦意的抒情。他一直犁到棉田的尽头掉过犁头，背着霞光朝东头翻耕过来的时候，吼起了秦腔：「汉苏武在北海……」三个来回犁下来，白嘉轩已经大汗淋漓气喘吁吁，身体毕竟是虚了，可那卧睡炕上三个多月的枯燥郁闷的生活也终于结束了。这天后晌收工回去，白嘉轩一扬手就把那根拐杖扔进储备柴禾的草棚子里去，站在院庭里接过仙草端来的洗脸铜盆说：「我后晌试火了一下，我还行！」

晚饭后在厅房东屋老娘的住室里，白嘉轩临时决定召集一次全体家庭成员的聚会，孝文和三儿子孝义是他叫来的，老二的媳妇由仙草告知，作为这个家庭非正式的却是不可或缺的成员鹿三，是他亲自到马号里去请来的，而且被礼让到桌子那边的一张简易太师椅上，两个媳妇规规矩矩坐在婆的已经开始煨火的炕边上。白嘉轩说：「我的腰好了。」他侧转头瞅着两个儿媳说：「我在炕上窝蜷了整整一百零七天，你俩——大姐二姐都受了苦都尽了孝心都好。」两个儿媳得到家庭长者的夸奖却感到惶恐，争相表白这完全是做晚辈的应尽的孝道等等。白嘉轩摆摆头就打断她俩的话：「你们还不知道我一辈子最怯着啥？我不怯歪人恶人也不怯土匪贼娃子，我不怯吃苦不怯出力也不怯迟睡早起，我最怯最怕的事……就是死僵僵躺


陈忠实　著
中卷
二六一

在炕上，让人侍候熬汤煎药端吃端喝倒屎倒尿。」一家人默然，只有老母亲白赵氏在炕头动了感情：「你是个罪人！」白嘉轩接着说：「我是个罪人我也没法儿，我爱受罪我由不得出力下苦是生就的，我干着活儿浑身都痛快；我要是两天手不捉把儿不干活儿，胳膊软了腿也软了心也瞀乱烦焦了……」白嘉轩说到这里停顿一下，然后郑重地说出想要告诉每一个家庭成员的话：「我说前头这些话的意思，就是说，从明天开始，你们再不要围着我转了。你们各人该做啥就去做啥，屋里人该纺线的纺线，该织布的织布，该缝棉衣的缝棉衣，外边人该做的地里活就尽着去做，孝文你跟你三叔犁完花（棉）田接着翻稻地。牛犊你喂槽上留下的牲口，叼空儿推土晒土，把冬天的垫圈土攒够，小心捂一场雪。地一上冻就赶紧套车送粪。把这些活儿开销利索，轧花机就要响动了。一句话，原先的日子咋过从明日开始还咋过。我嘛——好咧！」

白嘉轩被土匪砸断腰杆以后笼罩在庭院屋室里的悲凄慌乱的气氛已经廓清，劫难发生以前的严谨勤奋的生活和生产秩序完全恢复。不单单是恢复，家里所有成年人惊异地发现，自信「我还行」的家长发生了重大变化，他比驼背以前起得更早了，天色薄明时庭院里就响起威严的咳嗽声，常常使晚他一步开门端着尿盆倒尿的儿媳尴尬失措；他的脚步不显艰难反倒更显得敏捷，驼着背甩摆着手迈着腿脚，前院后院马号牛棚猪圈以及后院的茅厕，他都有事无事地转悠查看；除过推车挑担必需用双肩或单肩的活路以外，凡是用双手和腿脚操作的农活他都不忌讳，耕棉田翻稻地铡谷草旋筛子掌簸箕送粪吆牛车踩踏轧花机等秋冬季农活，他和儿子孝文长工鹿三一起搭手干着；他的话语更少更简练也更准确，无用的废话虚意的应酬彻底干净地从他的口里省略了。孝文和鹿三总是担心他累出毛病，迭声劝他干一干也该歇一歇，最好是一天干一晌歇息两晌，顶多每天早晚干两晌午间歇息；像这样一天三晌跟着他俩撑着干下去，迟早会出乱子的。白嘉轩充耳不闻，只顾干着手里或脚下的活儿，被他们咄咄得烦了也就急躁了：「你俩都悄着，再甭说那号话了。我不爱听。人只有闲坏了的没有

干坏了的。」

整个四合院犹如那架闲置了一个夏天和秋天的轧花机，到了冬天就咔嗒咔嗒地运转起来了。这时候，一个致命的打击接踵而来，白嘉轩发觉了孝文的隐秘。这个打击几乎是摧毁性的。

那是入冬后第一场大雪降落的傍晚，白嘉轩踩踏了半晌轧花机，孝文硬把他拖下来。他揩了揩额头的汗珠儿，穿上棉衣棉裤，走出了饲养牛马的圈场，没有走进斜对门的四合院，折转方向沿着西巷走过去。大雪随下随化，巷道里一片泥泞。白嘉轩背抄着双手走进连着村巷的白鹿镇的街道，推开了冷先生中医堂虚掩着的门板。冷先生给他斟上一盅金黄色的茶水，再把一包用乳黄色油纸包裹着的卷烟叶解开，摊放在小桌上，指着一个茶杯说：「你赶巧了，这茶叶是刚刚接下的雪花水冲泡的，尝尝。」白嘉轩呷一口茶，清香扑鼻，热流咕噜噜响着滚下喉咙，顿觉回肠荡气浑身通畅，嘴里却故意冷淡地说：「雪水还不就是水嘛！我喝着没啥两样儿。」说着捏出一段儿剪得十分规矩的烟片，优雅自如地撕开，铺展到膝头的棉裤上，再取来一段一节短的碎的烟片均匀地夹进去，然后包卷起来，在两只粗大的手掌之间反复捻搓，用舌尖给开口的烟片抿一点口水粘住，就制造出一支漂亮的雪茄。他从桌边拈起那根从早到晚默自燃烧着的散发着香气的火鞠儿，对着雪茄头儿点燃了，悠悠喷出一口浓重的蓝色烟雾来。

二儿子孝武的媳妇正月里过门以后，他和冷先生的关系发生了深刻的变化，由爷们爹们的世代义交发展为儿女亲家。感激不尽亲家悉心至诚的疗治，终于使他百日之后重新走到白鹿村的街巷里，而没有变成一个死僵僵瘫痪炕头的废物。他原先从不串门现在更不串门了，只是在隔过一些日子或阴雨绵绵的憋闷时日，到亲家冷先生的中医堂来坐坐聊聊。冷先生的中医堂，成为罗锅嘉轩了知白鹿原动态的一个通风口。求医抓药的人每天都把各个村子发生的异常事件及时传递到中医堂里



来，冷先生对纷繁的大小事变经过筛选，拣出那些值得一说的事说给白嘉轩，俩人接着就对此事议论评说一番。有时候俩人对坐着喝茶吸烟，夏天一人一把竹皮扇子，冬天守一盆木炭火，冷先生话语不多，白嘉轩也不好弹舌，俩人就那么坐着甚至不说一句闲话。俩人心里都明白，其实只有真正信赖无虞的关系才能达到这种去伪情而存真实的境地。白嘉轩怀着平和愉悦的心态呷着雪水冲下的茶水，发现冷先生给他格外殷切地添茶，稍微一点过分的客套反而引起不适和别扭；他留心瞄瞅着冷先生，终于发觉那双平素总透着冷气的眼睛躲躲闪闪，浮泛着一缕虚光。他直言说：「冷大哥你甭瞎张罗了。你坐下抽你的烟吧。茶我会倒，烟我会卷咯！你像是心里有事？我在这儿不便我就走了。」冷先生看到自己弄巧成拙，急忙拉住白嘉轩的手，就再也转不过弯儿了：「兄弟你坐下，我有话跟你说……」

「咱弟兄们说话，还这么拐弯抹角呀？」

「我听到一句闲话——」

「……」

「虽则是一句闲话，可不是一般的闲话。」

「呃呀几天不见，你的直筒肠子扭成麻花了！算了你甭说了。我回去睡觉呀！」

「我怕你招不住这个闲话。兄弟你听到这闲话先不要生气。这闲话给你不说不行，说了又怕你招架不住……」

「我的黄货白货给土匪打抢了，又砸断了我的腰，我不像人样儿像条狗，我连一句气话也没骂还是踏我的轧花机；我不信世上还有啥『闲话』能把我气死，能把我扳倒？顶大不过是想算我的伙食账（处死）罢咧！」

「嘉轩兄弟……我听人说孝文的闲话……」

「孝文？孝文能有啥闲话？」

「说是跟村口烂窑里那个货……」

「呃……」

冷先生看见白嘉轩泛红的脸色顿然变得如同一张黄表纸，佝偻的躯体猛烈地抖颤了一下，把夹在指间的卷烟挤成了弯儿，在那一瞬间眼睛睁大到失神的程度。这一切都没有超过冷先生的预料，白嘉轩没有热血冲顶当下闭气已属万幸。他终于说出了这个难以启齿的闲话。白嘉轩很快恢复过来，冷着脸问：「大哥依你看，这是果有实事，还是有人给我脸上抹屎？」冷先生说：「我看都不是。闲话嘛你就只当闲话听。」白嘉轩又问：「你听谁说的？这话是怎么嘈出来的？」冷先生轻描淡写地说：「俗话说『露水没籽儿闲话没影儿』。」白嘉轩摇摇头说：「凡是闲话都有影儿！」

七月末尾一个溽热蒸闷的晚上，鹿子霖头上裹着一匝守孝的白布走进冷先生的中医堂，腋下夹着一瓶太白酒。进屋后，鹿子霖把酒瓶往桌子上一蹾，顺手从头上扯下孝布挂到土墙的木橛上，大声憨气地慨叹起来：「先生哥，你看邪不邪？老先生一人土，我那个院子一下就空了。空得我一进街门就恓惶得坐不住。今黑咱弟兄们喝一盅。」冷先生很能体味鹿子霖的心情，当即让相公尽快弄出三四样下酒菜来，一盘凉拌黄瓜，一盘炒鸡蛋，一盘炒莴笋，一盘油炸花生米。冷先生喝酒跟喝凉水的感觉和效果一样，喝任何名酒尝不出香味，喝再多也从来不见脸红脸黄更不会见醉，他看着旁人喝得那么有滋有味醉得丑态百出往往觉得莫名其妙。鹿子霖嗜酒成性，高兴时喝郁闷时喝冷甚了喝热过了喝，干好事要喝干坏事要喝，进小娥的窑洞之前必须喝酒以壮行；他喝酒不悦意独个品饮，必得有一伙酒伴起码得有一个人陪着，一边谝着笑着喊着，



顶痛快的是猜拳行令吵得人仰马翻，渐渐进入苦不觉苦乐不觉乐的飘飘摇摇的轻松境界。「先生哥啊，我有一句为难的话……」鹿子霖眼睛里开始泛出酒的气韵，「思来想去还是跟你说了好！」冷先生没有说话，从桌上捉住酒杯邀酒，鼓励鹿子霖尽快说出他想说的话。鹿子霖仰脖灌下一盅酒，口腔里大声嘘叹着说：「我听到一句闲话，说是孝文跟窑里那个货这了那了……」冷先生不由一惊，原猜想鹿子霖可能要谈及他们之间的事，鹿兆鹏拒不归家的抗婚行动早已掩盖不住，处境最为尴尬的其实是这桩婚事双方的父亲，他和他。鹿子霖多次向他表示过深深的歉意，一次又一次给他表示将要采取的制服儿子的举措……是不是又要采取新的手段了？万万料想不到，却是孝文和黑娃女人之间发生了什么纠葛。冷先生断然地说：「兄弟你这话说给鬼鬼都不信。」鹿子霖大幅度地连连点着头：「对对对！我刚听到这话不仅不信，顺手就扇了给我报告这件事的人一个嘴巴！我说『孝文要是跟她有这号事，那庙里的泥神神也会跟她有这事了』。那人挨了嘴巴跑了，可接着又有俩人来报告，说得有鼻子有眼，全说是他们亲眼看见孝文进出那货的窑，一个说他晚上寻猪撞见孝文进窑，一个说他半夜从亲戚家回来瞅见孝文溜出窑来，俩人不是一天晚上见的。你说信下信不下？我还能再扇这俩人的嘴巴子吗？」冷先生说：「这事若是属实，那比土匪砸断腰杆还要厉害，这是要嘉轩的命哩！」鹿子霖说：「我打发那俩报告的人出门时，一人还是给了一个嘴巴先封住口：不准胡说！我想我给嘉轩不好说这话，嘉轩哥心里头见不得我清明白；可这事不告知嘉轩哥又不行，日后事情烂包了嘉轩哥又怨我对他瞒瞒盖盖；我思来想去只有你来说这话，咱们谁都不想看着白家出丑……他跟你是亲家我跟你更早就是了，盼着大家都光光堂堂……」

冷先生第二天照旧去给白嘉轩敷药，看着忍着痛楚仍然做出平静神态的亲家，又想起前一晚自己的判断：嘉轩能挨得起土匪拦腰一击，绝对招架不住那个传言的打击。冷先生心里十分难过十分痛苦，脸上依然保持着永不改易的冷色调，像往昔

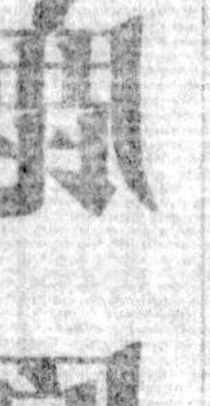

一样连安慰的话也不说一句只顾经心治伤。过了难耐的三伏又过了淫雨绵绵的秋天，当白嘉轩腰伤治愈重新出现在白鹿村街巷里的时候，埋在他心底的那句可怕的传言等到了出世的时日。他为如何把这句话传给嘉轩而伤透了脑子，似乎从来也没有过为说一句话而如此费心的情况……

冷先生瞅着佝偻在椅子上的白嘉轩说：「兄弟，我看人到世上来没有享福的尽是受苦的，穷汉有穷汉的苦楚，富汉有富汉的苦楚，皇宫贵人也是有难言的苦楚。这是人出世时带来的。你看，个个人都是哇哇大哭着来这世上，没听说哪个人落地头一声不是哭是笑。咋哩？人都不愿意到世上来，世上太苦情了，不及在天上清静悠闲，天爷就一脚把人蹬下来……既是人到世上来注定要受苦，明白人不论遇见啥样的灾苦都能想得开……」冷先生一次说下这么多话连他自己也颇惊诧。白嘉轩说：「得先把事情弄清白。不管是真是假，都不能当闲话听。这是啥闲话？杀人的闲话！」

白嘉轩佝偻着腰走过白鹿镇的街道，又转折上进入白鹿村的丁字路，脚下已经落积下一层厚厚的雪，嚓嚓嚓响着，背抄在腰上的手和脖子感到雪花融化的冰冷，天上的雪还在下着。进入四合院的街门时，他对如何对待冷先生透露给他的闲话已经纲目明晰，处置这事并不复杂，不需要向任何人打听讯问，要是没有结果可能更糟。他相信只要若无其事而暗里留心观察一下孝文的举动就会一目了然。他做出什么事也不曾发生的随意的样子问：「孝文睡了？」仙草也不在意地说：「给老六家说和去了。」

白嘉轩胸膛里怦然心动，觉得有一股滚烫的东西冲上脑顶，得悉这件非同小可的闲话所激起的震惊和愤怒，现在才变得不可压抑，归来时想好了的处置这件事的纲目和步骤全部作废了。他把解开的一只裤脚带儿重新扎好，从门背后抓起仙草由



柴火棚子里拣回的拐杖，强烈地预知到拐杖的重要用场。出门时，他没有忘记掩盖此时出门的真实目的：「老六的那几个后人难说话。老六让我去镇镇邪。我差点忘了……」他跷出门坎就跨出通向又一次灾难的一步。

白嘉轩来到白老六家的门口就僵住了。老六家狭窄的庄基上撑立着一排四间破旧的厦屋，没有围墙没有栅栏是个敞风院子，一切全都一目了然，四间厦屋安着的四合门板全都关死了，不见灯火不见响动，白老六滚雷一样的鼾声从南边那间厦屋冲出来，在敞风院子里起伏。白嘉轩在那一刻浑身有一种瘫软的感觉。他走出老六家的敞风院子，似乎有一千双手推着他疾步走上村子东头的慢坡，瞅见了那孔平时连正眼瞧一眼的兴致也没有的窑洞；想到把他逼到这个龌龊角落来干捉奸这种龌龊事的儿子，胸膛里的愤怒和悲哀搅和得他痛苦不堪；他从慢道跨上窑院的平场，两条腿失控地抖颤起来；他走到糊着一层黑麻纸的窑窗跟前，就听见了里头悄声低语着的狎昵声息；白嘉轩在那一瞬间走到了生命的末日走到终点，猛然狗似的朝前一纵，一脚踏到窑洞的门板上，咣一声，自己同时也栽倒了。

咣的响声无异于一声雪夜的雷鸣，把温暖的窑洞里火炕上的柔情蜜意震荡殆尽。孝文完全瘫痪，躺在炕上动弹不了，全身的筋骨裂碎断折，只剩一身撑不起杆子的皮肉。那一声炸雷响过便复归静寂。小娥从炕上溜下来，撅着光光的尻子贴着门缝往外瞧，朦胧的雪光里不见异常，眼睛朝下一勾才瞅见门口雪地上倒卧着一团黑圪塔。她松了一口气折回头扶住炕边，俯下身贴着孝文的耳朵说：「瓜蛋儿放心，一个要饭的冻硬栽倒到门口咧！」孝文忽的一声跃起拨开被子，慌忙穿衣蹬裤，溜下炕来钩上棉窝窝，一把拉开门闩从那个倒卧门口的人身上跳过去；下了窑院的平场跷上慢道又进入村巷，他的心似乎才重新跳荡起来。

小娥穿好衣裳走出窑门，看看倒在门口的那个倒霉鬼死了还是活着；她蹲下身摸摸那人的鼻口，刚刚触到冷硬如铁的鼻

梁，突然吓得倒吸一口气跌坐在地上；从倒地者整齐的穿着和佝偻的身腰上，她辨认出族长来，哪里是那个可怜恓惶的要饭老汉！小娥爬起来退回窑里才感到了恐惧，急得在窑里打转转。她听到窑院里有一声咳嗽，立即跳出窑门奔过窑院挡住了从慢道上走下来的鹿子霖。小娥说：「糟了瞎了，族长气死……」鹿子霖朝着小娥手指的窑门口一瞅，折身跷上窑院，站在倒地的白嘉轩身旁久久不语，像欣赏被自己射中落地的一只猎物。小娥急得在他腰里戳了一下：「咋办哩咋办哩？死了人咋办呀？你还斯斯文文盯啥哩！」鹿子霖弯下腰，伸手摸一下白嘉轩的鼻口，直起腰来对小娥说：「放心放心放你一百二十条心。死不了。这人命长。」小娥急嘟嘟地说：「死不了也不得了，他倒在这儿咋办哩？」鹿子霖说：「按说我把他背上送回去也就完了，这样一背反倒叫他叫我都转不过弯子……好了，你去叫冷先生让他想办法，我应该装成不知道这码事。快去，小心时间长了真的死了就麻烦了。」小娥转身跑出场院要去找冷先生，刚跑到慢坡下，鹿子霖又喊住她：「算了算了，还是我顺路捎着背回去。」小娥又奔回窑院。鹿子霖咬咬牙在心里说：「就是要叫你转不开身躲不开脸，一丁点掩瞒的余地都不留。看你下来怎么办？我非把你逼上『辕门』不结。」他背起白嘉轩，告别小娥说：「还记着我给你说的那句话吗？你干得在行。」小娥知道那句话指的什么：你能把孝文拉进怀里，就是尿到他爸脸上了。她现在达到报复的目的却没有产生报复后的欢悦，被预料不及的严重后果吓住了。她瞅着鹿子霖背着白嘉轩移脚转身，尚未走出窑院，跷进窑去关死了窑门，突然扑倒在炕上。

鹿子霖背着白嘉轩走过白雪覆地的村巷，用脚踢响了白家的街门，对惊慌失措的仙草说：「先甭问……我也不晓得咋回事。先救人。」仙草的一针扎进人中，白嘉轩喉咙里咕咕响了一阵终于睁开眼睛，长叹一声又把眼睛闭上了。鹿子霖装作啥也不晓的憨相：「咋弄着哩嘉轩哥？咋着倒在黑娃的窑门口？」随之就告辞了。



白嘉轩被妻子仙草一针扎活过来长叹一声又闭上了眼睛。他固执地挥一挥手，制止了家中老少一片乱纷纷的嘘寒问暖心诚意至的关切，「你们都回去睡觉，让我歇下。」说话时仍然闭着眼睛。屋里只剩下仙草一个清静下来，白嘉轩依然闭眼不睁静静地躺着。一切既已无法补救，必须采取最果断最斩劲的手段，洗刷孝文给他和祖宗以及整个家族所涂抹的耻辱。他相信家人围在炕前只能妨碍他的决断只能乱中添乱，因此毫不留情地挥手把他们赶开了。他就这么躺着想着一丝不动，听着公鸡叫过一遍又叫过一遍，才咳嗽一声坐了起来，对仙草说：「你把三哥叫来。」

鹿三在马号里十分纳闷，嘉轩怎么会倒在那个窑院里？他咂着旱烟袋坐在炕边，一只脚踏在地上另一只脚跷踏在炕边上，胳膊肘支在膝头上吸着烟迷惑莫解。孝文低头耷脑走进来，怯怯地靠在对面的槽帮上，他以为孝文和他一样替嘉轩担忧却不知道孝文心里有鬼。他很诚恳地劝孝文说：「甭伤心。你爸缓歇缓歇就好了。许是雪地里走迷了。」孝文靠在槽帮上低垂着头，他从小娥的窑洞溜回家中时万分庆幸自己不该倒霉，摸着黑钻进被窝，才觉得堵在喉咙眼上的心回到原处；当他听到敲门声又看见鹿子霖背着父亲走进院里时，双膝一软就跌坐在地上；这一切全都被父亲的病势暂时掩盖着。他除了死再无路途可走，已经没有力量活到天明，甚至连活到再见父亲一面的时间也挨不下去。他觉得有必要向鹿三留下最后一句悔恨的话，于是就走进马号来了。他抬起低垂到胸膛上的下巴说：「三叔，我要走呀！你日后给他说一句话，就说我说了『我不是人』……」鹿三猛乍转过头拔出嘴里的烟袋：「你说啥？」孝文说：「我做下丢脸事没脸活人了！」鹿三于是就得到了嘉轩倒在窑洞门口的疑问的注释。他从炕边上挪下腿来，一步一步走到孝文跟前，铁青着脸瞅着孝文耷拉的脑袋，猛然抡开胳膊抽了两巴掌，哆嗦着嘴唇：「羞了先人了……啥叫羞了先人了？这就叫羞了先人了！黑娃羞了先人你也羞了先人了……」这当儿仙草走了进来。鹿三盛怒未消跟仙草走进上房西屋，看见嘉轩就忍不住慨叹：「嘉轩哇你好苦啊！」

白嘉轩忍住了泛在眼眶里的泪珠，说：「你知道发生啥事了？知道了我就不用再说了。你现在收拾一下就起身，进山叫孝武回来，叫他立马回来。就说我得下急症要咽气……」

惩罚孝文的举动又一次震撼了白鹿原。惩罚的方式和格局如同前次，施刑之前重温乡约族规的程序换由孝文的弟弟孝武来执行。

白孝武的出现恰当其时。他穿一件青色棉袍，挺直的腰板和他爸腰折以前一样笔挺，体魄雄健魁伟，肩膀宽厚臀部丰满，比瘦削细俏的孝文气派得多沉稳得多了。白嘉轩仍然在台阶上安一把椅子坐着，孝武归来及时替代了不争气的孝文的位置，也及时填充了他心中的虚空。孝武领诵完乡约和族规的有关条款，走到父亲跟前请示开始执行族规。白嘉轩从椅子上下来，跷下台阶，从族人让出的夹道里走过去，双手背抄在佝偻着的腰背上。白嘉轩谁也不瞅，端直走到槐树下，从地上抓起扎捆成束的一把酸枣棵子刺刷，这当儿有三四个人在他面前扑通扑通跪倒了。白嘉轩知道他们跪下想弄啥，毫不理睬，转过身就把刺刷扬起来抽过去。孝文一声惨叫接一声惨叫，鲜血顿时漫染了脸颊。白嘉轩下手特狠，比上次抽打小娥和狗蛋还要狠过几成。这个儿子丢了他的脸亏了他的心辜负了他对他的期望，他为他丧气败兴的程度远远超过了被土匪打断腰杆的劫难，他用刺刷抽击这个孽种是泄恨是真打而不是在族人面前摆摆架式。白嘉轩咬着牙再次扬起刺刷，忘记了每人只能打一下的戒律，他的胳膊被人捉住了，一看竟是鹿子霖。

鹿子霖是那三四个下跪求情者中的一个。这个向族长跪谏的行动其实就是鹿子霖策划的。他听到孝武给他传述的白嘉轩要惩罚孝文的决定以后，郑重其事地找到白家，大声吵着要白嘉轩取消这次施刑的举动：「我敢说这根本不怪孝文！你也招





不住这个折腾咯！」白嘉轩冷着脸心决如铁：「锣都敲了你还说这话做啥！你后晌能到祠堂来，就算给老哥赏光了。」鹿子霖后晌去祠堂时在村巷里痛心狠气地抱怨几个老汉：「你几个老者难道都是石头心眼？嘉轩要整孝文你们能忍心叫他整？为啥不劝他不阻挡他？这孝文比不得旁人咋能随便用刺刷子打？」那几个老汉被他热诚的斥责弄得又感动又愧悔，便策划了这出跪谏的插曲。

鹿子霖从白嘉轩手里夺下刺刷又扑通跪下了，说：「嘉轩哥！你不饶孝文我不起来！」白嘉轩冷着脸说：「我不受你的跪拜。谁的跪拜我今日都不受。谁爱跪谁就跪。孝武，往下行——」说罢，用手撩着袍衩儿走过人窝儿，重新在祠堂台阶的椅子上坐下来。白孝武从执刑具者手里接过刺刷，照哥哥孝文赤裸的胸脯抽击了一下，血流顺着胸脯一条条拉下来……

如同祠堂院子里的争执在白家庭院里也刚刚发生过。老娘白赵氏妻子白吴氏以及两个儿媳妇结成同盟，坚决反对白嘉轩惩罚孝文的毒刑。白赵氏劝不下儿子就骂起来：「你害死孝文你哪像个老子？你要把孝文捆到树上我就脱光站到孝文前头，你先用刺刷刷死我再刷死孝文！」仙草则用哭谏，两个儿媳一齐求情。白嘉轩对谁也不松口，连一句话也不说，一任她们骂呀哭呀乞求呀绝不动心。直到第三天孝武和鹿三从山里回来，白嘉轩把全体家庭成员叫到上房正厅，在祭桌前发蜡焚香，然后征求大家的意见：「有话对着先人的面说。」白赵氏白吴氏和孝文孝武的媳妇陈述了早已表明过的态度，轮到至关重要的一个人白孝武了。白孝武站在祭桌前一字一板地说：「按族规办。」奶奶白赵氏正愣着神儿，母亲白吴氏的耳光已经抽到他脸上了。孝武瞅了一眼母亲不恼也不愧，仍然面色不改。白嘉轩用恼怒的眼色制止了妻子白吴氏的轻举妄动，转过脸问孝武：「为啥？你说为啥？」白孝武沉稳地说：「这是白家的立身纲纪。爸你说的我不敢忘……」白嘉轩迫急地

一拳砸在桌子上，说：「着！忘了立家立身的纲纪，毁的不是一个孝文，白家都要毁了——」

白嘉轩从父亲手里承继下来的，有原上原下的田地，有槽头的牛马，有庄基地上的房屋，有隐藏在土墙里和脚地下的用瓦罐装着的黄货和白货，还有一个看不见摸不着的财富，就是孝武复述给他的那个立家立身的纲纪。即使白嘉轩自己，对于家族最早的记忆也只能凭借传说，这个村庄和白氏家族的历史太漫长太古老了，漫长古老得令它的后代无法弄清无法记忆。由白嘉轩上溯五辈，大约是白家家道中兴的一个纪元的开始，那位先人在贫困冻馁中读书自饬考得文举，重整家业重修族规，是一个对白家近代家史族史具有决定性影响的人物，族人至今还常提起他的名字白修身。族史和家史虽然漫长，对本族和家庭具有重大影响的先人的名字还是留传下来，湮没的只是那些业绩平平的名字。好几代人以来，白家自己的家道则像棉衣里的棉花套子，装进棉衣里缩了瓷了，拆开来弹一回又胀了发了；家业发时没有发得田连阡陌屋瓦连片，家业衰时也没弄到无立锥之地；有限的记忆不可怀疑的是，地里没断过庄稼，槽头没断过畜牲，囤里没断过粮食，庄基地没扩大也没缩小。白嘉轩在孝文事发后的短暂几天里除了思索这个意料不及的事件，更多地却是追思家族的历史和前贤，形成家庭这种没有大起也没有大落基本稳定状态的原因，除了天灾匪祸瘟疫以及父母官的贪廉诸种因素之外，根本的原由在于文举人老爷爷创立的族规纲纪。他的立家立身的纲纪似乎限制着家业的洪暴，也抑止预防了家业的破败。无论家业上升或下滑，白家的族长地位没有动摇过，白家作为族长身体力行族规所建树的威望是贯穿始今的。一位族长在大旱之年领着族人打井累得吐血而死，井台上至今还可以看到被风化了的白克勤模糊的字迹。一位族长领着族人在打杀贼人中被刀劈成两截，成为白鹿原一举廓清异族壮举的英雄。并非所有的族长都有伟绩，悄无声息的平庸之辈也为数不少，甚至每隔一代两代就会出一个败家子族长，这是殃祸家族的大害必须尽早诛除不能手软……



白嘉轩听到孝武的话，心里卷起一汪热流，激动得热泪盈眶，此时此地正需要听到这个话。白赵氏不甘心地反诘：「先人们都是通人性的好先人，谁也没有你这样心硬！」白嘉轩沉静地说：「先人们里头没出过这号瞎事。」孝文无可挽回地被推进祠堂捆到槐树上了。

白嘉轩采取的第二个断然措施是分家。白嘉轩决定只请大姐夫朱先生一个人监督分家，作为这种场合必不可缺的孩子的舅舅没有被邀请，山里距这儿太远了。如果连自己的家事都处置不妥，还怎么给族人门人村人说和了事？一切都经过周密的算计和精细的调配，分给孝文好地次地的搭配比例与全部土地优次的比例相一致。按说长子应占厅房东屋，但那需得双亲谢世以后，白嘉轩健在白赵氏也健在，白嘉轩尚不能住进厅房东屋而只能居住西屋。再考虑到生产生活的方便，白嘉轩决定把门房的东屋和西屋分给孝文，当中明间作为甬道属家庭公有。储存的黄货白货白嘉轩闭口不提，那是家庭积蓄，除非异常重大的情变不能挪动，这些蓄存的交待当在他蹬腿咽气之前，现在谁也不得过问。白孝文的脸面被药布包扎着不露真相，只是点头，伸出结着血痂的右手在契约上按下了指印。朱先生笑着重复了一句：「房是招牌地是累，攒下银钱是催命鬼。房要小，地要少，养个黄牛慢慢搞。」这几句广为流传的朱先生名言，白嘉轩和儿子们其实才头一次从创造者本人口中听到。朱先生对孝文的过失没有严词斥训，悬笔写下两个字的条幅：慎独。

鹿子霖在惩罚孝文那天晚上到神禾村喝了酒。他跪在地上为孝文求情的行动虽然失败，却获得了许多人的钦敬，也把这件花案的制造者隐蔽得更严密了。为了显示真诚，他就那么一直跪下去直到行刑结束。白嘉轩从祠堂台阶上慌慌匆匆扭动着狗一样的腰身走过来，双手扶起他，又扶起一同跪着的三个老者说：「你们的宽恩厚德我领了！」鹿子霖演完这场戏就去

神禾村找几个相好喝酒去了，这一晚喝得酣畅淋漓，于午夜时分走回白鹿村，从村子东头的慢道上下来，扑腾扑腾走到窑洞口拍响了门板。小娥问谁敲门。鹿子霖大声说：「问啥哩还问啥哩？你哥你叔你大大我嘛！」他喝得太多有点失控，阴谋的完全实施所产生的欢欣得意也有点难以控制，该是他和同谋者小娥一起品味这出精彩戏曲儿的时候了。门闩滑动一声，鹿子霖迫不及待撒着酒狂推门而入，把正趴到炕边上的小娥揽住。小娥一抖一甩钻进被窝。鹿子霖笑笑才意识到小娥的棉袄是披在肩上的。鹿子霖倚在炕边上解衣脱袜，一边说：「大的亲蛋蛋呀！你给你出了气也给大饰了脸，咱俩的气儿出了，仇报了，该受活受活啦！今黑大大全都依你，你说咋着大就咋着，你要咋样儿大就咋样儿，你要骑马大就驮上你游，你要大当王八大就给你趴下旋磨……」说着剥脱了衣裳钻进被窝。小娥却问：「吃我屙下的喝我尿下的你愿意不愿意？」鹿子霖笑嘻嘻地念起狗蛋创作的赞美诗：「宁吃小娥屙下的不吃地里打下的，宁喝小娥尿下的不喝壶里倒下的……大愿意。」鹿子霖的手被挡住了。小娥说：「你刚才说今黑依我，我还没说咋样哩，你就胡骚情起来？你先安安生生睡着，我有话问你，孝文挨得重不重？」

「重。」

「头一刷子谁打的？」

「他爸嘛！还能有谁？族长嘛！」

「听说老二回来了？」

「回来了。这货看去还是个硬家伙。」

「孝文伤势咋样？」



「还用问！脸上没皮儿了。」

「孝文寻冷先生看了没看？」

「你操这些闲心弄啥？」

小娥不吭声了。惩罚孝文的那天后晌，小娥听到村巷里头的锣声和吆喝声，浑身抽筋头皮发麻双腿绵软，在窑洞里坐不住了。她达到了报复的目的却享受不到报复的快活。在她怀着恶毒的目的把孝文拖进砖瓦窑以后，惊奇地发现世上竟有孝文这种奇怪男人，勒上裤子行了解开裤带儿又不行了，当时她觉得奇异也觉得好笑；后来孝文遵照她规示的日程钻进她的窑洞来过多回，仍然是那个样子；她看着他每一次兴冲冲地又显得贼偷鬼气儿来到窑洞，回回都是败兴地离去，就忍不住同情这个可怜人儿说：「算了你干脆甭来了。」孝文苦笑着说：「我也想咱没本事算了甭去了，可又忍不住就来咧！」直到白嘉轩气昏死在窑洞门外雪地上的那一晚，孝文尚未进入过她的已经不再贵重的身体……她在窑洞里坐不住也立不住，装作扯柴禾走到窑院边沿的麦秸垛跟前，耳朵逮着来自村中的动静，偶尔可以听见人们涌向祠堂路上的一句对话。她现在想到孝文在她窑里炕上的那种慌乱不再觉得可笑，反而意识到他确实是个干不了坏事的好人。她努力回想孝文领着族人把她打得血肉模糊的情景，以期重新燃起仇恨，用这种一报还一报的复仇行为的合理性来稳定心态，其结果却一次又一次地在心里呻吟着：我这是真正地害了一回人啦！

鹿子霖不耐烦地说：「还提孝文孝文做啥？该受的罪让他受去吧！咱们今黑热热火火弄一场！」小娥说：「好呀——对呀！」说着就跃上鹿子霖的腰腹往下一蹴。鹿子霖嘻嘻笑着呻唤一声：「唉哟哟！亲蛋蛋你轻一点儿……差点把大大的肠子肝花蹴烂了！」小娥又一纵蹴到他的胸脯上。鹿子霖又嘘唤着：「亲蛋蛋你把大的肋条儿蹴断了！」鹿子霖正陶醉在欢

欢愉之中，感到脸上一阵湿热，小娥把尿尿到他脸上了。鹿子霖翻身坐起，一巴掌煽到小娥脸上：「婊子！你……」小娥问：「你刚才不是说了今黑由我想咋样就咋样……」鹿子霖恼羞成怒：「给你个笑脸你就忘了自个姓啥为老几了？给你根麦草你就当拐棍拄哩！婊子！跟我说话弄事看向着！我跟你不在一杆秤杆儿上排着！」小娥跳起来：「你在佛爷殿里供着我在土地堂里蜷着；你在天上飞着我在涝池青泥里头钻着；你在保障所人五人六我在烂窑里开婊子店窑子院！你是佛爷你是天神你是人五人六的乡约，你钻到我婊子窑里来做啥？你日屄逛窑子还想成神成佛？你厉害咱俩现在就这么光溜溜到白鹿镇街道上走一回，看看人唾我还是唾你？」鹿子霖慌忙穿起衣裤连连禁斥着：「你疯了你疯咧！你再喊我杀了你！」却不见小娥收敛，就慌匆匆跳下炕来夺门出窑。小娥在窑门口跟踪骂着：「鹿乡约你记着我也记着，我尿到你脸上咧，我给乡约尿下一脸！」





# 第十八章

一场异常的年馑降临到白鹿原上。饥馑是由旱灾酿成的。干旱自古就是原上最常见最普通的灾情，或轻或重几乎年年都在发生，不足为奇。通常的旱象多发生在五六七三个月，一般到八月秋雨连绵就结束了，主要是伏旱，对于秋末播种夏初收获的青稞大麦扁豆豌豆小麦危害不大，凭着夏季这一料稳妥的收成，白鹿原才繁衍着一个个稠密的村庄和熙熙攘攘的人群。这年的干旱来得早，实际是从春末夏初就开始的，麦子上场以后，依然是一天接着一天一月连着一月炸红的天气；割过麦子的麦茬地里，土地被暴烈的日头晒得炸开镢把儿宽的口子，谷子包谷黑豆红豆种不下去。有人怀着侥幸心理在干燥的黄土里撒下谷种，迟早一场雨，谷苗就冒出来了，早稻迟谷，谷子又耐旱；然而他们押的老宝落空了，扒开犁沟儿，捡起谷粒在手心捻搓一下，全成了酥酥的灰色粉末儿。田野里满眼都是被晒得闪闪发亮的麦茬子，犁铧插不进铁板似的地皮，钢刃铁锨也踏扎不下去，强性人狠着心聚着劲扎翻土地，却撬断了锨把儿。旱象一直延续下去，持续不降的高温热得人日夜汗流不止喘息难定。村里的涝池只剩下池心有一洼墨绿色的臭水，孩子们仍然在泥水里浆洗，不几天就完全干涸了。旱象一直僵持到八月十五中秋节日。这是播种冬小麦的节令。人们无心赏月无心吃团圆饼全都陷入慌恐之中了。白鹿原的官路上，频频轰响着伐神取水的火铳，涌过披着蓑衣戴着柳条雨帽的人流。白鹿村的乡民纷纷嚷嚷起来，白嘉轩心里

# 白鹿原

也急了毛躁了，让二儿子孝武在村巷里敲锣告示：伐神取水，每户一升。

白鹿村西头有一座关帝庙俗称老爷庙，敬奉着关公关老爷。关羽升天后主动请求司管人间风雨为民赐福，村村寨寨无论大小都修建着一座关帝庙；原上自古顺应西风雨，因之关帝庙一律坐落在村子的西首。白鹿村的老爷庙是一座五间宽的高大宽敞的大殿，东西两面墙壁上彩绘着关羽戎马倥偬光明磊落的一生中的几个光辉篇章：桃园结义单刀赴会刮骨疗毒出五关斩六将等；而正殿上坐着的司管风雨的关老爷的雕塑，面颜红润黑髯如漆明眸皓齿神态安详慈善如佛了。庙宇四周是三四亩地的一片空园，一株株合抱粗的柏树标志着庙宇的历史。庙前的那棵槐树才是村庄的历史标志，经过无数人的手臂的度量，无论手臂长短，量出的结果都是七搂八拃零三指头。槐树早已空心，里头可以同时藏住三个躲避暴雨袭击的行路人；枝叶却依然郁郁葱葱，粗大的树股伸出几十步远，巨大的树冠浓密的树荫笼罩着整个庙宇的屋脊，形成一派凝聚不散的仙气神韵。

白嘉轩跪在槐树下，眼前是常年支在槐树下废弃的青石碾盘，蜡架上插着拳头粗的大红蜡烛蹿起半尺高的火苗儿，香炉里的紫香稠如谷苗，专司烧纸的人把一张张金黄的黄表纸连连不断扔进瓦盆里，香蜡纸表燃烧的呛人的气味弥漫在燥热的庙场上；他的身后，跪倒着白鹿村十二岁往上的全部男人，有的头戴柳条雨帽身披蓑衣，有的赤裸着膀子，木雕泥塑似的跪伏在大太阳下一动不动。碾盘的一侧置放着一张方桌，另一侧临时盘起一个大火炉，三个精壮小伙只穿一件短裤，轮流扯拉着一只半人高的特大号风箱，火焰在阳光里像万千欢舞的精灵，火炉烘烧着三只铁铧和几支钢钎儿。锣鼓家伙在大殿里头敲着。一个伐马角的小伙子从庙门里奔跃而出，跃上方桌。锣鼓家伙班子也跟随出来，在方桌周围继续上劲地敲着。侍守火炉的人用铁钳夹住一只烧成金黄色的铁铧送到方桌跟前，伐马角的小伙拈来一张黄表纸衬在手心去接铁铧，那黄表纸


陈忠实 著
中卷


呼啦一下就变成灰白的纸灰，小伙尖叫一声从方桌上跌滚下来，被接应的人搀扶走了。第二个马角从庙里奔到槐树下，一只脚刚跨上方桌沿儿就仰面栽倒下来。第三个马角和头一个如出一辙，刚抓住铁铧就从方桌上跌翻下去。锣鼓家伙班子第四次从庙里送到祭台上来的马角是鹿子霖，他跳上方桌时浑身扭着，双臂也扭着舞着，大口吹出很响的气浪；他一把抓住递到脸前的铁铧，手心里的黄表纸完好无损；当他再去接一只筷子粗细的钢钎时，从桌上落马跳下了。白嘉轩霍的一声从地上站起来，膝头上沾着两坨黄土佝偻着腰走进了老爷庙的大门。

白孝武监守在大殿里，看见父亲走进门来，迎上前企图劝他出去。白嘉轩一甩手走到关公神像跟前，点燃三支香插进香炉，作揖长拜之后就跪伏下去一动不动。他的周围跪倒了一大片男人，等待神灵通传自己。锣鼓家伙更加来劲地爆响起来，在庙堂里嗡成一片，香蜡纸表的气味令人窒息。白嘉轩起初觉得鼻膜涩疼，随之变得清香扑鼻，再后来就嗅不出任何气味了；锣鼓家伙的喧嚣充耳不闻，只见那些鼓手锣手家伙手使劲地挥动着胳膊，却敲不出一丝声响来，大殿里变得异常清静；他觉得手足和身躯渐渐变得轻如一张黄表纸，脑子里一片空白，只是胸腔里残留着凡人浊气，需要张大嘴巴连续呼吐出去；那一瞬间似乎是最后一口污浊的胸气喷吐出来，他就从关公坐像前的砖地上轻轻地弹了起来，弹出了庙门。人们看见，佝偻着腰的族长从正殿大门奔跃出来时，像一只追袭兔子的狗；他奔到槐树下，双掌往桌面上一按就跳上了方桌，大吼一声：「吾乃西海黑乌梢！」他拈起一张黄表纸，一把抓住递上来的刚出炉的淡黄透亮的铁铧，紧紧攥在掌心，在头顶从左向右舞摆三匝，又从右到左摆舞三匝，掷下地去，那黄表纸呼啦一下烧成粉灰。他用左手再接住一根红亮亮的钢钎儿，「啊」地大吼一声，扑哧一响，从左腮穿到右腮，冒起一股皮肉焦灼的黑烟，狗似的佝偻着的腰杆端戳戳直立起来。槐树下的庙场上，锣鼓家伙敲得震天价响，九杆火药铳子（九月）连连爆炸，跪伏在庙场土地上的男人们一齐舞扭起来，

疯癫般反复吼诵着：「关老爷，菩萨心；黑乌梢，现真身，清风细雨救黎民……」侍候守护马角的人，连忙取出备当的一根两头系着小环的皮带，把两只小环套住穿通两腮的钢钎儿，吊套在头顶，恰如骡马口中的嚼铁。白嘉轩被众人扶上抬架，八个人抬着，绕在他头上身上的黄绸飘飘。火铳先导，锣鼓垫后，浩浩荡荡朝西南部的山岭奔去。所过村庄，鸣炮接应，敲锣打鼓以壮声威，腾起威武悲壮的气势。

走进秦岭峪口，沿着一条越走越窄的山路绕着山梁行进，路边的青草被络绎不绝的取水的人马踩踏倒地，拓宽了道路。天麻麻黑时，白嘉轩和他的族人村民终于走到黑龙潭了。潭约一丈见方，深不可测，蓝幽幽的潭水平静不兴，上无来水，下不泄流，黑龙潭是从地下连通东海西海南海北海的一只海眼，四海龙王每年都通过这条通道到山里来聚会。潭的四周全部是崖青石，西边凸出前扑的石崖上，稳稳当当蹲踞着一座铁铸的独庙，铁顶铁墙浑然一体，没有谁能解释这铁庙是在崖上就地铸成的，还是在平原上铸成以后抬上崖顶的。锣鼓家伙围着潭沿敲着，火药铳子又是九声连响，人们择地而跪，一律面对铁庙。白嘉轩早从抬架上下来走到潭边，口咬嚼钎把住上边抖下来的绳索，脚踩石壁上的凹窝爬上崖头，一步一拜一个长揖一个响头，一直磕进铁庙，点蜡烧香焚表。四面铁壁上铸塑着四条龙，白嘉轩面对西边铁壁叩拜在地：「弟子黑乌梢拜见求水。」就连叩三个响头，从腰里解下一只细脖儿瓷罐，在燃烧着的香蜡纸表里绕过三匝，退出铁庙，用细绳吊放到潭里漂着。白嘉轩背对铁庙，其余的人也都一律改换拜跪方向背向水潭。锣鼓家伙也收了场，不准说话不准咳嗽不准放屁，一片屏声敛息的肃穆气氛，等待西海龙王赐舍给西海黑乌梢珍贵的水。星全以后，交过夜半，山里梢林掀起了一阵骚啸，静跪在地的人全都冻得哆哆嗦嗦牙齿磕碰，猛然听得潭里传出「咕咚」一声水响。白嘉轩朗声诵道：「龙王爷恩德恩德恩德！」跪伏在地的人一齐跳起来，丢弃了头上的柳条雨帽和蓑衣，把身上的衣裤鞋袜全部剥光，表示他们全都是海中





水族是龙王爷的兵勇，围着龙潭跳起来蹦起来唱起来：「龙王爷，菩萨心；舍下水，救黎民……」铳声震撼静寂的山谷，铁铸独庙发出铮铮嗡嗡的回声，锣鼓家伙再次敲起来。白嘉轩抽动绳子从潭里吊起瓷罐，抱在怀中，众人把摆在铁庙里的供品，用细面做成的各种水果和油炸的麻花馓子一齐抛进潭中。

取水的人回到白鹿村已经是第二天早饭时间。白嘉轩走进关帝庙，把盛满清水的瓷罐儿双手敬献到关老爷足下，刚作完揖拜跪下一条腿就扑倒在地人事不省。众人慌忙从他腮帮上抽下钢钎儿，用香灰和黄表灰塞住穿透的两个窟窿，抬回四合院里去。用刚刚吊上来的井水擦洗了手心脚心心窝和后心，又给灌下一碗凉丝丝儿的井水，白嘉轩呼喇一下睁开眼睛，奇怪地瞅着围在炕上炕下的家人和族人，似乎刚刚从西海龙王那里归来而不晓尘世发生过什么。白嘉轩猛然瞅见站在他身子后首的鹿三：「三哥！你把牲口喂饱了没？」

直到取回来的那只细脖瓷罐里的潭水在关老爷的脚下完全干涸，雨却仍然没有下。人们再也无法忍受等待的焦虑，怀着最后的希望把麦子撒进干透的土地，犁铧翻起干裂的土层，蹿起一股股黄色尘烟。麦粒比谷粒更快地粉化了，真正出现了一亩一苗的奇观，那一棵稀罕的麦苗是在牛尿里侥幸出土的。干旱延续到腊月，落下一场多年不见的大雪，冻死了白鹿原上的柿子树，老树新树几乎无一幸免。原坡塄上和庄稼院里的柿子，有的个大如碟，有的四棱突起，更有给皇帝进贡久负盛名的火晶柿子，现在全都在一个冬天里绝杀断种了。大雪后接着是持续的冬旱和奇寒，积雪不经融化而逐渐风干了。当春天到来的时候，原野上一片精赤，不见麦禾也不见青草，满眼是枯死的柿树枝干，想种点萝卜也下不进籽儿。柿可当食，萝卜亦可救生，老天爷连一丝儿生存的机缘都不留给白鹿原上的乡民。干旱僵持过春天又延续过夏天，当一场隔年不见的透雨降下的时候，人们已经不大关心或者无心操持秋田播种的事了，种子没有了，耕牛也没有了。旷年持久空前未遇的大

旱造成了闻所未闻旷日持久的年馑，野菜野草刚挣出地皮就被人们连根挖去煮食了，树叶刚绽开来也被捋去下锅了，先是柳树杨树，接着是榆树构树椿树，随后就把一切树叶都煮食净光了，出一茬捋一茬。榆树叶是所有树族中的佼佼者，捋了树叶又扒了树皮，剔掉粗皮留下内瓤，剁成细末儿和水熬煮，就变成又黏又稠的绝佳的糊糊。白鹿原上的榆树是继柿树之后灭绝的又一个家族。饿死人已不会引起惊慌诧异，先是老人后是孩子，老人和孩子似乎更经不住饥饿。饿死老人不仅不会悲哀倒会庆幸，可以节约一份吃食延续更有用的人的生命。只有莫名奇妙的流言才会引起淡弱的兴趣，一个过门一年的媳妇饿得半夜醒来，再也无法入睡，摸摸身旁已不见丈夫的踪影，怀疑丈夫和阿公阿婆在背过她偷吃，就蹑手蹑足溜到阿婆的窗根下偷听墙根儿，听见阿公阿婆和丈夫正商量着要杀她煮食。阿公说：「你放心度过年馑爸再给你娶一房，要不咱爷儿们都得饿死，别说媳妇，连香火都断了！」新媳妇吓得软瘫，连夜逃回娘家告知父母。被母亲哄慰睡下，又从梦中惊醒，听见父亲和母亲正在说话：「与其让人家杀了，不胜咱自家杀了吃！」这女人吓得从炕上跳下来就疯了……危言流语像乌鸦的叫声一样令人毛骨悚然。

当这场年馑刚刚注定要来的先一年初冬，白鹿村在渭北以及在当地邻村熬活儿的长工汉们纷纷回到自家屋里来，即使不大仁义的主家也都提前付给他们全年的工价，让他们在离年终之前的两个多月就下工回家了，起码可以省下一个人的口粮。鹿三在街巷里看见这些提前下工回归的兄弟哥们就想到自己。在麦子断定不能出苗以后，瞧着牲畜市场日渐下跌的行情，白嘉轩果决地卖掉了青骡和犍牛，只留下一匹红骒马。这不算是多么聪明的举措，谁也能谋划得出来，一头牛或一匹骡子一年间吃下的精料——豌豆和麸皮，也许可以换回五头牛和五匹骡子。除了粮食集集冒涨，其余百物牲畜棉花木料布匹杂



货以及土地天天往下跌价，女子订亲的聘金也跌过大半。在可怕的饥馑刚刚露出暴虐先兆的时候，各色粮食一下子就被推到至高无上的权威地位，任何东西包括人本身都不得不俯首称臣不得不跌价再跌价了。小麦无苗，冬天不用上粪了；棉花早死了，轧花机也甭想招徕弹花主顾了；牲畜卖掉了，剩下一匹马浮不住一个人专门喂养；整个一个冬天和春天都将闲适无活儿，自己闲吃静坐在人家屋里怎么好意思呢？他深信白嘉轩绝不会像村中那些长工的主家那样打发他提早下工，需得自己说话辞别而不能赖着等主家来撵出门去。晚饭后，鹿三抹了抹嘴巴点燃了旱烟袋，爽声朗气地说：「嘉轩，我今黑回去呀。」白嘉轩平和地说：「回你回咯！有啥事你尽管办。今年冬里没啥紧活路咯！」鹿三料定主家理会错了自己的原意，就挑明了说：「我明日再不来咧！」白嘉轩依然平和地说：「我刚才说了嘛！何止明日？三天五天你尽管走。」鹿三更透彻地说：「从明日往后，我再不来了我下工咧！」白嘉轩这才从椅背上欠起身子：「那咋么了？半路上你就走了不来了？离过年还远着哩嘛！」仙草听见了也凑到桌边问：「三哥你犯了俺屋谁的心病咧？你倒是明说怎么能走哩？」鹿三连忙解释：「地里没啥活儿屋里也没啥活儿了，我白吃闲坐着不自在咯！」白嘉轩说：「你走了倒是自在了，可把不自在丢给我了！」鹿三愣怔一下。白嘉轩接着说：「为了省一份口粮撵你出门，人会说我啥话哩？我心里还能自在吗？」鹿三忙说：「不是这话！是没活干了闲下了，这谁都看得见的事，不会胡说的。明年春上要是落下透雨地里活儿开场了，我不用你叫就来了。」白嘉轩冷下脸说：「三哥你听着，从今往后你再甭提这个话！有我吃的就有你吃的，我吃稠的你吃稠的，我吃稀的你也吃稀的；万一有一天断顿了揭不开锅了，咱弟兄们出门要饭搭个伙结个伴儿——」鹿三咽了一口唾液，粗大的喉疙节猛烈地滑动了两下，没有话说了。白嘉轩随之轻俏地说：「没活儿干了你就歇着睡着，歇够了睡腻了你就逛去浪去！逢集了逛集没集时到人多的地方去谝，要纠方要狼吃娃要媳妇跳井，谝了要了再歇再睡……你甭瞪眼！兄弟我不是给

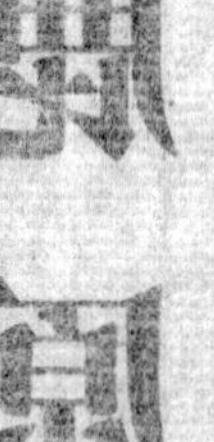

你撇凉腔是说正经话：天杀人人不能自杀。年馑大心也就要放大。年馑大心要小了就更遭罪了。」鹿三觉得眼里快要忍不住流泪，没有说话就转身出了院子进了马号。直到新年春节前的祭灶日到来时，他又一次下定决心，这回下了工明年再不来了，实在不能再进白家门白吃闲坐了。

鹿三离开白家的前一晚，孝文硬着头皮向父亲提出借粮，白嘉轩拒绝了。这件事更深地刺激着鹿三。正月十五一过，不见鹿三来上工，白嘉轩走进鹿三低矮凌乱的两间厦屋：「跟我走，三哥。甭说我，自你过年走了红马日夜叫唤，要你喂它哩！旁人添草拌料它不悦意吃咯！」鹿三的喉圪塔又猛烈地滑动了两下，跟着白嘉轩回到马号。

孝文硬着头皮走进上房东屋，啰啰嗦嗦向奶奶白赵氏诉说，分家时父亲分给他的粮食可以接上秋收，可是秋天绝收了，来年的麦子也没指望了，整个一个冬天喝稀糁子凑合到腊月，年是实在过不去了……他哀告奶奶给父亲说一句：借些粮。白赵氏正想趁机教训一下孙子，你看看你弄成啥光景了?白嘉轩从对面的西屋已经听见，大声说：「你就甭开这个口！」白孝文再没说话就从奶奶的屋里退出来回到前头门房。白赵氏对着西屋说：「你的心不是肉长的是滋水河里的石头！」白嘉轩走进门来：「妈，你明日把那俩碎崽娃子引到后头来。」

孝文向父亲借粮伤脸以后就把两亩水地卖掉了。白嘉轩得知这个消息后气得吃不下饭，指令孝武把孝文叫到后院正厅来。孝武走进前院门房东屋说：「哥！咱爸叫你！」孝文仰躺在炕上只扭了一下头：「我不去。」孝武端直站着：「咱爸叫你你也不去?」孝文说：「后院厅房我不去，再不去了。」孝武威胁说：「那让老人求到你的门下?」孝文猛然从炕上翻起身来跳到炕下：「你甭跟我耍威风！谁爱来不来我不稀罕！我也没拿你啥没借你啥没欠着你的啥！」孝武不动声色地说：「哥你看你成了什么样子?说话处事还像不像个做兄长的?」孝文正想说出更辛辣的话，泄一泄没借着粮食的怒气，也杀





一杀弟弟的神气。不料父亲在院子里呵斥：「孝文你出来！」孝文趿拉上棉窝窝走到院子，就看见漆黑的院庭里站着父亲的佝偻的形体。白嘉轩劈头问：「你把水地卖了?」

「卖了。」

「卖给谁了?」

「谁给钱多就卖给谁。」

「我听说卖给鹿子霖了?」

「子霖叔有钱也有粮食。旁人买不起。」

「这地是在你爷手里置下的，你不能卖！」

「眼下这地分给我是我的，我想活命就得换一把粮食。」

「这二亩水地你卖了多少钱?」

「正说着哩！价官还没说死撂倒哩！」

「你甭说了，这地你卖给我，我给你双价。」

「那不行。大丈夫出言驷马难追。你给我钱再多也不能收回我的话了。」

黑暗里一声啸响，白孝文应声一个趔趄跌倒在地，父亲手中的拐杖抽击到他的脸上，继之又砸到他的大腿上。白孝文却感到了一种报复的舒畅，从地上缓缓悠悠爬起来走进屋去，咣一声插上门闩，把父亲和孝武冷晾在院子里。孝武搀扶劝慰着父亲，走回后院厅房里去了。孝文继续恢复仰躺在炕上的睡姿，一条腿架在另一条腿上，对女人说：「好咧好咧！从今往

后再没有谁来管我了！」

这一年的春节新年是孝文所能记得的最暗淡无趣的一个新年，白鹿原上远远近近的大村小寨，听不到锣鼓听不见喧闹只听得零三碎四的几声炮响。正月初一晌午，孝文到白鹿镇的馍铺里买了五个白生生的罐罐儿馍，蹲在馍铺的台阶上吃了，向馍铺掌柜讨了一壶酽茶喝了，算是自己给自己过了个年。孝文吃罢又挑了五个揣进怀里，绕道白鹿村后巷朝村子东头走去。村巷里男男女女拖着孩子往祠堂汇集，饥馑之年也不能少了给祖宗点一炷香叩三个响头。孝文走进小娥的窑门就嘘声嗔气地说：「妹子年好，哥给你拜年来了！」小娥正在案板上揉面团回过头说：「你心里想日妹子了嘴里可说是给妹子拜年！拜年拿的啥礼物？」「你把哥的好心冤屈咧！」孝文从怀里掏出一个又一个点着红花的罐罐馍，摆到案板上说，「人家到祠堂拜祖宗哩！全村就剩下咱俩舍娃子天不收地不管，咱俩你拜我我拜你过个团圆年！」「这么说哥你坐火炕上等着——」小娥笑了，「妹子给你擀碱面浇臊子。」「臊子面香着哩等一会儿再咥。」孝文说，「我已经咥饱了。你也先咥个馍压压饥。咱先弄一回，哥想死你咧！」「不成不成我手上沾着面！」小娥摇头。「又不用手……」孝文把小娥抱离案板走向火炕……

孝文对第一次在小娥身上能够做到得心应手的事记忆难泯。那是在他挨过刺刷抽打之后一个半月的一天后晌，第一次走出街门就端直走进田小娥的窑洞。小娥一惊一愣：「你大白天到我这儿来不怕人看见？」白孝文说：「过去怕人看见现在不怕了，谁爱看就看。」小娥这时候才回过神儿来问他伤势好了没有，捋起袖子看他胳膊解开胸扣儿看他的胸脯。孝文揽住她的腰凌空把她托起来放到炕上，动手解她的偏襟纽扣儿：「哥在炕上躺了个半月啥也不想，就一门儿心思想着你这一对



儿白鹁鸽儿。」小娥像蛇一样紧紧缠抱着孝文，泪花婆娑口齿喃喃着：「好哥哩你到底伤得咋个像况……我不得见又不得问……妹子心疼你都快要疯了……」小娥说着，突然翻起身来，双手捧住孝文的脸颊，惊诧地问：「哥吔你今日……行了？」孝文得意地抹一抹脖子上的细汗：「这下你再不笑话我是蜡做的矛子了吧！」俩人被这个奇异的变化鼓舞着走向欢乐的峰巅。自从破烂砖瓦窑开始一直到被捆到祠堂槐树上示众，他都无法克服解开裤带不行了勒上裤子又行了的奇怪的痼疾，今天才第一回在小娥面前显示了自己的强大和雄健。小娥仍然解不开好奇：「过去到底咋么着是那个怪样子？今日个咋么着一下就行了好了？」孝文嘲笑说：「过去要脸就是那个怪样子，而今不要脸了就是这个样子，不要脸了就像个男人的样子了！」太阳光从窑垴塄坎上移到树梢上，直到窑里完全黑暗下来，俩人都没有离开火炕，一次又一次走向欢愉的峰巅，一次又一次从峰巅跌下舒悦的谷底，随之又酝酿着再一次登峰造极……那时候白嘉轩正领着取水的村民走进峪口朝龙潭进行悲壮的进军……

小娥从炕上下来勒好棉裤，在瓦盆里洗着手，回眸对躺在火炕上的孝文说：「哥吔今日个过年，你没忘妹子妹子也没忘你，你给妹子送了五个罐罐儿馍，你猜妹子给你留着个啥好的？」孝文不在乎地说：「肉包子肉丸子臊子面不是？不稀罕！我就稀罕捉你那一对儿白鹁鸽儿！」小娥说：「保你稀罕！搁平常我不给你，今日个过年才叫你享一回福……你等着，等我擀好面，咱俩吃了长寿面再给你。」孝文一骨碌从炕上跳下来，精光着身子抱住小娥，冻得直抖：「你倒说得我躺不住了，快拿出来让我看是啥好玩艺儿？」小娥无奈又爬上炕，从窑窝里摸出一杆烟枪来说：「你今日个尝一口，保准过个好年。」孝文看见油光油亮的烟枪不禁一愣，接过那滑腻的紫黑色的烟管指尖上感到冰凉，脑子忽然浮出姑父朱先生授课时慷慨陈词的面孔，那个永远保持着平和敦厚仪容的朱先生讲到禁烟时就失了常态。小娥在他面前半倚躺着，撕开一

层油纸，用细铁钎挑起一块膏状的鸦片在三个指头间揉搓，然后就按到烟枪眼儿上说：「等等，我给你点灯。妹子今日个服侍你过个好年。」连着让孝文吸了三个泡儿，小娥像哄孩子一样拍着孝文的肩膀：「好好睡。妹子给你擀面去。」

孝文躺着，渐渐开始幻化，手臂舒展了腿脚轻捷如燕了，心头似有一缕不尽的柔风漫过去再拂过来，头脑里除去了一切生活的负累，似有无数的鲜花绿叶露珠滚动。案板上咯噔咯噔擀面杖的响声节奏明朗，小娥伸出胳膊推着擀杖前进又弯着手臂把擀杖拉回案边的动作像是舞蹈。他轻轻一纵就坐起来穿好衣裤，自告奋勇地坐到灶下的柴墩上拉起风箱，快活地说：「妹子你擀面我烧锅，咱俩今日个过个夫妻年。」小娥欢蹦蹦地在案板上玩着擀杖，偌大的面叶一会儿卷到擀杖上，一会儿又像挥舞一面旗子似的从擀杖上摊开到案板上，她勒着围裙的腰即使穿着棉裤也不显臃肿，丰满的胸脯随着擀面的动作微微颤着，浑圆的臀部也微微颤着。孝文忍不住嘻嘻地说：「哎呀妹子我又想了……」小娥说：「你是瓜娃子得了哪一窍？不看我正切面哩！」说着，把切好的细面拢到木盘里托起来，放到锅台上，看看锅里气儿上来了，就推出锅盖，哗啦一声把面条撒进滚水里，又伸过胳膊拉上锅盖。这当儿，她的优美干练的动作撩拨得孝文忍俊不禁，一只手拉着风箱杆儿，左手从下边揪住裤脚猛力往下一抻，棉裤哗地一下褪过膝盖，伸手抱住她按倒在灶下的麦秸上。小娥急了：「哎呀面闷糊到锅里咧！」孝文说：「让它糊去！」小娥说：「而今粮食敢糟踏？」孝文说：「一碗面不算个啥！」小娥无意损伤孝文的兴致，仰躺在灶间麦秸上，一手抚着孝文的脸，另一只手拉着风箱杆儿……



孝文分得的三亩半水地和五亩旱地，前后分三次转卖到鹿子霖名下，那八亩半水旱地里有二亩天字地一亩半时字地三亩利字地二亩人字地。八亩半地所卖的银元，充其量抵得上正常年景下二亩天字地的所得，临到最后卖那二亩人字地的时候，孝文已经慌急到连中人也来不及请，直接走进白鹿镇鹿子霖的保障所，开门见山地说：「子霖叔，那二亩人字地也给你吧，你就甭再推诿了！你凭良心给几个（银元）就是几个我不说二话。」鹿子霖诚恳地说：「孝文你看，叔实在不好再要你的地了。我跟你爸一辈子仁仁义义的，你一而再再而三地箍住我要卖地，日后我实在跟你爸都不好见面说话咧！」孝文急不可待地说：「俺爸是俺爸我是我。你不要的话，咱村再没谁买得起，外村人嫌不方便也不要嘛！好叔哩我瘾发了简直活不下去了，你先借给俩银元让我上烟馆子去……」鹿子霖从腰里摸出两枚银元来，看着孝文急不可待地转过身，脚下打着绊腿走出保障所大门，沉吟说：「完了！这人完了！」

鹿子霖走出保障所大门在镇子上溜达，尽管年馑可怕，镇上的粮食并不少，只是价钱高得吓人。他装作关心粮市上价钱的跌浮，很有耐心地和卖粮的主家交谈着，用深陷在长睫毛丛中的眼仁儿扫瞅着人头攒动的粮市，寻找白嘉轩。根据他的判断，孝文不久就会向他提出卖房的事，于此之前必须和嘉轩打个照面，为将来的下一步扫清障碍。穷人和富人现在都关心粮价的跌浮。白嘉轩丑陋的驼背进入他的眼睛，他做出完全无心而是碰巧撞见的神态开了口：「呃呀嘉轩哥！碰见你了正好，我有句话想给你说——」白嘉轩扬起脸：「街道上能说不能说？」鹿子霖说：「能能能。也不是啥是非话嘛！我想劝你一句，你把粮食给孝文接济上些儿嘛！总是爷儿们嘛！甭让他三番五次缠住我要卖地，我不买他缠住不丢手，我买了又觉得对不住你……」白嘉轩咬着腮帮，完全用一种事不关己的腔调说：「这没啥对不住我的。你尽管放心买地，他要踢地你要置地是你跟他的事，跟我没啥交涉。」鹿子霖更诚心地劝：「嘉轩哥你甭倔，亲亲的爷儿们，你不能撒手不管……」白嘉轩冷笑一声反问：「管？你怎么不管兆鹏？」鹿子霖噎得反不上话来。白嘉轩转过驼背就把手伸进一条粮食口袋里抓摸着麦子看起成色来了。鹿子霖不露声色地在想，你顶我顶得美顶得好！你不管了好！我就要你这句话！

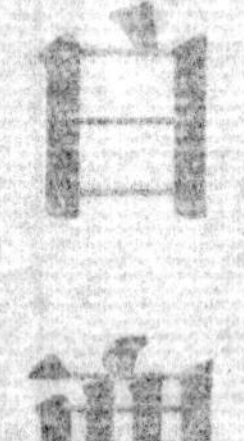

陈忠实 著 中卷 二九二

孝文头一回卖了地，和小娥在窑洞里过了个好年，临走时把一摞银元码到炕席上：「妹子你给咱拿着。」把一小半留在身上回到家里。媳妇向他要卖地的银元：「你装在身上不保险，我给咱锁到柜里，接不上顿儿了买点粮，日子长着哩！」孝文说：「放心放心放一百二十条心！银元我装着你甭管。你日后啥事都甭问甭管。」两个孩子由白赵氏引去吃饭，孝文成天不沾家浪逛着摸不清影踪，只有她一个人在屋里忍饥挨饿，婆婆仙草时不时背过公公塞给她一碗半勺，她饥肠辘辘却难过得吃不下去。有一晚，她鼓足勇气向孝文抗争：「地卖下的银元不论多少，不见你买一升一斗，你把钱弄了啥了？」白孝文眼睛一翻：「你倒凶了？你倒管起我来了？」媳妇说：「我凶啥哩我管你啥来？我眼看饿死了，还不能问你买不买粮？」白孝文冷着脸说：「不买。你要死就快点死。你不知道死的路途我指给你：要跳井往马号院子去，要跳河跳崖出了村子往北走，要吊死绳子你知道在哪儿挂着……」媳妇急了：「我知道你盼我死、逼我死、往死里饿我。我偏不死偏不给你腾炕，你跟那婊子钻瓦窑滚麦秸窝儿，反正甭想进我的门上我的炕！」白孝文涎下脸说：「你管不着。你不死我也睁眼不盯你。」说罢就抽身出门去了。随后有一夜，孝文和小娥在窑里炕上一人一口交口抽着大烟，他的媳妇找到窑门外头，跳着骂着。孝文拉开窑门，一个耳光抽得媳妇跌翻在门坎上。媳妇拼死扑进窑去，一把抓到小娥裆里，抓下一把皮毛来。孝文揪着媳妇的头发髻儿，两个嘴巴抽得她再不吼叫嘶骂了，迅即像拖死猪似的拖回家去。

孝文媳妇在白家的称呼是大姐儿。大姐儿独自一人躺在四合院门房东屋的炕上，家徒四壁，装粮食的瓷缸和板柜，早在踢地之前被孝文搬到镇子上贱卖了，屋里只剩下炕上的两条被子和炕下脚地上的一条长凳。她的通身已经黄肿发亮，隐隐能看见皮下充溢着的清亮的水，腿上和胳膊上用指头一按就陷下一个坑凹，老半天弹不起来。她的脸上留着一坨坨乌青紫黑的伤痕，那是孝文的拳头砸击的结果。她已经没有饥饿的感觉，阿婆让孝武媳妇二姐儿端来的饭冷凝在碗里。她想对阿公说一句话，却揣度阿公肯定不会进入她的屋子，于是就打定主意去找他，她准确地预感到自己即将完结。西斜的日头把后窗照得明亮如烛。大姐儿听见阿公熟悉的脚步走过门房明间走到院庭就消失了，她的心里激起一股力量，溜下炕来在镜子前拢梳一番散乱的发髻，居然不需攀扶就走进了厅房，站在阿公面前：「爸，我到咱屋多年了，勤咧懒咧瞎咧好咧你都看见。我想过这想过那，独独儿没想过我会饿死……」白嘉轩似乎震颤了一下，从椅子上抬起头拔出嘴里的水烟袋，说：「我跟你妈说过了，你和娃娃都到后院来吃饭。」大姐儿说：「那算啥事儿呢？再说我也用不着了。」说罢就转身退出门来，在跷过门坎时后脚绊在木门坎上摔倒了，从此就再没有爬起来。白嘉轩驼着背颠过去，把儿媳的肩头扶起来，抱在臂弯里。大姐儿的眼睛转了半轮就凝滞不动，嘴角扯了一下露出一缕羞怯。白赵氏仙草和二姐儿全都闻声奔过来。孝武四处奔走，找不见孝文。

孝文刚刚办完卖房的手续，三间门房全部卖给鹿子霖，把所得的银元顺路撂在小娥的炕头上，直到半夜回来，看见停放在烛光里的媳妇的僵尸，猛然站住脚跨不动腿了。他根本没有想到她真的会死。她结实有劲没生过大病，她胳膊上的肌肉像男人一样结块儿，大腿和小腿肚儿瓷实梆硬。他忽然想到她曾经教他做床笫上的事的情景，心里一软，这个他已经不喜欢的人现在死了。弟弟孝武走到跟前说：「哥！你作孽了！」孝文没有动。弟弟又说：「明日个入殓时她娘家人来闹事的话，你出面跟人家回话。」孝文仍然没有动。孝武忍不住恨声说：「扎你一锥子都扎不出血了！」

持久的饥饿的大气候把包括死人这样至为重大的事都压迫得淡化了。死人早已不再引起特别的惊诧和家人的过分悲痛，而白嘉轩家里也饿死了人，在村中还是造成大哗。所幸的是大姐儿娘家的人似乎对于出门多年的姑娘感情淡漠，只派大姐儿最小的弟弟前来吊孝入殓。那个被饿得东摇西晃的弟弟干嚎过几声之后，就抓起大碗到锅里捞面浇臊子蹲在台阶上大咥起

来。为了顾全影响，白嘉轩让孝武出面帮助孝文完成了丧葬之事，着眼点在乡亲族人的口声而根本不在孝文。埋葬大姐儿之后，孝文真正成了天不收地不揽的游民，早晚都泡在小娥的窑洞里，俩人吃饱了抽大烟抽过瘾了就在炕上玩开心，使这孔孤窑成为饥馑压迫着的白鹿原上的一方乐土。

「给我帮个忙。」鹿子霖邀请来了鹿姓本门十多个年轻后生，向他们吩咐了到白家去拆房的事，用软绵的馍馍和煮成糊涂的面条招待他们饱咥一顿，然后叮咛说：「你们去只管拆房甭说二话。白家没人出来阻挡你们就尽管拆，要是有人出面拦挡，满仓侄儿你回来叫我。」十多个小伙梦想不到今天有机缘给肚子里填满了真正的粮食，精神顿然焕发，甭说拆房，叫他们前去杀人也无不可。满仓领着他们出门了。鹿子霖最后叮嘱一句：「不准起哄闹事。」

鹿子霖坐在祭桌旁的椅子上抽水烟，得意中不无紧张，期待着满仓飞奔回来请他出面。可是连着抽完三袋水烟，仍不见满仓回来，难道白嘉轩父子对拆房这种揭面皮的事也无动于衷？直到街门口咚一声木料着地的响声，他按捺不住急走到街门口，把两个抬一根木料的侄儿叫进门来问：「白家没啥响动？」一个侄儿说：「没没没。孝武蹦出来挡将，满仓哥刚下梯子准备回来叫你，他爸出来把孝武拉回去了。满仓哥又上了梯子……」另一个侄儿补遗说：「孝武张头张脑的挺凶，他爸出来还笑着说，『快拆快拆，拆了这房就零干了，咱一家该着谢承你子霖叔哩……』随后才拉着孝武进后院去了。」鹿子霖从街门口踱回厅房祭桌跟前，重新装上一袋水烟，吹燃火纸的时候，绷紧的心里有点泄气，难道我没尿到他的脸上尿到空沟里去了？

白嘉轩家的反应实际很难揣摩。白嘉轩的厅房上屋里聚着白赵氏白吴氏以及孝武和他媳妇二姐儿，更多的是本族近门的弟



兄和侄儿们，他们义愤填膺气恨难平，众口一词再三反复强调着同一个意思：鹿子霖不是买房是揭族长的脸皮！鹿子霖揭掉的不单是族长的脸皮是在白姓人脸上尿尿！白嘉轩只顾咂着水烟袋。白赵氏说：「孝文使唤了他多少钱咱还多少，房子不能拆。」仙草悲愤地说：「我咋么要下这个踢地卖房的败家子！」孝武说：「爸我实在忍不下这口气！」族人侄儿们随着孝武哄哄起来：挡了他看他要咋？叫鹿乡约出来说话看他咋说？砸断他的腿拐儿再说！白嘉轩喝住众人：「你们生的哪路子气煽的哪门子火？子霖买房掏了钱立了契约合理合法；再说是孝文箍住人家要卖房，你们怪人家子霖的啥错儿呢？回去回去快都回去。」他毫不留情地斥退了众人，只留下自家人在周围时才说：「我难道连这事的轻重也掂不来吗？揭我脸皮我还不知道疼不觉得羞吗？」大家都不言语了。白嘉轩问孝武：「除了拦挡除了打架，你看还有啥好办法呢？」孝武闷头不语半晌，猜摸父亲的心意，说：「爸！他今日拆了房，我明日个搭手准备盖房，把门房再盖起来，还要盖得更体面。」白嘉轩在桌子上拍了一巴掌：「这就对了！一拆一盖，人就分清了谁是孝文谁是孝武，祖宗神灵也看见谁是白家的孽子谁是顶梁柱！」白嘉轩扫视一眼白赵氏仙草二姐儿最后盯住孝武说：「人说宰相肚里能行船。我说嘛……要想在咱原上活人，心上就得插得住刀！」

直到满仓领着人把木料砖头瓦片全部拆光送走，又挖下了木格窗子和门板，白嘉轩恰当此时走到前院，瞅一眼残垣断壁和满地狼藉的土坯碎砖，把正在殿后查巡的满仓叫住，客客气气朗声问道：「满仓你们拆完了？」满仓不好意思地笑答：「完了完了……伯。」白嘉轩说：「你再看看还有啥东西没拿完？」满仓依然笑容可掬地答：「没咧没咧啥也没咧……伯。」白嘉轩却认真地说：「有哩！细看看。」满仓干笑起来：伯你要笑侄儿哩！不用细看……」白嘉轩加重声色喝住转身欲走的满仓：「你甭走。你把东西没拿完不能走。你蹲下仔细想想，啥时候想起来再走。」说着双手拄着拐杖，紧紧盯

住满仓。满仓怯着族长伯伯真的蹲下来不敢走了。街巷里不一会儿便聚集起来一伙人看蹊跷事。白嘉轩心里却道：我看你鹿子霖还不闪面儿？

鹿子霖来了。听到满仓被白嘉轩扣留的消息就赶来了，又手打着躬抱歉地说：「嘉轩哥我本该早来给你说一声，保障所来了上头的人我脱不开身……满仓你咋搞的？说啥冲撞你伯的话啦？还不赶快赔礼……」白嘉轩把拐杖靠在肩头，腾出手来抱拳还礼：「子霖呀我真该谢承你哩！这三间门房撑在院子楦着我的眼，我早都想一脚把它踢倒。这下好了你替我把眼里的楦头挖了，把那个败家子撵出去了，算是取掉了我心里的圪塔！」鹿子霖原以为白嘉轩抓着了满仓的什么把柄儿寻隙闹事，完全料想不及白嘉轩这一番话，悻悻地笑笑说：「孝文实在箍得我没……」白嘉轩打断他的话：「孝文箍住你踢地卖房我知道……我叫满仓甭走，是他给你把事没办完哩！」鹿子霖说：「还有啥事你跟我说，兄弟我来办。」白嘉轩说：「你把木料砖瓦都拿走了，这四堵墙还没拆哩！你买房也就买了墙嘛！你的墙你得拆下来运走，我不要一块土坯。」鹿子霖心里一沉，拆除搬走四面墙壁比不得揭椽溜瓦，这十来个人少说也得干三天，这些饿臭虫似的侄儿们三天得吃多少粮食？他瞅一眼街巷里看热闹的人，强撑着脸说：「那当然那当然……」白嘉轩仍然豁朗地说：「你明日甭停，接着就拆墙，越早越快弄完越好！咋哩？门户不紧沉喀！再说……我也搭手想重盖房哩！」



# 第十九章

鹿子霖刚走进保障所的小院，白鹿中医堂抓药的相公就跟进来说：「先生请你过去有话，甭耽搁。」鹿子霖在走向中医堂的街道上盘算着如何向冷先生解释买来拆掉白家门房的举动，除了这件事，他想不到还有什么紧要的事会促使冷先生一大早就着人来叫他。走进中医堂，冷先生把他引到后边的寝室，开口时一脸的惊慌：「你知道不知道。兆鹏给田总乡约逮住了！」鹿子霖大惊：「你听谁说的？啥时候出的事？我一点儿也不知晓！」冷先生说：「早起一开门来了南原上一个病人，说是昨晚夕在学校里给逮住的。」鹿子霖惊诧不已：「他还在原上？我的天老爷！通缉告示贴得满原上都是，他居然还没离原……」冷先生说：「听说他刚刚从城里回到原上，想煽动饥民起来闹事，倒没料想他的一个共党兄弟儿给田总乡约告密了。再问旁的我也说不仔细，事倒是实事，田总乡约连夜押送到县上去了……你说咋办？」鹿子霖说：「活该！死得！把这孽子拗种处治了，我倒好说话好活人了！」冷先生说：「你说的是气话。你我现在这年岁，还有多少话好说还有多少人好活呢？没有多少了；你我而今都活儿女的人哩！」鹿子霖咳了一声竟落泪了，泣不成声地说：「我一家好端端的日子全坏在这龟孙子身上。他参加共产党教我跟着背亏带灾且莫说起，单是婚事……教我总也觉得对不住你老哥呀！我说的不是气话是实心话，把他龟孙处治了倒好！仓里县里再不疑心我鹿子霖通共的事了；家里的事也好办了，让人家名正言

顺再嫁去，我在你老哥面前不就好说话好活人啦吗？」冷先生说：「我今日叫你来可不是说这话的。我知道你想救他说不出口。」鹿子霖仍然坚持说：「我不救。」冷先生说：「你不救我救。我的女婿呀！」鹿子霖说：「你救也是白救。他把田总乡约押到铡刀下你也知道，田总乡约能饶他？上边现在对共党是『宁错杀一千决不轻放一个』。他完了他兆鹏龟孙这回完了！你也甭劳神了，白劳神又折财……」冷先生说：「我准备倾家荡产，只要能救回我的女婿！」鹿子霖连忙接上说：「你要是真个把他救下了，他就不敢再拧拗了。他也明白他的命是你给拾回来的。」冷先生说：「你今日个留神一下，田总乡约一回来你就给我说一声。事不宜迟。听说对共党现时是快刀斩乱麻，审也不审就填了井了！」

西安当权的国民革命政府对共产党整治的手段简截了当，不作正经审讯也不屑张罗声势示众游街也很少公开枪崩，逮住后先打后问问不出什么就装进麻袋扔进废弃的苦水井里，打得问出了什么而又觉得此人不宜存留于世也同样干脆地扔进井去。鹿子霖装作若无其事的样子一日去了三次白鹿仓，直到晚夕才看见田福贤骑着马从县上回来，他抢在田福贤前头说：「我已经听说了。逮住那个龟孙为国家除了害也为我挖了眼中钉！总乡约你知道我的脾性，我不在心平时咥四个馍现在还咥两双。」田福贤却更富人情味儿地说：「再咋说总是你的儿嘛！他要是共党的小毛猴分子也好办，让他写一张悔过自新书，我再给岳书记说说情也就算了；你知道他属大案要犯，甭说我，岳书记也不敢擅自处治，在县上只打个过身就直接送城里了……」鹿子霖表白了一番于兆鹏被捕乃至被杀都闭眼不理的话，回来却急忙告诉冷先生：「田总乡约回来了。」

冷先生立即实施营救女婿兆鹏的谋略。他吩咐鹿子霖回家去把大车套好吆来，和相公一起动手把十只装满中草药的麻包抬上大车，声言要把这些积压的药材送到城里去卖掉，饥馑年月人命如纸没人来看病抓药了。他辞退了刘谋儿要鹿子霖亲自掌鞭吆车。他吩咐鹿子霖绕道走过白鹿仓门口：「子霖你去叫一下田总乡约，他女人病了让他跟我一路走，顺路给他女人



看看病。」田福贤失急慌忙跑出仓门，深信不疑地爬上大车，连声询问他女人得了啥病要紧不要紧。冷先生一如往常的简洁：「早起你的一个亲戚来叫我我抽不开身去，大体问了一下病情给抓了两服药拿走了。你甭急也甭问，问多了我也说不上来，咱们顺路去看看，我还到城里送药哩！」青骡拉着大车在乡村间的官路上咯吱咯吱叫着，一直西进，终于停在一幢高大的门楼下，冷先生打了个呵欠从车上下来。

进入田家的深宅大院，田福贤把睡意正酣的女人问得莫名其妙，自己也莫名其妙地问冷先生：「内人没有病呀！也没有让谁去请先生呀？」冷先生却说：「我又给人骗了。那人冒充总乡约的亲戚，骗了我两服药……小事一桩……」说着就往门外走，鹿子霖从大车轮下钻出来丧气地说：「糟了糟了！车轴颠断了走不了了！」于是，十只捆扎严密的麻包从车上卸下来送进屋里，田福贤爽气地说：「明日让车木匠换个轴就是了。倒好倒好！咱兄弟仨难得聚在一起喝一盅。」酒过三巡之后，冷先生解开了堆在台阶上的麻包，又擎着灯台让田福贤看他的「宝药」。田福贤看了看麻包瞪起眼来，鹿子霖惊诧得差点叫出来，伪装成药包的麻袋心里包裹着一堆硬洋，十只麻包一个不空。田福贤说：「先生你这算做啥？」转过身厉声斥责鹿子霖，「你这样弄法儿，你得跟兆鹏同罪！」鹿子霖吓得面如黄表：「田大哥我真的不晓得先生葫芦里装啥药……」冷先生说：「你想法子放人。我救兆鹏只认得他是我的女婿。我的女子从一而终这是门风。我再没办法就逼你想办法。」田福贤急头慌脑摊开双手：「好我的先生哥哩！你这是逼着兄弟跳华山嘛！」冷先生说：「你想想办法。你能想下办法。我知道你有办法可想。」田福贤苦笑说：「我一个小小白鹿仓总乡约，还不就是占着一道缝的臭虱！我能有个屁办法！」冷先生说：「实在没法子了也就算了嘛！这点子银货扔到你这儿，咱们得空儿来喝酒就是了。」田福贤坚持不允：「你把麻包封严装到车上拉回去，我尽量想办法；你不拉走我就不管了！」冷先生说：「我一辈子还没弄过二回头的事。」

重新上路驶出村庄以后，鹿子霖大声嘘叹起来：「啊呀呀先生哥你真是个冷先生！你事先也该给我亮个底儿嘛！吓我一跳……先生哥，麻包里装了多少硬洋？」冷先生坐在车厢里淡淡地说：「我没点数儿。我向来不数钱。这几年攒的货全端出来了。让田总乡约慢慢儿点去。」鹿子霖叹惋起来：「恐怕你这十麻包银元撂不响！」冷先生说：「撂响也罢撂不响也罢，反正撂出手我就不管它了。」

田福贤当夜把麻包里装的银元腾出来，埋到院子里西墙根那棵合抱粗的香椿树底下。他也没有数数儿，用竹条担笼像搅拾石头瓦碴一样把银元倒进香椿树下的深坑里，点数儿已经没有多少意思了。他接着在西原故居的房屋里住了三天，谢绝一切前来问安的巴结的新朋老友，只说他在外头干公事累得受不了了，需要在家里养息几天。第四天早上他骑马回到白鹿仓，后晌召集起九个保障所乡约和一些大村有影响的头面人物的联席会议，提出一条动议：「要求省府将共匪鹿兆鹏押回白鹿原正法。」得到与会者一致响应。田福贤第二天骑马进省城去，闯这个机关奔那个衙门牙硬辞坚，申述白鹿原几万乡民正当而又强烈的要求，把在白鹿原上滋生又在白鹿原上闹事作乱的共匪鹿某押回原上就地正法；三天后，以贺耀祖打头的三十多人的乡民请愿团一呼啦跪倒在省府门前，声言不答应他们的要求就永远跪下去绝不起来；国民党滋水县党部书记岳维山被省党部召回城里，他不仅不去劝退乡民而且说服省党部郑重考虑乡民要求，如此一来不仅可以达到杀一儆百的效果，而且可以让社会各界看看共匪作为是何等不得人心……鹿兆鹏被押回白鹿原来了。

杀人场地选择在县立白鹿镇初级小学校的土打围墙西边，离土墙五尺挖着一排七个深坑，七个被捆绑着的人面对墙壁，穿着最显眼的是唯一身着褐色袍衫的鹿兆鹏，他跪伏在中间，其余六个被宣布为杀人抢劫截路挡道的土匪和贼娃子。选择这

陈忠实 著 白鹿原 中卷 三〇〇

儿做刑场再明白不过，这所学校是鹿兆鹏在原上煽动共党革命的老窝巢，以示震慑。执行刑法的是白鹿仓的团丁，他们自组建以来第一次得到出风头的机会，格外威武地站成一排。枪声响过，墙头上冒起一片蓝烟，七个人不见谁哼一声就毙命了，他们的上下嘴唇用铁丝串结在一起。尽管石印的杀人通告贴到每一个村庄的街巷里，仍然激不起乡民的热情和好奇，饥饿同样以无与伦比的强大权威把本来惊心动魄的杀人场景淡化为冷漠。

鹿兆鹏已经被转移到白鹿书院。田福贤玩了一个换人的把戏。在鹿兆鹏被解押回原之前，田福贤从县监提回来六个死刑犯，说是以壮声势，其实是为了鱼目混珠。鹿兆鹏被解回白鹿仓的当天晚上，只在那个临时作为监房的小屋里躺了不到一个小时，随后就被悄悄抬上他父亲亲自赶来的骡马大车，顶替他的替死鬼被强迫换上了他的长袍。冷先生故伎重演，大车上又垒堆起十个药材麻包，只不过没有装进银元，而是掩盖着一个死刑犯人。他们把车赶到原坡头上，搀扶着兆鹏走进白鹿书院。朱先生接过人以后说：「你们走吧！再不要来了。」

鹿兆鹏躲在白鹿书院连睡三天，轮番审讯整得他精疲力竭，种种民国新刑法整得他体无完肤，睡过三天三夜才缓过精神，饭量骤增。师母朱白氏给他精心调养，早起一碗鸡蛋羹，午间是变换着花样的面食，晚上熬下红豆小米粥，他很快就调养得面色温润了。

朱先生在他来到之前被县府抽调去做赈济灾民的事，隔三差五回书院来，回来时只问问他的身体恢复状况就离开了，没有一丝与他闲谈的意向。这一晚，朱先生回来了，他走进先生的卧室去告别，也向温柔敦厚的师母表示谢意，他看见先生和师母在昏黄的油灯下喝着一碗黑糊糊的东西，凭着气味可以辨别出黑豆的苦涩，心藏的感激的话倒说不出口来。鹿兆鹏默默地坐下来：「我要走了。」师母说：「你能走得动？」朱先生没有说话，用筷子搅着碗里的黑豆糁儿。兆鹏做出一副轻

松玩笑的样子问：「先生，请你算一卦，预卜一下国共两党将来的结局如何？」朱先生莞尔一笑：「卖荞面的和卖饸饹的谁能赢了谁呢？二者源出一物咯！」兆鹏想申述一下，朱先生却竟自说下去：「我观『三民主义』和『共产主义』大同小异，一家主张『天下为公』，一家倡扬『天下为共』，既然两家都以救国扶民为宗旨合起来不就是『天下为公共』吗？为啥合不到一块反倒弄得自相戕杀？」公字和共字之争不过是想独立字典，卖荞面和卖饸饹的争斗也无非是为独占集市！既如此，我就不大注重『结局』了……」鹿兆鹏忍不住痛心疾首：「是他们破坏国共合作……」朱先生说：「不过是『公婆之争』。」鹿兆鹏便改换话题，说出一直窝在心里的疑问：「我爸和冷先生救我我没料到，田福贤怎么会放过我？我想见他们一面……」朱先生说：「他们不想见你只给你捎来两句话，把名字改了离开西安，不然救你的人全不得活。」鹿兆鹏说：「无须他们叮嘱我也得这样做，我在西安已难立足。还有什么话吗？」朱先生说：「田福贤让冷先生问你一句话：如若你们日后真的得势，你还能容得下他？」鹿兆鹏不禁愣住，缓过神来说：「让他好好活着。我要是能活到他说的那种时候，一定要叫他看到，我们比他们更光明磊落！」朱先生说：「冷先生本人留给你的一句话纯系家事：给女人个娃娃。给个娃儿，他女子在你屋就能活下去，她自己在白鹿镇也能撑一张人脸……」鹿兆鹏软软地坐下去，双手抱住脑袋：「天哪！倒不如让田福贤杀了我痛快！」朱先生说：「怎么又变得如此心窄量小了？」鹿兆鹏猛然站起来：「我能豁出命，可背不起他们救命的债……先生，我走了，你老有话给我吗？」朱先生淡然一笑：「我嘛只期盼着落一场透雨……」



饥饿比世界上任何灾难都更难忍受，鸦片烟瘾发作似乎比饥饿还要难熬，孝文跌入双重渴望双重痛苦的深渊。博大纷繁的世界已经变得十分简单，简单到不过是一碗稀粥一个蒸馍或者一只乌紫油亮的烟泡儿。当小娥扫了瓦瓮又扫了瓷盆，把塞在窑壁壁洞里包裹过鸦片的乳黄色油纸刮了再刮，既扫不出一星米面也捏捻不出一颗烟泡的时候，那个冬暖夏凉的窑洞，那个使他无数次享受过人生终极欢愉的火炕，也就顿时失去了魅力。八亩半水旱地和门房，全都经过小娥灵巧的手指捻搓成一个个烟泡儿塞进烟枪小孔儿，化作青烟吸进喉咙里。孝文从火炕上溜下来趿拉上鞋，刚跨出窑洞一步，小娥在炕上喊：「你走了我咋办？」孝文回过头去：「我总不能引上你去要饭？等着，我要下馍给你拿回来。」他走出窑洞时没有任何依恋，胸间猛烈燃烧的饥饿之火使他眼冒金星鼻腔喷焰。孝文不假思索地往白鹿村东邻最近的神禾村走去，进了村子几乎无暇顾及那些破烂低矮的门楼，端直走到神禾村头家财东李龟年的青砖门楼下。李龟年看见他撇了撇嘴角就走进门去，支使孙子给他送来一个豌豆面搅着麦子面的混面馍馍。孝文不大在乎李龟年撇拉的嘴脸，沉浸在咀嚼混面馍馍的香甜甘美之中。他斜倚在门楼下，一只肩膀抵在门楼突前的青砖柱体上，双手掬捧着那个泛着豌豆黄色的馍馍，腮帮上鼓起一个圆圆的蠕动着的圪塔。吃完以后，他小心认真地吸食撒漏在手心和指缝间的馍渣碎屑儿，忽然记起小娥来。他顿时懊悔不迭随即又宽宥了自己：「算咧算咧已经吃完了算毬咧！等下回要到手一定给她送回去！」当他转到贺家坊贺耀祖家门楼下的当儿，正当午饭时间。贺耀祖听家人报告了孝文来讨饭的消息走出门来，亲热备至地说：「啊呀孝文！你扛在门楼下做啥？进屋进屋快进屋来！」孝文跟着贺耀祖走进门楼进入院庭，心里想着，这回可以饱咥一顿了！

贺耀祖一家正围在厅房明间的方桌上吃饭，全都停住筷子惊奇地注视着他的到来。贺耀祖指示家人给他舀饭，拉过一只矮凳放到厅房台阶上说：「坐下，在这儿坐下吃。」在哪儿坐下都无关宏旨，孝文接过贺家儿媳递来的饭碗，迫不及待地开始陶醉在纯粹白面条的美好享受之中，滚烫的面条丝毫不能减缓他吞食的速度，额头上的热汗吊线似的滴流下来，当他吃光喝净期盼再舀一碗的时候，才听见背后响着贺耀祖的声音：「你们今日个看见师傅了。我专门把这个好师傅请进门来给

你们开开眼界。白嘉轩在咱原上算得头一个仁义忠厚之人，还是保不定要出败家子儿。你们没见过败家子今日个就见上了，你们要学败家子他可是个好师傅……」孝文刚刚接住舀来的第二碗面条，心里猛然蹿起一股火来，想把那碗摔扣到贺家父子当面，临了却软软坐下来挑动细长的面条送入口中。他吃完之后抹抹嘴巴，回过头对贺耀祖嘻嘻地说：「你看中我当师傅，那我就住下不走了好不好？你啥时间还想让我当师傅尽管捎话，咱不要工钱只图个肚儿圆……」

孝文继续往东南走，越往南走人地愈生疏，一天两天也难得讨到一口剩饭一块馍馍，却不断遭到恶狗的袭击，迫使他捡拾起一根木棍，而腿脚上被狗咬烂的伤口开始化脓，紫红的脓血从小腿肚上流过脚腕灌进鞋帮里。他随后就开始发烧，强烈的恶心使他干呕出一串串带血的黏液。那一夜他从栖息的庙台上翻跌下来，浑身像浸透了井水一样冷颤不止，脑子里却得到几天来的第一次清醒，而且意识到死亡即将邻近。这一刻突然想起小娥，他放声痛哭，呼喊着小娥的名字，趔趔趄趄离开庙台……

经过两天连挪带爬殊死的行程，终于眺望得见白鹿村树木笼罩着的村庄了。他在路经熟悉的土壕时一阵情切过度的昏厥，就软软地从斜坡上翻滚下去，跌落在大土壕里。他看见小娥正朝他抿嘴勾眼嗔笑着爬上炕来，右手伸到左腋下款款地解开一个又一个布圪塔纽扣儿，两只雪白的鹁鸽儿扑飞出来；她侧身倚躺在他的身旁，把一粒搓捻得油亮的土填进烟枪小孔，俩人便你一口我一口地对抽起来；烟劲上足了，俩人便在火炕上折腾瞎闹，破席上的一根篾扦刺得他跳起来，趴在炕上撅起光溜溜的屁股，让小娥捉着针给他从皮肉里挑出扦刺来……孝文从针刺的剧疼里跳起来，一只皮毛染着血污的白狗呜呜叫着纵起尾巴跳开了，回过头对他凝视一阵儿，便失望地叫了两声溜走了。他抱住脚一看，脚面上和脚掌上留着两排对称的洞眼儿，却没有血流出来，他猜想自己的皮肉里大概挤不出一滴血了。他的心头掠过一幅阴森恐怖的景象，那些被饿死





在村道或庙台下的外乡人，村里人恐怕尸体腐烂变臭，就吆喝起几个人把尸首拖到远远的坡沟里，胡乱挖个土坑塞进去埋掉了。狗们随后跟踪而至，先是一条几条接着便拥来几十条颜色各异的大狗小狗公狗母狗，围着土坑扒挖，一当那无名死尸被扒出来，狗们就疯了似的撕扯噬咬。原上几乎所有的狗全都变成了野狗，吃人肉吃得眼睛血红皮毛上也染着血痕。白孝文几次看见过被狗们啃得白光光的人的腿骨，被撕得条条绺绺的烂衫烂裤，不由得一阵痉挛，又软软地躺倒在土壕塄坎下。一声硌耳的车轴擦磨的嘶响传来，有人赶车到土壕来取土，孝文瞅了一眼，便认出吆车的人是鹿三，不由地闭上了眼睛。

鹿三吆着马拉的木轮牛车进入土壕，拉紧木闸绾死闸绳，从车厢里取下铁锨和镢头转身走向塄坎挖土的当儿，瞅见蜷卧在旮旯里的人，他见惯了饿殍卧道所以并不太惊奇，用镢头尖头钩拉一下腿脚，探试一下是死尸还是活物。孝文就支起胳膊扬起头来，叫了一声「三叔」。鹿三扔了镢头跨前一步蹲下身来，双手扶着孝文的肩膀坐起来：「噢呀呀弄成这光景了？」孝文麻木许久的脑袋顿时活跃起来，他意识到自己现在的一言半语，都会经过鹿三这个媒介一字不漏地传达给父亲，丝毫的怯弱和懊悔都会使父亲得意。他不想让他得意，于是就说：「这光景不错这光景嫽得很！」鹿三撇撇嘴角儿：「想想你早先是啥光景，而今是啥光景？」孝文不假思索地说：「早先那光景再好我不想过了，而今这光景我喜悦我畅快。」鹿三听了，缓缓地站起来退后两步，和孝文之间形成一段距离，嘲弄地说：「你生装嘴硬。你后悔来不及了！你原先是人上人，而今卧蜷在土壕里成了人下人！你放着正道不走走邪路，摆着高桌低凳的席面你不坐，偏要钻到桌子底下啃骨头，你把人活成了狗你还生装嘴硬说不后悔！你现时后悔说不出口咯！」孝文气得颤颤抖抖：「啃呀三老汉！别人训我骂我倒是罢了，你也来训我烧骚我？你算老几？」鹿三冷笑着拍拍胸口，鄙夷地瞅着孝文：「我算老——三。甭看三

老汉熬一辈子长工，眼窝里把你这号败家子还拾不进去！我要是把人活到你这步光景，早拔一根毬毛勒死了……还活啥人哩！」鹿三从地上捞起镢头，狠狠地照着塄坎挖起来，土块哗哗哗倒下来，拥堆在脚下，接着又换上铁头木锨，装满一车土块，再把镢头和铁锨架上车帮，牵着红马解开闸绳，临出土壕的时候回过头来，半是同情半是揶揄地说：「你要是没有狠劲儿勒死，快到白鹿仓里头去，那儿今日个放舍饭……」

孝文仰躺在土壕里气得半死，串村溜墙根讨饭时，熟人用白眼瞅他孩子们喝狗咬他他都能做到心平气和，料想不及鹿三竟会如此强烈地刺激起他的羞耻感。盛怒终于冷寂下去，腹腔里似有一条蛐蜒在蠕蠕拱动，接着一条变成二条三条无以数计的蛐蜒在空荡荡的腹腔里翻搅攻掘，脑子里盘旋着鹿三走出土壕时留给他的三个字：放舍饭。饭已经十分陌生，现在又变得十分切近十分鲜活十分生动。两三天来水米不进，孝文早已没有饥饿的感觉也没有饥饿的胁迫，现在饥饿的感觉重新苏醒，饥饿的痛苦又胁迫着他站立起来，到白鹿仓去吃舍饭！他的意志集中心劲强烈，拄着打狗棍子站立起来，走出土壕爬上慢道扬起头来，弟弟孝武刚刚走到跟前。孝武是从鹿三口中得知孝文在土壕濒死的消息，他说：「哥，回家吧！」

「不回！」孝文昂起头执拗地说。

「你已经走到绝路了，再没路可走了。」

「路还没绝哩——我去抢舍饭吃呀！」

「你该想想，你咋能去抢舍饭？」

「抢舍饭好！比讨饭好比回家吃你一碗饭都好！」

「你不顾脸面……也该想想祖先！」



「要脸的滚开……不要脸的吃舍饭去啰！」

……

孝文很得意自己对鹿三和孝武的强硬态度，凭着骤然涨起的一股气力走到白鹿仓外的舍饭场上来了。白鹿仓围墙外开阔的原野上，因为干旱未能播种因而闲歇着的田地里，万头攒动，喧哗如雷，像是打开了箱盖嗡嗡作响的蜂群，更像是一个倾巢而出的庞大的蚂蚁家族，站着的躺着的坐着的攒动着的男人女人老人和娃娃，一片褴褛的衣裤构成混浊的洪水，四面八方仍然源源不断涌动着人流朝这里汇入。孝文刚刚进入时心里一阵畏怯，很快就被一张张饥饿的脸孔和粗鲁的咒骂所激励，拄着棍子朝人流密集的地方蹭去。开阔的原野上临时垒起八九个露天灶台，支着足有五尺口径的大铁锅，锅台的两边各架着一只大风箱往灶台下送进风去，火焰从前后两个灶口呼呼呼啸叫着蹿起一丈多高。灶锅前拥挤着的尽是年轻人，密实到连一根麦草也插不进去。民团团丁挥舞着棍棒，强令人们排起三路纵队，刚刚形成的队列在团丁们转过身时又顷刻瓦解，蜂拥的程度更加激烈。孝文在这种混乱中趁机挤到前沿，看见了热气蒸腾的铁锅里翻滚着黄亮亮的米粥，顿然懊悔得哭叫起来，天哪！旁人手里都攥着一只黄碗或一只瓦盆儿，自己空着两手拿什么盛饭呢？他又挤出人窝儿，打算跑回镇子去借一只碗来，肩膀却被谁一把揪住了。他情急得愤怒地回过头，鹿子霖惊讶地笑着说：「啊呀呀老侄儿！你咋能跟这些人往一窝里挤哩嘛！」孝文挣了挣肩膀没有挣脱就急了：「哎呀快丢开手！我忘了拿碗我去借碗呀！来迟了就给旁人舀完咧！」他觉得鹿子霖的手抓得更狠更紧了，愈加气急地叫：「你再不放手我就骂呀……」鹿子霖脸上浮起一缕难过的神色，倒换了一只手又抓住他的胳膊，拨开混乱拥挤的人群，不由分说拉着他走进白鹿仓围墙上临时挖开的豁口。孝文根本没有力气与抓着他胳膊的那只手抗衡，他被拉进白鹿仓的院子又进入一间屋子，一抬头就看见姑夫朱先生坐在一张桌子旁

边，哑然闭口垂下头来。

屋子里的人全都嘘叹起来。这里坐着的是临时组成的白鹿仓赈济会的成员，包括鹿子霖在内的九个保障所的乡约，各管一项分工负责向原上饥民施舍饭食，总乡约田福贤自任会长，他们构成了白鹿原上流社会。大家瞅着鹿子霖拉进门来的白孝文，衣裤肮脏邋遢，头发里锈结着土屑灰末和草渣儿，脸颊和脖颈粘满污垢，眼角积结着的干涸的眼屎上又涌出黄蜡蜡的新鲜眼屎，令人看了作呕，挽卷着裤脚的小腿上，五花血脓散发着恶臭。从德高望重的白家门楼里逃逸出来的这个不肖之徒，使在座的白鹿原上层人物触目惊心感慨不已，争相发出真切痛心惋惜怜悯的话。孝文不仅得不到丝毫的温暖和慰藉，反而更加窘迫，透彻地领受到堕落者的羞耻，再也说不出对鹿三和孝武那些赌气的硬话了。鹿子霖端着四五个馍馍走进来，正要递给孝文，一直也没有开口的朱先生制止了鹿子霖的举动，挥手让他把馍馍拿走，沉静地说：「让他多饿一阵儿好。」鹿子霖有点尴尬，在座的人无人不晓他买地拆房的事，才有点后悔不该拉扯孝文进来；原只想着把这个破落子弟推到上流社会的人们面前展览一番，没想到却使自己受到牵扯；他忽然灵机一动，对田福贤说：「总乡约，你不是说县保安大队要扩编吗？要你给他们举荐可靠的年轻人吗？让孝文去多好！咱们瞅嘉轩兄的脸面，不能看着孝文到这儿来抢舍饭呀……」众人一齐拍手称好。田福贤摇了摇手说：「你不提这事我倒忘了。好好好！孝文在朱先生书院念过好几年书，文墨深。县保安大队队长特意叮咛，让我给他物色个有文墨的人哩！」说着，趴在桌上写下一纸举荐信，折叠后装入信封，走过来交给孝文说：「你立马就去，晚了当心旁人顶占了位子。」孝文接过信封，感激地流出泪来：「田叔子霖叔……」扑通一声跪下了。孝文被田福贤抻起来，转身就要出门，姑夫朱先生挡住他说：「等等。你去抢一碗舍饭吃了再走。吃一碗舍饭好处匪浅……」孝文瞅了一眼姑夫就靠在门框上。朱先生对屋子里的人说：「我提议，咱们赈济会同仁都去舀一碗舍饭，与民同食，这个机会千载难遇。给我一个碗，你们不去我可去了……」



朱先生常常有出奇之举，成为经久不衰流传的奇事轶闻。朱先生抢舍饭顿时风传白鹿原，又传进县府，新任郝县长扼腕流泪，庆幸自己选中了一位好人。郝县长自任滋水县赈济灾民总监，朱先生被委任为副总监，县长选中朱先生是排除了种种障碍阻力而表现了一种为民请命的凛凛气魄。这个肥缺给了谁，谁就会在半年间成为本县首富。郝县长亲临白鹿书院，请求朱先生出山，词恳意切：「不才机运不佳，刚来滋水就遇到年馑，已无任何抱负可言，唯有救灾赈济是命。诚恐宵小之徒从中克扣，对百姓犹如雪上加霜。以先生的品格和声望正堪此重任，暂且搁置县志编撰，先救民人度过饥荒，你再续修县志……」朱先生慨然击掌：「书院以外，啼饥号寒，阡陌之上，饥民如蚁，我也难以平心静气伏案执笔；我一生不堪重任，无甚作为，虚有其名矣！当此生灵毁绝之际，能予本县民人递送一口救命饭食，也算做了一件实事，平生之愿足矣！」朱先生亲自召集各仓总乡约联席会议，核对人丁数目，发放赈济粮食。他亲临本县原区山区和川道地区的三十余个仓里，监督检查发放舍饭的地点，把那几位编撰县志的文人先生分派到仓里，专司赈济粮食的数目账表，力主灾粮一定要一粒不漏地吃到饥民口中，堵塞营私舞弊的漏洞。朱先生一身布衣，到各个仓里巡查。第一次到河口仓视察时，仓里为他备下一桌饭，四碟炒菜，一盘雪白的蒸馍。朱先生看了一眼，就拿起一只碗到舍饭场上舀来一碗小米粥喝起来。仓里的总乡约和他的幕僚目瞪口呆，连声检讨自己失职。朱先生指令他们端上盘里的蒸馍和碟里的炒菜，一起走到舍饭场的大铁锅前，一起倒了进去。朱先生说：「你给民人说说这馍是用啥粮蒸出来的？」总乡约瞅了瞅拥挤着的饥民，吓得面色蜡黄不敢吭声。朱先生说：「青天白日红旗下，无须挤眉弄眼悄悄话。你敞开喉咙向民人说——」总乡约刚刚说出用赈济粮招待朱先生的原委，站在前头的饥民便跪下了，后头的人一拨一拨无声地跪下来，整个舍饭场上鸦雀无声。朱先生满脸淌流着

泪珠说：「谁忍心从饥民口里叼食，谁还能算人吗？」

一月后的一个黄昏时分，孝文骑着一匹马走进白鹿镇，一身笔挺的黑色制服，腰里束着一根黑色皮带，头顶大盖白圈儿黑檐帽子，马不停蹄地走进白鹿仓，朝田福贤恭恭敬敬施了一个举手礼，然后解开挎包取出一瓶酒一包点心一包南糖一包笋干共四样礼物，诚恳地说：「不成敬意哦田叔……」他随后把同样一份礼物送到鹿子霖手中（穿过村巷路经自家门口时没有驻足停步），仍然是那句至诚的话：「不成敬意哦子霖叔……」

到滋水县保安大队仅仅一月，孝文身体复原了信心也恢复了，接受过十数天军事操练之后，他就被抽调到大队部去做文秘书手，可望将来有辉煌的发展前程。他早已谋划确定，第一次领饷之后，就去酬答指给他一条活路的恩人田福贤和鹿子霖，再把剩余的钱留给小娥，那个可怜人儿想吃舍饭怕也挤不动抢不到手哩！鹿子霖让家人炒下一盘鸡蛋和一盘自生的黄豆芽招待孝文。酒过三巡之后，鹿子霖好心地告诉他：「好咧好咧倒是好咧！那个货死了，你也就一心注定在县上干你的差事……」孝文直着眼问：「谁死了你说谁死了？」鹿子霖做出轻淡不屑的样子：「就是东头窑里那个货……」孝文失控地站起来：「你说她……饿死了？」鹿子霖按着他的肩膀让他坐下来才说：「不像是饿死的，像是被人害死的，炕上有血……」

一股奇异的臭气在村庄里浮游，村人们以为是野狗吃剩的死尸在腐烂，找遍了荒园坟岗土壕却不见踪迹。那股令人恶心窒息的臭气与日俱增恶臭难闻，有人终于发现臭气散发的根源在村子东头慢道旁边的窑洞，报告了族长白嘉轩。白嘉轩对二儿子孝武说：「你叫上几个人去看看，咋么回事？」白孝武和一帮族人来到慢坡道跨上窑院，恶臭熏得人不断地恶心干呕起来，臭气的确是从窑洞里散发出来的。窑门上挂着一把提盒笼形的铁锁，独扇木板门不留缝隙，窑窗的木扇也关死着，



窗扇细微的夹缝里一片黑暗。有人开始追忆，似乎有好多天这窑门就一直锁着未见开过，似乎好久未见那个婊子到集镇上去了；有人断定她肯定饿死在窑洞里了，有人立即指出铁锁锁门证明她根本不在里头，说不定她杀死了某个野汉逃跑了。无论如何，恶臭确凿是从这孔窑洞里散发出来的。孝武在乱纷纷的争议中拿下主意，吩咐两个扛着镢头的汉子说：「把窗扇砸开！」两声脆响之后，两个砸烂窗扇的汉子争抢着把头伸进窗洞，同时大叫一声跌坐在窗台下，吓得妈呀爸呀直叫。孝武走上前去扒住窗台往里一瞅，立时毛骨悚然头发倒立，一个一丝不挂的女人趴伏在炕边上，一条腿脚搭吊在炕边下。孝武瞅了一眼就捂着鼻子退到窑院来。既然这个女人饿死在窑里，是谁从外边锁上了窑门？人们纷纷挤到窗台上去看究竟，又噢噢惊叫着急退到窑院里来。孝武又指使那两个汉子砸开窑门上的铁锁。俩人说啥也不再冒险了。孝武从他们一个手里拿过镢头走向窑门，咣一声砸掉铁锁，一脚蹬开独扇门板，嗡的一声，苍蝇像蜜蜂一样在门口盘旋，恶臭一下子扑出门来。孝武又指使几个小伙子爬上椿树去采折树枝，在窑院里燃起麦草，把椿树的枝叶覆盖到火上，烧出苦味的浓烟，驱散扑到窑院里的苍蝇。他又带着三个小伙子抱着柴草和椿树枝叶进入窑洞，在窑顶头点火熏烟，火着烟起之后就奔出窑来。浓黑的烟气从窑门窑窗和天窗里流泄出来，荸荠一般大小的绿头红头苍蝇随着烟流仓皇飞窜，往人的脸上爬往人的衣服上爬，人们惊叫着脱下衣服摔打，那些妖气十足的苍蝇是鬼魅的象征。

烟气消散净尽，臭气暂得减轻，孝武和几个胆大的人走进窑门去察看究竟。小娥上身趴伏在炕上，一只胳膊压在肋下，另一只胳膊伸到头前的炕席上，一条腿压在尻子底下另一条腿吊在炕边下，通体精赤，只有一双小脚上缠着裹脚布勒着套鞋。尸体已经完全腐烂，大大小小的蛆虫结成圪塔，右肩上的肩胛骨已被蛆虫嚼透，窝成一堆的头发里也有万千蛆虫在蠕扭攒爬，炕席上被子上脚地上和连着火炕的锅台上，到处都是蛆虫的世界。孝武弯下腰，终于发现炕边的土皮上溅着干涸的变成黑

色的血迹，也就明白这女人不是饿死而是被人杀死的，杀死她的人出门以后就锁上了窑门。一件夹衫压在她的身下，从精赤的身子和脚上的套鞋判断，她被杀的时间是在夜里，因为套鞋只有夜里脱了衣服睡觉时才换穿的，这些都是很容易作出判断的生活常识。她的死因似乎更容易猜断，既然脱得一丝不挂只穿睡鞋，肯定是某个野汉子跟她闹翻脸了杀的或者是一伙野汉子争风吃醋失败了报复杀人，对于这个臭名远扬的官碾子女人，除了奸情不会再有什么更深更多的因素令人思索。孝武退出窑门到了场院上，越聚越多的白姓和鹿姓的男人们一致谴责，这个婊子死了还要使全村老少闻她的臭气，不过这下总算除了一个祸害。几个老年人倚老卖老地责备孝武：看啥哩那臭婊子有啥好看的呢？赶快取锨来把那臭肉臭骨铲出去埋了！孝武犹疑地说：「万一她娘家或旁的人告官咋办？总是一条人命案子！」老者们不耐烦地说：「我敢作证在场的人都能作证。总不能叫人再闻臭气嘛！」孝武说：「那好！」就指使大伙回家去取工具，挖个深坑把她深埋起来。

这当儿白嘉轩佝偻着腰走上慢道，端直朝窑门走去。孝武劝他不要进去，白嘉轩仰起脸说：「活的还怕死的？怪事！」白嘉轩背着手观察一番，看见被蛆虫会餐着的腐烂的躯体，也看见了溅在炕边土墙上变黑的血痕，没有久停就跷出窑门门坎，看着已有三三五五的人取来镢头铁锨，对孝武说：「从窑垴土崖上放下土来，把这窑给封堵了算了！」说罢又佝偻着腰走出场院走下慢道去了。孝武着人从窑里用砸断的窗板挡住窗孔，重新闭上窑门，就让众人从窑垴土崖上挖土。土块哗啦哗啦奔泻下来，堵封了窑门窑窗窑面，最后盖封了四方形的小小的天窗，从外表上看，黑娃和小娥的这孔不断在白鹿村惹是生非的窑洞就完全消失了……

「是谁下的这毒手？」孝文问。

「弄不清楚。」鹿子霖说，「我那天在仓里忙着向灾民发放舍饭，没在现场，是后来听人说的。人都嘈嘈说，肯定是哪个



野汉子做的活！可究竟是谁，谁也猜不透。」

孝文愣愣地捏着酒杯，猛然倾杯灌了进去。

「算咧老侄儿。」鹿子霖心平气和地劝慰孝文。孝文提着礼物来谢恩的举动证明了这样一点，小娥至死也不曾给孝文泄漏过，导致孝文一系列灾难的戏台下到砖瓦窑的风流，正是他的一个计谋或者说圈套；庆幸的是凶手为自己清除了心头隐患，再不用担心小娥向孝文漏底儿的危险了，他将安然无虞地与孝文保持一种友好的叔侄关系。他说：「你而今在保安队干上了，其实她死了倒少给你添麻缠嘈口声；你和先前不一样了，而今是人头里的人哩！」

孝文连连灌着酒，一句话也不说，站起身来就走了，从马号里牵出自己的马，一出门就跨上马去，和鹿子霖连个招呼也不打。孝文纵马跑过村巷上了慢道，把马拴在一棵树上，踩着虚土爬上窑垴，凭着记忆判断出天窗的位置，就用双手扒掏起来。天窗外覆盖的虚土很薄，很快就露出来了。孝文从天窗钻进窑里，里面一片漆黑。他连着擦灭了三根火柴，在第四根火柴的亮光里找见了搁置在炕台上的油灯，油灯里残留着一丝清油，油捻儿迟迟地亮了起来。孝文站在脚地上，看见一具白骨，骨架在炕上摆放的位置和姿势，与鹿子霖叙说的情况基本吻合。孝文双膝一软就跪倒在地上，轻轻叫了一声：「亲亲呀我来迟了……」他似乎听到窑顶空中有嗞嗞声响，看见一只雪白的蛾子在翩翩飞动，忽隐忽现，绕着油灯的火焰，飘飘闪闪，孝文哇的一声哭出声来：「你知道我回来了呀亲亲……」一阵昏厥就扑倒在炕边上了。

孝文醒过来时，油灯已经燃尽，蛾子也不见踪影儿。他划着一根火柴，眼光落到那两排精美的糯米牙齿上，他曾经永无满足地吻过亲过它们，它们现在泛着冰凉的绿光。他从伸到炕边的右臂的骨头上取下一只石镯，套在腕上，摸黑爬上天窗。他从窑垴扒下土来，重新封堵住天窗就跳下窑院，解开马缰：「我一定要把凶手杀了，割下他的脑瓜来祭你！亲亲……」

# 第二十章

黑娃骑着一匹乌青马朝白鹿村赶来，月亮下去了，星光昏暗。他和弟兄们刚刚做毕一件活儿，就像种罢一垄麦子或是收割完一畦水稻，弟兄们用马驮着粮食回山里去了，自己单身匹马去给小娥送一袋粮食。沿路所过的大村小寨不见一星灯火，偶尔有几声狗的叫声，饥荒使白鹿原完全陷入死般的静寂，无论大村小寨再也无法组织得起巡更护村的人手了，即使他们入室抢劫富家大户，住在东西隔壁的邻舍明知发生了什么事也懒得吭声。进入白鹿村之前，黑娃首先看见吊庄白兴儿的房舍。处于整个拥拥挤挤的白鹿村外首的这个吊庄，恰如中华版图外系的台湾或者海南岛。他对白兴儿的庄场记忆深刻，那头种牛雄健无比，牛头上的两只银灰色的牴角朝两边弯成两个半圆的圈儿，脖颈下的肉脸子一低头就垂到地上。那头灰驴和一匹骡子一样高大，浑圆的尻蛋子毛色油亮，看见母马时就蹦起来，尖嘎的叫声十分硌耳。最引人的还数那匹种马，赤红的鬃毛像一团盛开的石榴花。他那时候就知道，公牛压过母牛母牛生牛犊，种马压过母马母马也生马驹，而叫驴压了母马母马既不生马也不生驴却生下一头骡驹来。每年春天和秋天，白鹿原上远远近近的大庄稼户和小庄稼户牵着发情的母牛草驴或母马到吊庄来，白兴儿笑殷殷地让客户坐到凉棚下去喝茶，然后把母畜牵到一个栅栏式的木架里头去。每年夏收或秋收以后，白兴儿就牵着种牛叫驴或者种马，脖子上拴一匝红绸，红绸下系一只金黄色的铜铃，到各个村庄里转游；那些配过种而且已经得到了小牛犊小马驹小骡驹的庄户人，听见铜铃叮叮的响声就用木斗提出豌豆来，倒进白兴儿搭在牲畜背上的口袋，连一句多余的饶舌话也无须啰嗦；白兴儿一边是意在收账，另一边意思是夸庄。向各个村庄凡饲养母畜的庄稼户展示种畜的英姿，名曰夸庄，吸引更多的人把发情的母畜牵到他的吊庄里去，算是一种最原始最古老的广告形式……

黑娃在山寨里与白牡丹或黑牡丹干过那种事后，总是想到小时候偷看白兴儿的配种场里的秘密。

黑娃驱马从村子东头的慢道上下来不由一惊，进入窑院跳下马来，却看不见熟悉的窑门和窑窗了，坍塌的黄土覆盖着原先的窑洞。他旋即翻身上马，反身奔到吊庄白兴儿的庄场上来。昔时人欢马叫的庄场一片凄凉，专供不驯顺的母畜就范的木头栅架已经折毁，庄场大约关闭停业了，大饥馑年月，牲畜早被庄稼人卖了钱换了粮或送进杀坊卖了肉，还有鬼来配种哩！黑娃把马拴到暗处树下，敲响了白兴儿的门板，好半天才听见白兴儿在门里惊恐的问话声。黑娃说：「老哥你甭害怕，我是黑娃。我只问你一句话，你不开门也行。我媳妇到哪达去咧？窑咋也塌了？」白兴儿大约犹疑了片刻还是拉开了门闩，压低声儿说：「黑娃兄弟！你真个到这会儿还不知道？」黑娃也急了：「咋回事你快说到底是咋回事？」白兴儿说：「你媳妇给人杀咧！」黑娃大吃一惊，一把抓住白兴儿瘦削单薄的肩胛问：「谁下的毒手？你给我实说你甭害怕。」白兴儿说：「不知道。瞎咧好咧都没逮住一句影踪儿话柄儿。你那窑里散出臭气时，人才寻见发现的，后来就挖土把窑封了。」黑娃又问：「你真个没听到一句半句影踪话把儿？」白兴儿连连摇头：「没有没有……」黑娃狠着劲说：「算了不麻烦你了。我把马拴在椿树上你照看一下，我一会儿来骑……」

黑娃端直找到鹿子霖的门下。白兴儿一告知小娥被杀的消息，他脑子里第一个反应出来的就是鹿子霖那张眼窝很深鼻梁细长的脸。他一纵身攀住墙头，轻轻一跃就跌落到院中，双脚着地以后就捅死了一条扑到腿前的黑狗。院子里一丝声息也没

有，他用刀片插入门缝拨开木闩，进入漆黑的上房东屋。鹿子霖睡得正香正死，他的婆娘背对着他侧身面里睡着。一刀子下去，鹿子霖可能连睁眼认人的机会也不曾得到就完结了，黑娃想着就坐在太师椅上，顺手摸过黄铜水烟壶儿，捻了一撮水烟丝儿塞进烟筒，拼打火镰，火石的响声惊醒了鹿子霖。鹿子霖粘糊着嗓音说：「你呀你呀烟瘾倒比我还大咧！」鹿子霖把黑娃当作他的婆娘了。黑娃吸得水烟壶儿咕噜咕噜响，吹燃火纸点燃了油灯，瞅着鹿子霖枕在玉石枕头上那颗硕长的脑袋。鹿子霖大约摸到了身旁僵睡着的女人而意识到事情不妙，一骨碌翻起身来问：「你是谁？」黑娃说：「我给你点上灯了你还认不清？」鹿子霖偷偷在枕下摸什么的时候，黑娃说：「甭摸甭摸。」鹿子霖换一种口气问：「黑娃噢我当是谁……」黑娃说：「我来问你一件事，说在你，不说也在你；你要是动手动脚，你那两下子不胜我那两下子；你不信不要紧，说完话咱摆开场子明着弄。你知道我为着啥事来问你——」鹿子霖穿衣蹬裤，又推醒了身旁的女人，吩咐她去烧茶，回过头说：「老侄儿！我知道你为着啥事来的。我早就料到你总有一天要来寻我的。」黑娃说：「那就不要啰啰嗦嗦。」

鹿子霖说：「你媳妇遭害，我一听说就想到给我惹下麻烦了。咋哩？人自然会想到你游我斗我，你跑了我杀你女人出气。可人都想不到另一层，我要是想杀小娥还不如杀了兆鹏！他整我比谁整我都叫我更伤心。再说，不怕你侄儿犯心病，你逃走了，小娥几次找我哭哭啼啼，让我给田总说情宽容你。我这人心软，一见谁哭就哭得我仇也消了气儿也跑了。我虽则没有为你说成人情，田总在后总算宽饶了小娥。我看她一个女人家恓恓惶惶，周济给她一点点粮食，有人还借机胡扬脏哩！给我脸上抹屎尿哩！你想想我怎么会下毒手？」黑娃梗着脖子说：「你的舌头软和我是知道的。我要是再想不来谁只想到杀小娥的就是你，你说咋办？」鹿子霖反倒挺胸睁眼说：「你老侄儿要是想杀我我没办法；你因旁的事杀我我不说啥；你要是为小娥报仇杀了我，你老侄儿日后要后悔的。事情终究有弄明的一天，你明白了杀小娥的不是我，你就后悔了；搁旁



人做错事也许不后悔，你会后悔的；因你是个讲义气的直杠子脾气……」黑娃反倒心动了：「你听没听说谁下的毒手？」鹿子霖说：「这事人命关天，我没实据不敢乱说。我只管保我没做对不住你老侄儿的事。你要是有实据证明是我下的毒手，我就把脖项伸到你刀下给你割。」黑娃说：「那好嘛！你现时上炕去续着睡你的觉。我从哪儿进来再由哪儿出去，免得你开门关门。」鹿子霖抱歉地说：「那我不送你了失礼了……」

黑娃进入白嘉轩的卧室后不像在鹿子霖家那样从容，倒不全是鹿家只有鹿子霖一个男人在家而白家人手硬邦，不能不防；从纵上墙头攀住柿树落进院中的那一刻，他悲哀地发觉，儿时给白家割草那阵儿每次进入这个院子的紧张和卑怯又从心底浮泛起来，无法克制。排除了怀疑对象之一鹿子霖之后，黑娃十拿九稳地肯定杀死小娥的人非白嘉轩莫属，白嘉轩要除掉小娥的因由比鹿子霖更充分十倍，这人又是个想得出也做得出一马跑到头绝不拐弯的冷硬心肠。他一把把白嘉轩从被窝里拉出来，像拎一只鸡似的把他拎到炕下，用黑色的枪管抵住他的脑门。白嘉轩没有呼叫也没有惊慌失措，他从迷蒙状态清醒过来明白发生了什么事以后，便梗着脖子一声不吭，只是心里揣猜这个土匪是谁。黑娃对着用被子围裹着身子的白吴氏说：「明人不做暗事。你去把灯点着，咱们明打明说。我是黑娃——」白吴氏黑暗里摸索着穿上衣裤，点燃了油灯」黑娃你要啥就去拿啥，钱在炕头匣子里，粮食在楼上囤包里……你快把枪收了……」白嘉轩冷笑着对妻子说：「放心放心。黑娃这回来不要你的钱也不要你的粮食，专门是提我的人头来咧！这我明白。」黑娃说：「明白了好！你就明说吧！是你还是你指派谁杀了我女人？」白嘉轩说：「那我就明说吧，我没杀她也不会指派旁人去杀她。我一生没做过偷偷摸摸暗处做手脚的事，这你知道。你女人犯了族规我用刺刷刷她，是在祠堂里当着众人的面刷的，孝文犯了族规也一样处治。」黑娃说：「我现在就认定是你下的毒手。白鹿村我再想不到谁会下这个毒手。我知道你为啥杀她——」白嘉轩说：「那你就开

枪吧！反正我是活下长头儿了。你上回让人打断我的腰杆，后来我就权当活下长头了。」黑娃问：「你凭啥说是我让人打断你的腰？」白嘉轩说：「你自小就看不惯我的腰。你的弟兄动手之前说了你的那句话，『你的腰挺得太直……』」黑娃说：「这是真的，我小时一看见你的腰就害怕就难受。你的阳寿到了，今晚跟你把这话说明了也好。」门里突然飞进一把镢头，黑娃一扬手就把它隔开了。黑娃对扑进门来的孝武说：「你要是不想当族长了，你再来！」白吴氏一把抱住孝武。孝武说：「你把俺爸放开！有话跟我说，杀呀剐呀朝我来。」黑娃冷笑说：「轮不到你哩！等你日后当了族长，看看你怎么行事再说。」孝武说：「你一定要寻个替死鬼给你那个婊子偿命，我顶上；你放开俺爸，算是我杀的她！」黑娃说：「杀了就是杀了没杀就是没杀，怎么是『算』？是你自个要杀呢，还是你爸指派你杀的？」孝武说：「是我要杀的，谁也没指派我。」黑娃说：「我不信。我只信是你爸杀的。我就要拿他抵命。你老实点你快滚开——」说着一抖左手，把白嘉轩一下子拖到门口，迎面撞见一个人。那人说：「是我杀的。」黑娃辨出声音，是父亲鹿三站在当面，堵住了门口，恼怒而又沉静地说：「龟孙，那个婊子是我杀的。「这——」黑娃愣怔一下，说，「你不要搅和。」「是我杀的。」鹿三愈加沉静地瞅着儿子说，「你把嘉轩放开。你跟我招嘴，杀哩剐哩枪崩哩？由你！」「你甭胡说！」白嘉轩猛然扬起头，盯住鹿三说，「你想搭救我，故意把事往你身上揽，你把屎擦不净反倒抹匀了！」鹿三没有说话，把垂在腿胯旁侧的右手扬起来，是一只烂布裹缠着的包儿，再用左手撕开一层又一层烂布，一个梭镖的钢刃赫然呈现在油灯的亮光里，他把梭镖钢刃撂到黑娃脚下，说：「拿去！这是物证。」

白嘉轩白吴氏白孝武和随后闻声赶来的白赵氏白孝义以及孝武媳妇二姐儿拥在门外，惊愕地瞅着鹿三撂到黑娃脚下的梭镖钢刃儿。黑娃松开揪着白嘉轩肩胛的左手，从地上拾起梭镖钢刃儿，眼睛忽然一黑，脑袋里轰然爆响。这个双刃尖头的梭镖钢刃并不陌生，原来安着一根丈余长的桑木棍柄，是祖传的一件兵器；钢刃上的血迹已经变成黑紫色，糊住了原本铮亮的锋刃。这是确凿无疑的物证凶器。黑娃抬起头瞅着父亲，意料不及的这个结局使他陷入慌恐，说不出一个字来。鹿三说：「她害的人太多了，不能叫她再去害人了。」说着挺一挺胸脯，「我存着梭镖是准备官府查问的，你倒先来了。给——朝老子胸口上戳一刀！」黑娃的腮巴骨扭动着，又低下头，从地上捡起那块烂布，重新裹缠到梭镖刃上，塞到腰里说：「大！我最后叫你一声算完了。从今日起，我就认不得你了……」鹿三说：「龟孙！你甭叫我大。我早都认不得你了！」

黑娃从白嘉轩家出来，疾步赶到吊庄白兴儿破落的庄场上，从树上解下马翻身骑上。白兴儿从黑影儿里溜出来说：「兄弟你快走。兄弟你可甭给人说在我这儿拴过马……」黑娃已经策马驰去了。他重新进入白鹿村，转过马头来到村子中心作过农协总部的祠堂门前，连发三枪，枪声震撼死寂的夜空。他再骑马走过村巷来到慢道上，勒马伫立在窑院里，对着天空又放了三枪，垂臂默默片刻，就猛然转过身催马奔上慢道。在他转身背向窑洞也背向村庄的一瞬间，心里便涌出一句慨叹来：至死再不进白鹿村咯！

鹿三杀死儿媳妇小娥的准确时间，是在土壕里撞见白孝文的那天晚上。鹿三看到苟延残喘垂死挣扎着的白孝文的那一刻，脑子里猛然噼啪一声闪电，亮出了那把祖传的梭镖。他手里拄着镢把儿瞅着躺在土壕里的孝文竟然没有惊奇，他庆贺他出生看着他长大又看着他稳步走上白鹿村至尊的位置，成为一个既有学识又懂礼仪而且仪表堂堂的族长；又看着他一步步滑溜下来，先是踢地接着卖房随后拉上枣棍子沿门乞讨，以至今天沦落到土壕里坐待野狗分尸。鹿三亲眼目睹了一个败家子

不大长久的生命历程的全套儿，又一次验证了他的生活守则的不可冒犯；黑娃是第一个不听他的劝谕冒犯过他的生活信条的人，后果早在孝文之前摆在白鹿村人眼里了。造成黑娃和孝文堕落的直接诱因是女色，而且是同一个女人，她给他和他尊敬的白嘉轩两个家庭带来的灾难不堪回味。鹿三当时给孝文说「你去抢舍饭」，不是指给他一条生路，而是出于一种鄙夷一种嘲笑。

鹿三整个后晌都是从土壕里拉运黄土，干旱的天气使黄土从地表一直干到土壕根底，不需晾晒直接倒进土房储藏起来。天黑以后，他和往常一样沉默寡语地坐在饭桌上吃了晚饭，和嘉轩没有说话只招呼一声「你慢吃我走咧」就走出院子。进了他的马号，给唯一剩下的红马添了一槽草料，就背抄着手回家去了。

鹿三走进自家院子的时候，女人在厦屋炕上听到脚步声，问：「你回来了？等等。我给你开门。」鹿三立在院子里说：「你甭开门我不进去了。」女人就再没吭声。鹿三推开储藏杂物农具的隔扎着墙的厦屋，摸到了梭镖光滑的把柄，就着朦胧的月光，在门坎上垫住梭镖，用斧头褪下梭镖尖头儿来。叮叮的响声引来女人的问询：「黑麻咕咚的你砸啥哩？」鹿三说：「你睡你的觉咯！」

鹿三回到马号，从铡墩旁把磨石抱进来，支在土炕和槽帮之间的空脚地上，反身关死了马号的木门，用瓢舀上清水，支在脚地的一个洼坑上，然后坐在木马架上，蘸着清水磨起梭镖钢刃子来。久置不用的梭镖刃子锈迹斑驳，在磨石的槽面上褪下红溜溜的铁锈，嚓嚓嚓嚓的磨擦声中，钢刃在油灯光亮里显现出亮幽幽的冷光来。他用左手的大拇指头试试锋刃，还有点钝，就去给红马再拌下一槽草料添上，坐下来继续磨着，脑子里十分沉静十分专注十分单一。他第四次拃起左手拇指试锋刃时，就感到了钢刃上的那种理想的效果，如同往常铡草前磨铡刀刃子和割麦子前磨镰刀片子一样的感觉，然后用一块





烂布擦了擦钢刃上的水，压到被子底下，点燃一锅旱烟，坐在炕边上，一只脚踏在炕下的脚地上，另一只脚踩在炕边上，左手钩着弓起的膝盖，右手捉着尺把长的烟袋杆儿，雕像一般坐着。他等待鸡叫等待夜静以免撞见熟人，就像往昔里要走远路起鸡啼一样沉静。他的沉静不啻是脑子简单，主要归于他对自己的生活信条的坚信崇拜。他连着磕掉两锅黑色的烟灰又装进了烟末儿，悠悠飘浮的烟雾里，忽然想起那年「交农」的情景，在三官庙的场院里，他面对群龙无首嘈嘈纷乱的场面就跳了起来：「我算一个！」他领着众人进逼县府又被五花大绑着投进监牢，没有后悔过也没有害怕过。鹿三心里说：我就要做成我一生中的第二件大事了，去杀一个婊子去除一个祸害。

公鸡的啼声沉闷滞涩，鸡脖子里似乎塞着干稻草。鹿三磕掉烟灰，把烟袋插进腰间的蓝色带子下，用烂布裹着的锃亮的梭镖钢刃也别在腰后，吹灭油灯，走出马号，合上门板，就出了圈场的木栅栏大门，再回身把双扇栅栏门闭合，扣上链扣，背起双手，走进白鹿村村巷。月亮已经沉落，村巷一片漆黑。

鹿三背着手走过村巷，出了村口就踏上慢坡道，树木稀少了光线亮晰一些了，踏上窑院的平场，止不住一阵心跳。自从黑娃和这个来路不明的女人被他撵出家门住进这孔窑洞以后，鹿三从来也没有光顾过这个龌龊的窑院，宁可多绕两三里路也要避开窑院前头的慢坡道儿。他略一稳步压抑住胸膛里的搏动，走到窑门前，铁链儿吊垂着，门是从里头插死的，人肯定在窑里无疑。在他抬手敲叩门板时，刚刚稳沉的心又嗵嗵嗵跳起来；他稍有迟疑就拍击响了木板门；这一拍击之后，心反而沉稳不跳了。「谁呀？」窑洞里传出小娥粘涩的声音。鹿三继续拍击门板，不开口。「唉呀你个挨刀子的这几天逛哪达去咧？」小娥的嗓门顺畅了也就嗔声嗔气起来，她猜估是孝文来了，「你甭急你甭敲了我就下炕开门来咧！」鹿三头皮上呼喇呼喇直蹿火，咬着牙屏声闭息侍立在门的一侧。听到咣一声门闩滑动的声音，鹿三一把推开独扇子木门板。小娥被

门板猛烈地碰撞一下，怨声嗔气地骂：「挨刀子的你毬疯咧？开门鼓恁大劲！」鹿三闪身踏进窑门，顺手推上门板，呵斥说：「悄着！闭上你的臭嘴再甭吭声。」「哦哟妈吔！」小娥吓得缩成一团，双臂抱住胸脯上的奶子，顺着炕墙就势蹲下去，用上身遮住光裸着的腹部，悲悲切切抱怨说，「你来做啥嘛？」鹿三瞧着缩在炕墙根下的一团白肉，喝令说：「上炕去穿上衣裳，我有话说。」

小娥从炕墙根下颤悠悠羞怯怯直起身来，转过身去，抬起右腿搭上炕边儿，左腿刚刚跷起，背部就整个面对着鹿三。鹿三从后腰抽出梭镖钢刃，捋掉裹缠的烂布，对准小娥后心刺去，从手感上判断，刀尖已经穿透胸肋。那一瞬间，小娥猛然回过头来，双手撑住炕边，惊异而又凄婉地叫了一声：「啊……大呀……」鹿三瞧见眼前的黑暗里有两束灼亮的光，那是她的骤然闪现的眼睛；他瞪着双眼死死逼视着那两束亮光（对死人不能背过脸去，必须瞅住不放，鬼魂怯了就逃了），两束光亮渐渐细弱以至消失。她仆倒在炕边上，那只跷起的左腿落下来吊垂到炕边下，一只胳膊压在身下，另一只胳膊抓扒到前头。鹿三这时才拔出梭镖钢刃，封堵着的血咕嘟嘟响着从前胸后心涌出来，窑里就再听不到一丝声息。他从地上捡起那块烂布，重新裹缠住梭镖钢刃，走出门来，拉上门板，锁上那把条笼形的铁锁，出了窑院，下了慢坡，走进屋墙和树木遮蔽着星光的村巷，公鸡刚刚啼鸣二遍。

白鹿村乃至整个白鹿原上最淫荡的一个女人以这样的结局终结了一生，直至她的肉体在窑洞里腐烂散发出臭气，白孝武领着白鹿两姓的族人挖崖放土封死了窑洞，除了诅咒就是唾骂，整个村子的男人女人老人娃娃没有一个人说一句这个女人的好话。鹿三完成了这个人人称快的壮举却陷入忧郁。忧郁是回到马号以后就开始了的，他把梭镖钢刃连同裹缠着浸满鲜血的烂布原样未动塞进火炕底下的炕洞里，用厚厚的柴灰掩埋起来，防备某一天官府前来查问，他就准备把自己和凶器一起





陈忠实　著
中卷


交出去。藏好凶器之后，鹿三从水缸里撩出一把水搓洗手上的血污时，看见水缸里有一双惊诧凄怆的眼睛，分明是小娥在背上遭到戮杀时回过头来的那双眼睛；奇怪的是耳际同时响起「啊……大呀……」的声音。鹿三细看细听时，水缸里什么也没有，马号里只有红马的鼾息声。他没有在意以为是眼花了耳邪了，拉开被子躺下以后，耳朵里又传来小娥垂死时把他叫大的声音，只是没有重现那双眼睛。从此，那个声音说不定什么时辰就在他耳边响起，有时他正在吃饭，有时他正在专心致志吆车，有时正开心地听旁人说笑谝闲话，那个「大呀」的叫声突然冒出来，使他顿时没了食欲鞭下闪失听笑话的兴致立即散失，陷入无法排解的忧郁之中……直至黑娃掐着白嘉轩的脖子要抵命，鹿三把那把窝藏在炕洞里的淤血干涸的梭镖钢刃掷到儿子脚下，心中的忧郁才得以爽脱……

黑娃气呼呼走后，白吴氏仙草哇的一声哭了，趴到地上朝鹿三磕头：「三哥呀要不是你，他爸今黑没命咧……你俩还不赶快给你干大磕头。」孝武孝义扑通扑通一齐跪下了。鹿三连忙把她们母子三人拉扶起来，对坐在太师椅上的白嘉轩说：「这回我把俺们爷儿们的圪塔算是弄零干了……这与你无干。你们母子不要给我磕头。」说罢，转过身走出门去。白嘉轩没有吭声也没有挽留鹿三，对仙草说：「快弄俩下酒菜，我想喝酒了！」

仙草和孝武媳妇二姐儿很快炒出四个菜来，一盘炒鸡蛋一盘凉拌黄瓜丝一盘干蘑菇一盘熏猪肉，后头两样菜都是山里娘家兄弟不久前来时带的山货，那块烟熏的后臀猪肉平时暗藏在地窨子里，遇着母亲白赵氏的生日或是重要亲戚来家，才用刀削下细细的一绺，算是饥馑年月里最高级的享受了。白嘉轩亲自到马号里去请鹿三。鹿三刚刚躺下，睁着眼侧卧着吸烟，听见敲门声就去开了门。白嘉轩怕鹿三推辞不就就不说喝酒，只说有几句要紧话需得劳驾他再回到四合院里去，去了才能

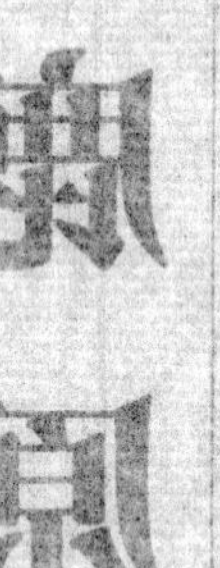

说。鹿三二话不说披上衫子就走，进了四合院的院庭，瞅见上房明厅里方桌上的碟儿盅儿就止住步：「嘉轩你这算做啥？你太见外了我……」白嘉轩佝偻着腰扬起头说：「我给你说的要紧话，你不想听吗？这话……必得呷着酒说。」

四个人围着方桌坐定，孝武动手给每人盅里斟下酒，白嘉轩佝偻着腰站起来，刚开口叫了一声「三哥」，突然涕泪俱下，哽咽不住。鹿三惊讶地侧头瞅着不知该说什么好。孝武孝义也默然凝坐着。仙草在一边低头垂泪。白嘉轩鼓了好大劲才说出一句话来：「三哥哇你数数我遭了多少难哇？」在座的四个人一齐低头嘘叹。孝武孝义从来也没见过父亲难受哭泣过。仙草跟丈夫半辈子了也很难见到丈夫有一次忧惧一次惶惑，更不要说放声痛哭了。鹿三只是见过嘉轩在老主人过世时哭过，后来白家经历的七灾八难，白嘉轩反倒越经越硬了。白嘉轩说：「我的心也是肉长的呀……」说着竟然哭得转了喉音，手里的酒从酒盅里泼洒出来。仙草侍立在旁边双手捂脸抽泣起来。孝武也难过了。孝义还体味不到更多的东西，闷头坐着。鹿三也不由地鼻腔发酸眼眶模糊了。白嘉轩说：「咱们先干了这一盅！」随之说道：「我有话要给孝武孝义说，三哥你陪着我。我想把那个钱匣匣儿的故经念给后人听……」

这是白家的一个传久不衰的故经。虽然平淡无奇却被尊为家规，由谢世的家主儿严肃认真地传给下一辈人，尤其是即将接任的新的家主儿。那是一只只有入口没有出口的槐木匣子，做工粗糙，不能摆饰陈列也无法让人观赏。由白嘉轩上推大约六代的祖宗里头，继任的家主儿在三年守孝期间变成了一个五毒俱全的败家子，孝期未满就把土地牲畜房屋踢荡净尽了，还把两个妹妹的聘礼挥霍光净。母亲气死了，请不起乐人买不起棺材穿不上三件寿衣，只凑合着买了两张苇席埋了。这个恬不知羞的败家子竟然厚着脸皮吹牛说：「白鹿村再有钱的人再大的财东，没见谁给他先人装个双层枋吧？我给俺妈用的是双层子寿材……」村人一想也对，两张苇席裹了双层……就回给他一句顺口溜：白家老大埋他爸，能闹多大算多大；白家老大埋他妈，能瞎尽管瞎。这个败家子领着老婆孩子出门要饭去了，再没有回来。亲自经历这个拔锅倒灶痛苦过程的老二，默默地去给村里一些家道殷实的人家割草挑水混一碗饭吃，没有事做的时候就接受村人乡邻一碗粥一个馍的施舍。这个默默不语的孩子长大了，就弄下一个木模一只石锤去打土坯了，早出夜归，和村里人几乎断了见面的机会。他从不串门更不要说闲游浪逛，雨天就躺在那间仅可容身的灶房里歇息，有人发现过他在念书。这间灶房是被激怒的族人和近门子人出面干预的结果，败家子老大才留下这一间灶屋没有卖掉，使他有一坨立足之地。



他搜罗到一块槐木板，借来了木匠的锯子刨子和凿子，割制成一只小小的木匣儿，上头刻凿下一道筷头儿宽的缝口，整个匣子的六面全都用木卯嵌死了。他每天晚上回来，把打土坯挣下的铜子麻钱塞进缝口，然后枕着匣子睡觉。三年以后，他用凿子拆下匣底，把一堆铜元和麻钱码齐数清，一下子就买回来一亩一分二厘水地，那是一块天字地。白鹿村的人这个时候才瞪大眼睛，瞅着那个无异于哑巴的老二身上条条缕缕的破衫烂裤。第二年，他用自己置买下的土地上收获的第一料新麦蒸成雪白的馍馍，给白鹿村每一家每一户都送去两个，回报他们在他处身绝境的幼年时期的馈赠之恩。这个有心数儿的孩子当时每接受一碗粥一个馍，都在灶屋土墙上刻写下了赐舍者的姓名，诸如五婆三婶七嫂二姑四姐等等，已经成年的他在实行回报时，坚决冲破了当初记账时的原本企图，给每一家乡党不管当时给予还是未给予他施舍的人家一律送上两个馍馍，结果使那些未施舍过他的人更加感动以至羞愧。又两年，他再次撬开匣底，在祖传的留给他的那一半庄基地上盖起了两间厦屋。又一年，他给自己娶回来一房媳妇……再后来的事无须赘述，倒是这个老二本人的一些怪癖流传不衰。他娶媳妇的第二天到丈人家回门回来，一进门就脱下新衣服，穿上了原先那身条条缕缕的破衫烂裤和踏断了后跟的烂鞋。媳妇说：「你还穿这——」老二说：「这咋？这叫金不换。」直到他死，尽管土地牲畜房屋已发展到哥哥败家之前的景况，被

卖掉的那一半庄基用高过原价三倍的价钱再赎买回来，如愿以偿盖起三间厅房，他仍然是一身补丁摞着补丁的衣裤。白鹿原的人因他而始，把补丁称作「金不换」。白家老大败家和老二兴业发家的故事最后凝炼为一个有进口无出口的木匣儿，被村村寨寨一代一代富的穷的庄稼人咀嚼着品味着删改着充实着传给自己的后代，成为本原无可企及的经典性的乡土教材……

「我看咱家只差一步就闹到重用木匣子的地步咧！」白嘉轩喝了几盅酒，感慨起来，「你们看看孝文是不是那个败家子老大？哈呀怪道人说各家坟里家里也就是那几个蔫鬼鬼子上来下去轮回转着哩！说不定哪一代转上来个败家的鬼鬼子就该败火了！孝文是不是一个？是！只是我还活着，孝武也长大了。才没给他踢踏到那一步……我把他赶出去，你（盯住仙草）还怨我心硬，怨我不给他周济一斗半斗，是我啬皮呀？周济也得周济那号好人，像他那号败家子，早饿死了早让人眼目清闲……孝武哇！今黑我就把这匣子交给你，当然用不着拿它攒钱，你常看看它就不会迷住心窍。」

听到木匣子的故经，鹿三却顿然悟出进山背粮的根由来。

在丰饶的关中平原两料庄稼因干旱绝收的年馑里，北边黄土高原的山区却获得少有的丰收，于是就形成了平原人向山里人要粮食的反常景观。山里不种棉花，白鹿原人背着一捆捆一卷卷家织土布，成群结队从各个村庄出来，汇集到几条通往进山峪口的南北向的官路上，背着口袋出山的人和背着布卷进山的人在官路上穿插交错，路面上被踩踏出半尺厚的粉状黄土。好多人趁机做起地地道道的粮食掮客，他们从山里掮背回粮食，到白鹿镇兑换成布匹或者成衣，再掮背着布匹和衣服进山去兑换山民的包谷和谷子，用赚下的粮食养活婆娘和娃娃。白鹿镇成为整个原上一个粮食集散重镇，红火的景象旷古



未见。

鹿三让他的女人把木柜里仅存的几丈纯白土布和丈余蓝格条子布一齐捆卷起来，再把大人和娃娃的新旧衣服捋码一遍，凡是当下穿不着的都叠捆起来。女人挑来拣去作难不定唉声叹气。鹿三却果断得多：「救命要紧。穿烂点没啥受点冷也不要紧，肚里没啥填不行喀！」当他估摸布匹和衣服能够换得尽他一个人背的粮食时，就给白嘉轩告假：「我明日进山背粮去呀，得走三五天。」白嘉轩不假思索地说：「你去你去，得几天走几天，路上甭赶得太紧，当心出事，而今人都吃不上身子虚。」鹿三转身要走的当儿，白嘉轩又说：「三哥，让孝武孝义跟你一搭去。」鹿三转过身笑着问：「你叫娃去背粮不怕惹人笑话？」白嘉轩说：「谁爱笑由谁笑去。」鹿三就认真说：「孝武去行孝义去怕不行，娃太小，甭说背粮食光是跑路怕也跑不下来，来回好几百里哩！」白嘉轩冷冷地说：「要是从场里把粮袋子挪到屋里，我就不让他去了，就是图了这个远！让他跟你跑一趟有好处，他们兄弟俩也就知道粮食是个啥东西了。我说嘛……你把你那个二娃子也该引上。」鹿三感动而又钦佩，回到屋里对女人诵叹不迭：「嘿呀呀！你看嘉轩这号财东人咋样管教后人？咱们还娇贵兔娃哩不敢叫背粮去……」

鹿三领着成年的孝武和未成年的孝义以及兔娃，四个人结伙搭帮在鸡啼时分上了路，太阳西斜时进入峪口。进山和出山的人在峪口会合，有人在这儿搭下庵棚开起客栈，兼卖稀饭和包谷面饼子。四个人歇息一会儿吃了点自带的干粮又上路了……因为带着两个孩子而延缓了行程，五天的路程走了七天才回到白鹿村。傍晚时分，孝武孝义在村口和鹿三兔娃分手后走进街门，孝义扑通坐到地上起不来了。奶奶白赵氏首先看见归来的两个孙子，捧住孝义的脸嘘叹不止，孙子的双唇爆起一层黑色的干皮，嘴角淤着干涸的血垢，眼睛深深地陷下去了，抚着血泡摞着血泡的脚片痛不可支。白嘉轩跟着仙

草走到院子快活地逗儿子说：「三娃子你这下知道啥叫粮食了吗？」孝义苦笑着：「爸呀我日后掉个馍花花儿都拾起来吃……」孝武媳妇把一盆水端到院庭里，让自己的男人和弟弟孝义洗脸。白嘉轩阻止说：「先甭洗脸。把刚才背回来的粮食再背上——」白赵氏忍不住赌气地说：「再背到山里去？」白嘉轩和颜悦色地说：「给他三伯背过去。」

白嘉轩佝偻着腰，领着孝武和孝义走进鹿三家的院子朗声说「三哥！娃们给你送粮来了。」鹿三正躺在炕上歇腿，和女人先后跷出厦屋门坎，看见孝武孝义肩头扛着从山里背回来的粮食袋子，迷惑地问：「你咋么又叫娃们背过来了？那是给你背下的咯！」白嘉轩说：「这回从山里背回来的都给你。我等下回背回来再拿。」孝武孝义放下粮食袋子，颠颠跛跛着走出院子去了。白嘉轩却幸灾乐祸似的笑说：「这回把碎崽娃子跑美咧！这回碎崽娃子就明白啥叫个粮食咯！」

鹿三歇了一夜，第二天在碾盘上碾下半斗包谷糁子，安顿了女人和兔娃的生活，自己又回到白家来了。隔了一天，他到土壕去拉垫圈黄土时遇见了孝文；吆车出土壕时，他的脑海里闪出了梭镖钢刃……

鹿三说：「孝文要是心里有这匣子就好咧！」孝武接过匣子，庄重而又激动起来：「爸，我明年春上就把门房盖起来。」白嘉轩说：「你把门房盖起来，就把你的名字刻到墙上。把孝文卖房的年月也刻上。这话我再不说二遍。还有一件事，你爷临走时给我叮咛过一句，『看待好老三』。这多年里，我的亲生儿子指望不住，一些朋友也指望不住，靠得住的就是你三伯哇！孝武孝义你俩听着，你三伯跟我相交不是瞅着咱家势大财大，我跟你三伯交好也不是指靠他欺人骗世，真义交咯！我今日个把话说响，你三伯要是走在我前头，不用说有我会照看好；若是我走在你三伯前头，就指望你们兄弟俩照看好你三伯了……」说着动情伤心起来。




孝武孝义还未来得及说话，鹿三噌的一声站起来，满脸红赤着说：「嘉轩你把话说到这一步，我也有话要给娃们敲明叫响：交情是交情，各人还是各人！你爸是主儿家我是长工。你爸不在了你兄弟俩是主儿家我还是长工。你爸在世时我咋样你爸不在世了我还咋样。该我做的活我做，该给我的工钱按时给我我也不客气，再说旁的啥话，都是多余的。我这人脾气……」孝武给鹿三和父亲斟上酒，恭敬诚恳地表示说：「我把三伯不当外人，三伯也不把我当外人待就好了。」看着孝义也向鹿三施了礼，白嘉轩对两个儿子说：「好！你俩可甭忘了自个说的话。」然后回过头，放下筷子伸出右手抓住鹿三的左手：「三哥，你不该杀黑娃媳妇……」鹿三也转过头，紧紧盯着白嘉轩：「我不害怕。我也不后悔。」白嘉轩说：「可你为啥悄悄儿杀了她？既然你不害怕，那就光明正大在白天杀？」鹿三一下子反不上话来。白嘉轩放开攥着他的手说：「可见你还是害怕。」鹿三不大服气这种说法，又是当着两个晚辈的面，就把酒盅重重地蹾到桌子上，梗着脖子说：「嘉轩你尽出奇言，杀人哪有你说的那个样子？」白嘉轩仍然沉静地说：「三哥呀！你回想一下，咱们在一搭多年，凡我做下的事，有哪一件是悄悄摸摸弄下的？我敢说你连一件也找不下。『交农』那事咋闹的？咱把原上的百姓吆喝起来，摆开场子列下阵势跟那个贪官闹！族里的事嘛还是这样，黑娃媳妇胡来，咱把她绑到祠堂处治，也是当着众人的面光明正大地处治；孝文是我的亲儿也不例外……」鹿三听着，似乎还真的找不出一件白嘉轩偷偷摸摸干的事体来。白嘉轩镇定地说：「我一生没做过见不得人的事。凡是怕人知道的事就不该做，应该做的事就不怕人知道，甚或知道的人越多越显得这事该做……你俩记住这个分寸！」白嘉轩说到这儿瞅着两个儿子。鹿三说：「那个害人精不除，说不定还要害谁哩！她死在窑里臭在窑里，白鹿村里没听到一句说她死得可怜的话，都说死得活该……」白嘉轩插断说：「她害谁不害谁，得看谁本人咋样，打铁需得自身硬；凡是被她害了的都是自身不硬气的人。」说时又对两个儿子郑重地点一点头，再回过头

来看着鹿三，「人家听你的话就是你的儿媳妇，人家不听你的话不服你的管教就不是你的儿媳妇了，你也就不是人家的阿公了，由人家混人家的世事去，你杀人家做啥？你生气你怕人戳脊梁骨吗？我不这样看。孝文活他的人我活我的人，各人活各人的人。」鹿三发觉自己的心里有点泄气，嘴里仍然硬撑着说：「你想事想得开，我可就想不到这么圆全。反正杀了她，我也给黑娃交待清白了，我不后悔。」白嘉轩说：「后悔是坚决不能后悔。这号人死一个死十个也不值得后悔，只不过不该由你动手。你不后悔很好。你要是后悔了，那就是个大麻烦……」

唰啦一声，院子和屋瓦上骤然响起噼里啪啦的雨声。鹿三从板凳上跳开去，跑到院子里，哇的一声哭了：「老天爷呀！」白嘉轩急得从凳子上翻跌下去，两个儿子早已奔到院庭里叫着跳着，他爬到门口又从台阶上翻跌下去，跪在院子里，仰起脸来，让冰冷的雨点滴打下来。雨势愈来愈猛，一片雨的喧嚣，整个白鹿村响起了欢闹声，叫声哭声咒骂声一齐抛向天空，救命的天爷可憎的天爷坑死人的老天爷啊！你怎么记得起来世上还有未饿死的一层黎民？鹿三一身透湿，拉着跪在泥水里的白嘉轩上了台阶，雨水像倾倒似的泼洒下来，一片泥腥气味。村子里的喧哗渐渐沉没了，大雨的喧嚣覆没了天空和地面……



## 第二十一章

黑娃回山寨的路上遇到暴雨，人和马都被浇成丧魂失魄的落汤鸡，他把马缰交给等候他归来的大拇指，坐在石凳上就站不起来了。山寨灯灭火熄，和他一起出山做活儿的弟兄早已归来，吃饱喝足之后已经躺下睡了，大约到明天晌午才起来。山寨生活与外部世界阴阳颠倒，昼伏夜出肯定是世界上所有匪贼们共同的生活规律。每次出寨做活儿归来，大块抓肉大坛子灌酒，直吃得腹满肚胀，直喝得天昏地暗，然后倒头睡去。黑娃从送饭来的弟兄端着的木盘里抓出酒瓶，挥了挥手让他把吃食端走。大拇指在火堆前重新拢起火来，催促他朝火堆跟前挪挪，赶快把湿透的衣裤脱下来换上干的。黑娃不想动弹，他没有寒冷的感觉，拔掉瓶塞儿咕嘟嘟灌下一口烧酒，仍然坐在石凳上垂眉不语，衣裤上流淌下来的水珠浸湿了尻子底下坐着的青石凳子。大拇指双手反叉在腰里，站在火堆前瞅瞄着黑娃：「有啥话就说响！还没见过你今日个摆的这个毬势相！」

大拇指和二拇指黑娃已成为莫逆之交。每次夜出做活儿，一个人牵头，一个人看家守寨，守寨的一定要等到夜出的归来才睡觉，那是一种死生共济胜过父母兄弟的关系。如果外出的一个未能如期归山，守候的那一个就坐待到天明，或是等得他安全抵达或是凶讯传至。大拇指已经等候过两个二拇指的凶讯。姓杨的二拇指在那次截抢军火车辆时被快枪击中胸口当场

死去；另有四个弟兄也赔上性命，抢来了十条快枪，等于一个弟兄换下两杆枪。从那时起直到现在，每有新的弟兄入伙发给他们枪支时，大拇指都要重复一遍第一批枪支得来时所付出的代价，姓杨的二拇指和四个弟兄的姓名以及各自死亡的过程。姓陆的二拇指死得顶不值当，在抢劫滋水川道何家村开油坊的范大头家时，他被范大头的小媳妇迷住心窍，正当他得手得意的当儿，那个小媳妇在炕头的针线蒲篮里摸到手剪子剪断了他的命根儿。姓陆的二拇指从炕上滚到炕下，在脚地上翻滚嚎叫了半夜才死去。大拇指对这桩丑闻也不回避，讲过姓杨的二拇指以生命换来山寨第一批快枪的壮举之后，必不可缺地要给新入伙的弟兄讲述姓陆的二拇指「老二」害老大的事。黑娃是和他搭手的第三个二拇指，在选定黑娃做二拇指的欢庆宴席上，大拇指当着众弟兄的面再次重提姓杨的和姓陆的两个前任二拇指舍身亡命的事，以示警戒，然后对黑娃开玩笑说：「二字不吉利呀！前头两个二拇指都是短命鬼，黑娃你得当心咯！」在众弟兄的哄闹声中，黑娃也玩笑着说：「我无论如何得管住『老二』……」大拇指越来越信服二拇指黑娃心眼耿直，手脚利索，做活儿放心，在山寨弟兄们中间声望极好。

他看见黑娃一反常态的神气就不自在，逼着问：「到底咋啦吗？你信不过我你可以不说，那就甭给我摆这个毬势相！」黑娃从腰里掏出那把梭镖钢刃，撕掉裹缠着的烂布，捉住酒瓶把烧酒倒洒在钢刃上，清亮的酒液漫过钢刃，变成了一股鲜红鲜红的血流滴落到地上；梭镖钢刃骤然间变得血花闪耀。黑娃双手捧着梭镖钢刃扑通跪倒，仰起头吼叫着：「你给我明心哩……你受冤枉了……我的你呀！」大拇指也被这奇异的景象吓得发愣，跪下一只腿搂住黑娃的肩膀：「兄弟快给我说，是谁受了这大的冤屈？」黑娃紧紧盯着梭镖钢刃说：「我媳妇小娥给人害了！」话音刚落，梭镖钢刃上的血花顿时消失，锃光明亮的钢刃闪着寒光，原先淤滞的黑色血垢已不再见。大拇指从黑娃手里接过梭镖钢刃端详着，咬牙切齿



地说：「我要亲手把他宰了！快说，快给我说是谁？」黑娃一手重重地捶到膝头上，痛苦地摇摆着脑袋：「是——我——大！」大拇指张大着嘴半天合不拢，吭一声把梭镖钢刃扔到石桌上，缓缓站起来喃喃说：「我的天哪！一个窝里的也咬起来了……」

大拇指转过身扶起黑娃，拥搀着走到火堆跟前坐下来，往火堆里添加了几块木柴，爆出噼噼啪啪的声响。他沉静地说：「兄弟，令尊鹿三叔可是个好人哪！」黑娃不大在意地问：「你认得？」大拇指叹口气：「我跟三叔在一个号子里坐了半年哩！岂止认得。」黑娃惊诧起来：「你是……三官庙里那个领着众人『交农』的和尚？」大拇指抿着嘴算是默认，终于选定了一个向黑娃袒露自己诡秘得绝无人知的身世的时机，半自嘲弄地说：「我也是因了一个女人才落草的咯——」

大拇指是关中西府人，那地方比白鹿原更为古老更为悠久，是周人和秦人屯垦发端之地，他的那个名叫郑家村的村庄就在周原的原坡根下。他在二十四节气的芒种那天出生，父亲就给他取下一个好记好听好叫的名字：芒儿、芒娃儿、芒芒儿。父亲送他到太平镇车木匠家学手艺那年，他刚刚卸下脖子上的黄色缰绳儿。他自记得事起就记着脖子上套着一副黄布缝制的缰绳儿，有擀面杖那么粗，从脖子上套下去，在胸膛上绾结成一个寿字形状。每年二月二日，母亲领着他到菩萨庙里去烧香叩头，把一条红绸披到菩萨娘娘的肩上；再从他的脖子上卸下被鼻涕桑葚黑汁染污得五麻六道的旧缰绳儿，摆置到菩萨娘娘脚下；再把一条用槐米染得黄灿灿的新缰绳在菩萨手掌上绕过三匝，套到他的脖子上。那条黄色的缰绳儿确实拴住了他的性命，免遭在他身前的三个哥哥夭折的厄运；却又使他吃了不少苦头，上树时挂住树枝，打架时被对方揪住了就成为绞索。有一年，母亲又要他系上一条红腰带，后来才知道那是他第一个本命年。本命年之后，母亲把旧缰绳儿卸下来再没有给他套新缰绳儿，给菩萨娘娘的供桌上整整摆下八盘花馍，都是用上好的细面捏成的石榴沙果麦穗棉花兔儿猪儿等

等，是父亲用两只竹条笼挑来的，父亲和母亲从两边夹着他一起叩拜三匝就出了庙门。那天，父亲破费给他买了一碗豆腐脑儿，一个油饼和一碗饸饹……又过了三年，父亲领着他走进太平镇车木匠的铺店，让他跪下拜师；满屋子的木屑气味骚得他打了三个喷嚏，父亲便在他跪着撅起的尻蛋上踢了一脚。师傅咂着烟袋只说了一句：「我脾气不好。你得听话。」车木匠身怀绝技做一手绝活，一架木轮子牛车打成，即使木质糟朽，轮子磨断，卯榫木楔也不会松动。他打制牛车的手艺远近闻名，虽然能置备得起大车的主户极其有限，但他的绝窍绝活的名声却把百余里外的活儿都揽来了，一年四季都有定做的牛车。芒娃儿头年进店，给师傅师母晚上提尿盆早晨倒尿盆，扫地担水，递烟盘抱娃娃，烧火洗锅诸种杂事一齐包揽，二年里连斧子刨子凿子的把儿也没摸过。第三年开始学艺，按规矩要到五年末了才算出师。两年的打杂生活使他贴切和谐地融进这个家庭，师母早已不再称他郑相，而是直呼芒娃儿芒芒了，师妹师弟们也都亲热地尊称他芒儿哥芒芒哥了。在他熬满两年的打杂期即将开始学艺时，师傅遗憾地说：「这个屋里倒离不得你了啊芒芒儿。」芒娃儿随和地说：「那我就再打二年杂，等你找下合适的徒弟了我再学手艺。」师傅摇摇头：「没有这个理儿咯！你是来当徒弟来学手艺的，不是给我熬长工当使唤娃的咯！你明日个就开始捞锛子斧头。」

芒娃儿捞起锛子，锛掉那些圆木身上的圪节，用斧头砍剥干死的树皮，帮助师傅和两个师兄扯锯。最轻的活儿是拉墨斗，浸满墨汁的线绳儿拉出墨斗时，搅把儿啪啦啦响着转着，师傅提起绷紧的墨绳儿又松开手指，嘭的一声弹下去，新鲜的圆木上就留下一条笔直的黑线。从那些粗活笨活开始到凿卯画线这些细活儿，芒儿已经精通。二年下来三年未到，离出师还有一年，芒儿已经成为一个全挂把式，当然除过车轴的旋制。剩下最后一年，将主要学习旋制车轴的技术。芒儿对师傅说：「让我打一副车轴试试。」师傅惊诧地眨着眼，以为耳朵出了岔儿。芒儿立即解释说：「弄瞎了我赔木料。」师傅这





阵已经相信他会打好一副车轴，却吓唬他说：「一根轴料值半个车价。」芒儿说：「行咯！满师了我给你再干一年不要工钱。」师傅就用脚踢着一根苑枣木轴坯：「打好了的话，明日起给你算工价。」

芒儿打制车轴的成功造成了师傅的恐惧，他悲哀地说：「我后悔收了你这个徒弟。」芒儿能听出来话味儿，师傅害怕他学成回去也开一爿车店，自家的独门生意就做不成了。芒儿说：「师傅你放心，只要你不弹嫌我，我就在你这铺子干到老。」师傅说：「你这娃不得了，你太灵了……」芒儿的成功使两位比他年长、投师时间也更早的师兄感到了难堪，他们好像商量过似的齐茬儿不理芒儿了，逢到芒儿需得他们帮忙抬木头拉墨斗的时候，大师兄倒还罢了，二师兄把所有的妒火都表现在脸上，故意摆出漫不经心的傲眉气眼，手下碰着什么就摔掼什么。芒儿只当看不见听不着。师傅却看不下去了：「把劲使到正向上，把眼窝盯到卯窍上，谁都能学好手艺。」二师兄虽然表面上有所收敛，恶根却就此伏下。

这天，师傅借来一头牛，套上新打成的一架大车，这车上就安着芒儿打制的头一根车轴，师傅师母和一家大小坐在车上去逛庙会。师傅邀芒儿一起去。芒儿想到两个师兄就说：「我不去，我自小就不爱逛会。」师傅大声说：「你当我叫你逛会？我让你试一下你打的车轴，听听声儿看看哪儿有毛病。」芒儿就上车去了。师傅坐在车辕上摇着鞭杆，时不时地提醒芒儿：「你听这声是啥毛病？轴紧！记住，轴紧了就是这声儿。」师母坐在车厢里的麦草蒲团上，风光地挺直着腰身，水抹的头发熨贴在鬓角。小儿小女叽叽喳喳在车厢里欢叫着猴闹着。大女儿小翠坐在车尾上，默不作声地偷偷瞄着芒儿。芒儿坐在另一边的车辕上几乎不敢回头，害怕瞧见那双眼睛。牛车到了庙会以后，芒儿就抽身回来了，他一回来就捞起家伙陪两个师兄干活儿。邻近晌午饭时光，大师兄踅磨到芒儿跟前说：「兄弟，俺妈身子不美气有多日了，我给师傅说了，师傅让我后晌回去看看。我想早走一步，不想吃晌午饭了。你甭给师傅说我是晌午走的。」芒儿故意做出轻淡的口气说：「哈呀，

你给师傅省下一顿饭还不好咧？再说，兄弟我就那么嘴长爱说话呀？你放心走。师傅不问我不说，要问我就说你是后晌走的。」大师兄拍打一下身上的木屑就出门回家去了。二师兄却油里吧叽地说：「兄弟我也给你告个假，我到镇上下馆子去呀！你去给师傅戳我的窝，燎我的毛，说我没干活我不怕。」芒儿停下手里的锯：「二哥，你这话咋说？我没惹你呀？我啥时候戳过你的窝，燎过你的毛，你把话说到明处——」二师兄摇晃着并不雄健的细腰走出工房去了，吱的一声吐了一口稀唾沫儿。芒儿已经习惯了二师兄的阴风邪火，也不在意，重新捉住锯把儿，一脚踩在地上，另一只脚踩踏着木板，推扯着锯子上下运动，发出一声声柔和悦耳的吱啦吱啦的声音，粉碎的锯末儿流落到地上。工房里只剩下他一个人，清静的气氛难得逢遇，他的心境心绪十分舒悦，悠悠地扯拉着木板，耳朵里浮响着牛车在乡村官路上行进时悠扬的嘎吱声，那是他旋磨打制的第一根车轴滚动时发出的无比美妙的声响，通过耳膜留驻到心里了。这当儿，有人从背后捂住了他的眼睛。

芒儿以为是二师兄下馆子回来了，不在意地说：「好咧好咧，快放开手。你在馆子咥饱了，我还得动手自造伙食哩！」身后的人仍不吭声也不松手。芒儿反手在背后那人的腰里挠抓一把，不料却听到一声清脆的女人的尖嗓门惊叫，回过头一看，竟是小翠，不觉脸红耳赤。小翠却不在意地说：「芒儿哥，我赶回来给你做饭来了。你说吃啥呀？你想吃啥我给你做啥饭。」芒儿一颗惶惶的心稳住了，笑着说：「打搅团儿，我顶爱吃搅团鱼儿！」小翠一甩长辫子就朝灶房走去，临到厨房门口又回过头说：「搅团这饭得俩人做，一个人烧一个人搅。咋办？你得给我来拉二尺五。」芒娃说：「烧锅我是老把式了。到时候你顾不过来你喊我。

小翠回来以后，工房里和整个庭院里一年四季极其少有的清静安谧的气氛没有了，似乎弥散着一缕神秘的令人鼓舞的气氛，往锅里倒水和瓢碗撞绊的声音从小灶房里传出来，不时传进嗞嗞啦啦响着锯声的木工房，令人心里鼓荡又令人惊悸。



看看几乎拉偏的锯缝，芒娃儿丧气地扔下锯子，躺到工房墙角的大炕上，缓缓气儿也静静神儿。小翠风风火火跷进门来，还未等他转过身坐起来，她的手已经抽击到他的尻蛋子上，手腕上戴着的石镯硌得他疼疼的。她尖声嗔气地发着脾气：「懒兽！说的给我烧锅，倒背起炕面子来咧！要我撕你耳朵呀？」芒儿讪讪笑着揉搓着被打疼了的屁股蛋子：「我还当你没搭手点火哩！」说着就跷出门去，急火火走过院子钻进灶房。小翠随后跟进来问：「你爱吃酸辣汤浇搅团，还是臊子汤浇的？」芒娃儿随和地说：「都好，我都爱吃。」小翠说：「你这人儿好没主意！倒是吃哪样儿的？」芒娃儿说：「当然还是臊子汤浇的香。」小翠说：「你去街上买一斤豆腐，肉还有哩！再捎带一撮芫荽，有芫荽味儿。」芒娃儿点头应着就往外走。小翠喝住他：「你不拿钱，拿脸蹭人家的豆腐呀？」芒娃儿说：「我身上有哩！」小翠说：「你有是你的，你攒着。」说着撩起衣襟，在红裹肚儿里掏钱。芒娃儿看见了小翠的绿色腰带和微微隆起的小腹，急忙转过脸眼。小翠一点不察觉也不在意，一古脑儿把钱塞到芒儿手里，攥住他的手腕叮嘱说：「可甭把钱掉了哇大大爷！」抿嘴笑着看着芒娃儿挎着篮子走出院子。

芒娃儿买豆腐和芫荽回来，把剩下的几个麻钱掏出来搁到案板上，转过身要走，小翠扬起脸说：「你这人好没规矩——」芒儿惶惶地问：「咋咧我又咋咧吗？」小翠头不抬，手不停地咚咚咚剁着萝卜丁，说：「把钱拾起来，刚才我是咋样给你的，你也咋样还给我。撂到案上算咋回事？」芒娃儿舒口气笑着从案板上捡起麻钱，捉住她按着萝卜条儿的手，把麻钱压到手心，说：「给吧！这算啥规矩？」小翠噗哧一声笑了，从左手把麻钱转到右手，迅即塞到芒娃儿的口袋里：「哥儿勤，爱死人；哥儿懒，棍子撵。这算犒劳你的跑路钱。」芒儿从衫子口袋掏出麻钱：「这——我不要……」小翠抓住他伸过来的手又送回衫子口袋里，嘻嘻哈哈地说：「装上装上，芒儿哥你装上，上街买个糖圪塔儿油麻花儿吃；吃的时光甭忘

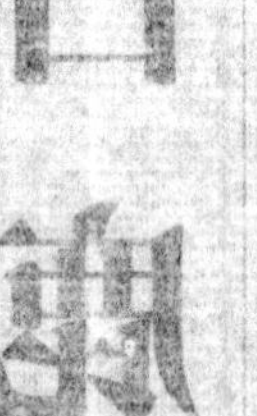

了是妹子疼你给你钱买的。」芒儿登时红了脸，把话岔开了：「你这会儿才拾掇臊子哩，烧锅拉风箱还得等一时儿，我先扯锯去。」小翠从篮子里取出芫荽扔到他怀里：「坐下择菜。菜择完了掏灶灰。灰掏净了再绞水……你想吃我侍候你的省手饭？」芒儿坐在水缸旁的小凳上择菜，芫荽的香味儿直钻鼻孔。小翠坐在案板前的独凳上切完萝卜丁，抓过豆腐刚切了两刀，歪过脸抿嘴笑着：「我的围腰带儿开来咧，芒儿哥你给拴一下，我的手水稀稀的。」芒儿迟疑一下从小凳上站起来，走到小翠身后轻轻把松开了的围腰带儿拴好。小翠用手捋了捋说：「太松了。解开重拴，拴紧些。」芒儿解开往紧勒，尚未拴结完毕，小翠又虚张声势地叫起来：「哎哟哟芒儿哥！你把人家的腰勒断咧！」芒儿停住手问：「该是咋样拴着才合尺？」小翠捞着刀小心翼翼地切着豆腐，悠然自得地说：「你真笨，像是八辈子也没拴过围腰带儿！拴好了你用手试试嘛！能插进去一只手就合尺咧！」芒儿重新拴结好系带儿迟疑地垂着手，已经反复拴过三次，他都是小心谨慎地用手指捏着系带儿，避免触及小翠后腰上的月白色夹衫。他现在提起右手掌，遵照小翠的指导，贴着脊梁插下去，围腰的系带儿绷在手背上，先是触到月白色布衫，随之就感触到奇异的一种温热，那一刻他的周身一颤，愣呆住了。小翠又叫起来：「哎哟哟，试一下就对咧嘛！整晌整晌把手塞到人家腰里做啥？娃子家不害羞！」芒儿羞得满脸绯红，急忙抽手出来，嘴里咕嘟着掩饰自己的窘态：「你故意要笑人……我不吃饭了，我走呀！」说着甩手转身就走。小翠咣一声扔下刀蹦到门口，双手叉住门框，歪着脑袋笑着念起儿歌来：「小哥哥，脾气嘎；跟人耍，不识耍；不识耍，拿屁打；打倒地，还要要……好咧好咧，好我的灶神爷哩！你坐下烧锅吔！」芒儿不窘了，也没气了，坐下来点火烧锅拉起了风箱。

小翠给后锅里倒下清油，锅台口的柴烟呛得她咳嗽得弯了腰，又打着喷嚏，抹着眼泪说：「芒儿哥，要是耍笑是笑，妹子给你可是说句知心话，你得练好拉二尺五的本领，日后有了媳妇了，嫂子就不弹嫌你烧锅尽冒烟不出火……」芒儿反倒从从容容嘘叹起来：「噢呀呀！俺屋穷得炕上连席都铺不起，哪里来钱娶媳妇？我一辈子打光棍省得麻缠！」小翠把切好的红白萝卜丁儿倒进锅里，爆出一声脆响，一边用铲子搅着，一边瞅着灶下的芒儿耍笑：「芒儿哥你甭愁，我给你娶个花媳妇：红裙子，黄肚子，尻子一撅尿你一溜子。那可是个椿媳妇，不花钱，椿树上多的是，一扣手能逮好几个……」说着又笑得淌出泪来。芒儿甩下风箱杆儿站起来：「你还要笑我这个穷娃！我是来学手艺的相公不是你的耍物儿……」小翠止住笑，吃惊地盯着芒儿，往前凑了两步，贴住盛怒的芒儿的耳朵悄声说：「你不要椿媳妇给你个真媳妇，妹子给你当媳妇你要不要？」芒儿吓得噢哟叫了一声，捂着耳朵红赤着脸又坐到灶锅下的木墩上：「你这——还是要笑我……」小翠双手往腰里一叉，放大声说：「要笑你？谁要笑你？你敢要我我就跟你走。你站起来引我走——看我是不是要笑你？」芒儿坐在木墩上仰起脸，看着小翠狠心决意的派势，自己倒妥协了，赔笑脸说：「悄着声儿啊小翠，当心杂货铺子听见了就麻缠咧！」小翠撇撇嘴角儿：「你跟我说话一说三蹦，倒是怯着杂货铺子！」芒儿叹口气儿说：「你是人家杂货铺子的人呀！」小翠一把推开前锅的锅盖，把烧开的滚水用木瓢舀起来倒入后锅煎好的臊子里，忙里偷闲地扭过头笑着说：「妹子要是你的人就好咧！我又要笑穷娃了。你再恼？！」芒儿听了，急忙低了头拉风箱，左手慌乱地往灶台里塞进刨花柴，却忍不住想流眼泪，胸腔里憋得透不过气儿来，奇怪自己到底怎么了？

小翠没有察觉悄悄抹去眼泪的芒儿，只顾一手往锅里撒着包谷面，右手使劲搅着勺把儿，口里还在念着歌曲儿：「狗烧锅，猫擀面，狗择葱，猫砸蒜；一家子吃顿团圆饭……」芒儿听着忍不住笑了，仰起头看着小翠，撒着面和搅着勺把儿的两只手腕上，玉石手镯随着手臂的动作抖晃着，她的腰随着搅动的勺把儿扭动着，浑圆的尻蛋儿突兀地撅起来，芒儿觉着胸腔里鼓荡起来，萌发出想摸小翠尻蛋儿的欲望，自己反而吓得愣呆住了。小翠已经撒完面粉，腾出左手来帮着右手一起

搅动勺把儿，无意的一瞥间发现了芒儿愣呆的眼神儿，斥责说：「胡盯啥哩？锅凉了火灭咧！不好好烧火光迈眼！」芒儿这回着实惶恐地拉起风箱，再也发不出脾气来，烧得火焰从灶口呼啦呼啦冒出来。小翠喊：「火太大了，锅底着了，悠着烧。」说着双手抱住勺把儿在锅里使劲搅起来，发出扑扑扑的声响。小翠突然凄厉地尖叫一声，扔了勺把儿，双手捂住脸呻唤起来。芒儿慌忙站起来问：「咋咧？」小翠痛楚地说：「一团儿面糊溅到我脸上哩！」芒儿看见小翠脸膛上被面糊烫下一片红斑，忙问：「疼得很吧？」小翠哭溜溜腔儿说：「哎哟疼死了。」芒儿搓着手说：「獾油治烫伤好得很！我到镇子上问问谁家有獾油。」小翠忸怩着说：「獾油脏死了，找下我也不要。」芒儿无所措手足地说：「那咋办？要是发了化脓了更麻烦！」小翠怯怯地说：「有个单方倒是方便，就是怕……」芒儿说：「不方便也不怕，我去找。你快说啥单方？」小翠说：「听人说用唾沫儿润一润能治。」芒儿说：「那你吐点唾沫儿用手指抹抹就行啦嘛！」小翠羞怯地扭过头说：「男的烫了用女的唾沫儿润，女的烫了得用男的唾沫……」

芒娃怀着庄严和神圣的使命往小翠跟前挪了一步，刚刚举起双手时似乎沉重千钧，双手举起以后又轻如浮草，双手搭在小翠肩头的一瞬顿然化释了庄严和神圣，他尚未把唾沫儿用舌尖润到她的烫伤处，小翠猛然转过身来，双手搂住他的脖子，把闭着眼睛的脸颊紧紧偎贴在他的脸上。他双手随即搂抱住她的双肩，有一种强烈的欲望不断膨胀，那欲望十分明晰又十分模糊，似乎是要把她的躯体纳入自己的胸膛。他不知道该做什么，除了一阵强过一阵的臂力的搂抱。芒儿感到脸颊上一阵疼痛，随之又麻木了，模糊地意识到她的牙齿咬着他脸膛上的肉，温热的嘴唇和坚硬的牙齿同样美好。小翠突然松了口侧过头，把她温柔的脸颊贴到他的嘴上，喃喃说：「芒儿哥，你也咬妹子一口……你狠劲咬，把肉咬下来我也不疼……」芒儿嘴唇紧紧贴着她的脸蛋儿，不忍心咬，只是紧紧地吮吻着。小翠突然推开他，脸色骤变……他同时也听到了院庭里的



一声咳嗽。

俩人随之所做的表情伪饰全部都变得毫无用处。咳嗽声是二师兄故意警示他俩的。二师兄平素对车老板一家钟爱芒儿早已积气成仇，他在这个大车铺店整整干了七年，仍然只是劈斧扯锯刨粗坯等粗笨活儿，凿卯一类稍微细致的活儿师傅也不放心他去做，更不要说旋制车轴了。他对继续吃木工行这碗饭信心不足兴趣衰败，现在正好撞到了一个改换门庭投靠新主和报复怨敌的双重机会。他早已无法容忍小翠呼叫芒儿时那种骚情的声调骚情的眉眼和骚情的姿势，而那样骚情的声调一次也没有给予过他；他在车老板手下吃不开的处境，不是手艺技能的原因而纯粹归咎于小翠；年老板听信老板娘和女儿的好恶，想抬举谁谁就红火，想捏灭谁谁就甭想起火只能冒烟。他今天对芒儿与师傅全家同乘一挂牛车去逛庙会十分忌妒，却说不出口，芒儿半晌回来小翠接着也回来的举动，使他从妒火烧昏中清醒过来，似乎悟出某点意思。他本打算在镇上馆子饱餐一顿，然后到杂货铺的后院里度过一天时光，那儿是一年四季也不散场的掷骰子摸牌九的场合，其实他没有赌资，仅仅是看看旁人的输赢手气。现在他站在赌桌跟前，看着赌徒们神态各异地抛掷出六颗骰子，刻印着圈圈点点的，骨质骰子在敞口瓷钵里唧唧转着，听着赌徒们欢呼和唉叹的声音，已经刺激不起他的兴趣，脑子里总是闪现着车老板的那个并不美好的铺店，而且透着一种神秘的气氛。他悄悄走进大门，立即判断出神秘的场合在厨房里，小翠骚情的笑声更加证实了他的猜测。他踅到窗外就看见了小翠咬着芒儿脸蛋儿的情景，一下子刺激得他两腿酸软，眼球憋疼。他蹑手蹑脚又踅回街门口，装作刚刚走进院子，漫不经意地咳嗽了一声……

小翠蹦出灶房，格外亲热地招呼他吃饭。他心里鄙夷地想：晚了，太晚了！你娃娃这阵儿才用骚情的眉眼跟我打招呼，太晚了……他随后就走进了杂货铺，不是去看掷骰子摸牌九，而是自信心十足地走进杂货铺接待嘉宾贵客的礼房。

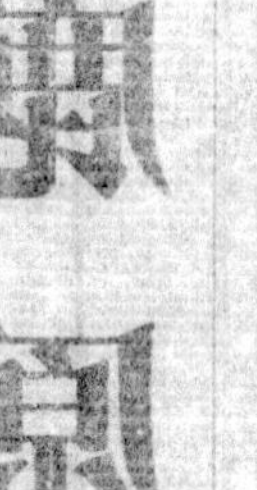

二师兄辞别牛车铺店到杂货铺去当店员，同时给了芒儿和小翠以毁灭性威胁；提心吊胆惶惶不安地过去了五六天，杂货铺王家没有任何异常反应，又把一丝侥幸给予他俩：二师兄根本没有瞅见他俩相搂相咬的情景。时过一月，依然风平浪静，小翠便大胆向父亲母亲提出和杂货铺退亲，而且说出了根深蒂固的忧虑：「一团子面糊儿溅到我脸上，芒儿哥帮忙给我擦，就这事！我恐怕二徒弟看见给王家胡说，那样的话，我过门后就活不起人了。不如趁早……」车店老板和老伴经过方方面面的周密考虑，作出两条措施，一是辞退芒儿，二是立即着媒人去探询杂货铺王家娶小翠的意向。车木匠作出这两条举措是出于一种十分浅显的判断，二徒弟如果给王家说三道四，王家肯定会有强烈反应，因为王家在这镇子上向来不是平卧的人。二徒弟早有弃艺从商的心思流露，车老板把他的突然离去肯定为巧合。媒人到王家探询的结果完全证实了车木匠的判断，王家正打算着手筹备婚事，而且初步设想的规模红火而又隆重，根本没有一丝一毫的异常迹象。

车木匠对于小镇生活人际关系的盘算远远不及他对牛车各个部件卯窍设计得那么精当，直到小翠坐着花轿离开牛车铺店进入镇子南头的杂货铺，正当他悬空已久的一块石头落到实地，骤然发生的事变就把他震昏了。合欢之夜过去的第二天早晨，车木匠两口子早早起来酬办酒席，准备迎接女婿和女儿双双结伴来回门。太阳冒红时，他迎接到的是女婿的骂街声，新姑爷从镇子南头一直骂过来，在镇子中心的十字路口停住，不厌其烦地反复吼叫着一句骂人的话：「咱娶回来个敞口子货嘛！敞得能吆进去一挂牛车！」常在杂货铺后院聚赌的那伙街皮二流子们跟在尻子后头起哄，投靠新主的二徒弟得意地向人们证实：「早咧早咧，早都麻缠到一搭咧！早都成了敞口子货咧……」车老板脸上撑持不住，从街巷昏头晕脑跑回大车铺店，刚进街门就吐出一股鲜血，跌翻到地上。

小翠在刚刚度过一夜的新房里呆坐着，街上的骂声传进窗户，她的被惊呆的心很快集中到一点，别无选择。小翠现在完全

陈忠实　著　中卷　三四二

明白了这个不露丝络的圈套已将自己套死。新婚之夜，男人在她身上做了令她完全陌生惊诧的举动之后就翻了脸，说：「啊呀！你咋是个敞口子货呢？你跟谁弄过？你说实话……」她无法辩解，揩净女儿家那一缕血红之后就闭上眼睛，断定自己今生今世甭想在杂货铺王家活得起人了，那阵儿还没有料到女婿会唱扬到街上去……她关了新房的木门，很从容地用那根结婚头一天系上的红色线织腰带绾成套环儿，挂到屋梁的一颗钉子上，毫不犹豫地把头伸了进去，连一滴眼泪也不流。

新姑爷骂完以后就去车老板家报丧，肩头还挑着回门应带的丰盛的礼品。他进入岳丈的牛车铺店时礼仪备至，放下礼品鞠过躬行过礼开口就报丧：「你女子上吊了。晌午入殓，明日安葬，二位大人过去……」又指着两笼礼品说：「这是回门礼，丈人你收下，人虽不在了礼不能缺。」车老板刚刚被人救醒，强撑着面子说：「嫁出的女子泼出的水，卖了的骡马踢过的地，由新主家摆置；我一句话没有，一个屁不放，你看着办去。」新姑爷告辞以后，车老板疯了似的指着垒堆在桌子上的大包小包回门礼物：「撂到茅坑去！快撂快撂……」

在入殓和埋葬小翠的两天里，车老板让大徒弟套上牛车，拉着一家大小躲到相距二十多里远的一个亲戚家去了。杂货铺王家用薄薄的杨木板钉成一个只能称作匣子的棺材，把小翠装了进去；为了预防凶死的年轻鬼魅报复作祟，王家暗暗用桃木削成尖扦扎进死者的两只脚心和两只手心。镇子上没有人来搬抬棺材，那不是杂货铺王家的乡情寡淡，而是谁也不愿沾惹这个失去贞操的凶死鬼的女人，末了只好用牛车拉到坟坑前草草埋掉。五六天过后，车老板一家又坐着牛车回到镇上，继续打制他的绝活儿。不出一月，可耻可憎的小翠就不再被人当作闲话，也不见凶死鬼闹什么凶事，肯定是四支桃木扦子钉死了她。百日以后，杂货铺王家以大大超过前次婚娶的派势又娶回一位贤淑的女子，连演三天三夜大戏，意在冲刷与车木

匠家婚事的晦气霉运。

杂货铺王家婚娶唱戏的消息传布很远。芒儿当夜赶到戏台底下，重新回到熟悉的镇子深情难抑。他用锅墨把脸孔抹得脏污不堪，把一顶边沿耷拉的破草帽扣在头顶。他在王家杂货铺出出进进三次，虽然没有人辨认出他来，却也找不到下手的机会。要媳妇闹新房的年轻人宁可放弃看戏，兴致十足地拥挤在新房里和新媳妇调情耍闹，直到大戏散场，知更鸟在微熹的天空迭声欢唱的黎明。第二天晚上，芒儿故意拖迟来到戏台下，转了两圈终于在戏台右侧的人窝里瞅见了二师兄的模脑儿，瞅准了他所在的位置旋即离开了，于夏夜深沉戏剧唱到高潮处时潜入杂货铺王家。头天晚上被闹房的人耽搁了的良宵美辰现在得到补偿，新郎新妇不顾前院后院为戏班子做饭送茶帮忙打杂的人出出进进，便迫不及待吹灯合衾了。芒儿那时候正潜藏在炕头和背墙的一个窄窄的空当处，上面搭着两张木板，底下通常是夫妇放置尿盆和内物的阴暗角落。他是在新婚夫妇睡前双方到上房里屋向老人问安时溜进新房藏下来的。如果等两个人欢畅过后进入酣睡下手更加万无一失，芒儿不仅缺乏那种忍耐，而且恶毒地下了死狠心，至死也不叫你狗贼享一回新媳妇的福。他听着炕上的呢喃和羞羞的怯笑，又听见被子被豁开的声音，就从炕头那个窄狭的空当爬出来蹲在宽敞的脚地上，站起身来的时候，手里的杀猪刀就捅进刚刚翻起身来一丝不挂的新郎的后心；新娘叫了一声即被芒娃卡住脖子，一拳打得昏死。芒儿溜出门大摇大摆径直走到戏楼右侧来，挤进人窝，在黑漆漆的戏台下继续他的报仇计划。他一步一步往前挤着，终于挤到早看好了的二师兄背后，扬起左臂装作擦汗，其实是为遮住从旁边可能斜过来的眼睛，然后在左臂的掩护下，把沾着主人鲜血的杀猪刀又捅进伙计的后心。二师兄像是吃东西噎住了似的喉咙里「咯儿」一响，便朝前头站着的人身上趴下去。前头的人很讨厌地抖一下肩膀，二师兄又倒向后边站着的人，倒来倒去人们以为他打盹哩！一当发现这是一具淌着鲜血的尸体，台下顿时乱了套。芒儿已经再





次走到杂货铺的青砖门楼下，听到了戏楼那儿惊慌的呼喊，眼看着王家屋里的人鱼贯奔出往戏台下去了，扬起手抖一抖门楼上挂的两只碌碡粗的红灯，蜡烛烧着了红灯的红绸和竹篾骨架，迅即燎着了房檐上的苇箔，火焰蹿上房去了。芒儿夹在混乱的人群里并不惊慌，大家都忙于救人救火，谁也顾不得去查找杀手。芒儿亲眼瞅着杂货铺大门里抬出了僵死的新郎，又看着杂货铺变成一片火海，随后就悄然离开镇子。芒儿来到僻远的周原坡根下，站在小翠的坟丘前，把沾着杂货铺主仆二人鲜血的杀猪刀扎进坟前的土地里；为了某个明确和朦胧的目的，他把身底那件蓝布上扎绣着蛤蟆和红花的裹肚儿脱下来，拴在刀把上，就离去了。

多日以后，有人发现了小翠坟头的杀猪刀和裹肚儿，杂货铺王家拿着这两样东西报到县府。县府的警官又拿着这两样东西找到车店老板。车木匠一看就说：「裹肚儿是芒儿的。」车店老板娘却不敢再添言，那蓝地儿红花蛤蟆的裹肚儿是小翠扎花缝下的。县府立即下令追捕郑芒娃……芒儿根本不知道这些过程，他已经进入周原东边几百里远的白鹿原上的三官庙，跟着老和尚开始合掌诵经了；世界上少了一个天才的车木匠，多了一个平庸乃至不轨的和尚……

「你看黑牡丹这婆娘咋样？」大拇指问黑娃，不等黑娃说话他就揭了底，「她就是杂货铺王家娶的那个新媳妇。」

黑娃不由地「噢」了一声。

「她在王家守寡。」大拇指说，「男人给我戳死了，她还为他守志，想立贞节牌坊。我才把她掳到山上来叫弟兄们享用……」

黑娃舒口气说：「倒也不怪她……」

「当然不怪她。我是让杂货铺王家也难受难受。」大拇指狠毒地说，「我本该是个手艺人靠手艺安安宁宁过日子，咋也料不到要杀人要放火闹交农蹲监牢！旁人尽给咱造难受教人活的不痛快，逼得你没法忍受就反过手也给他造难受事，把不痛快也扔到他狗日头上，咱就解气了痛快了。你黑娃走的不也是这个路数吗？」

黑娃点点头连声说：「对对的！」

「现时你还有啥想不开的呢？都弄到这一步了还计较一个女人干毬！」大拇指一甩手说：「我不说你只说我，而今活下的都是赚下的。无论是烧杀杂货铺还是交农蹲号子，要说死早该变成粪土了。我能活这些年都是赚下的，往后活得越多就赚得越多。想法儿痛痛快快地活着。说不定哪一天死了也就完了，也就够了。」

黑娃叹口气悻悻地说：「一样。一模一样。我的阳寿也是赚下的。」

「这么说就好咧！」大拇指高兴地说，「只有当土匪痛快。咱哥俩扭成一股，摊二年功夫把人马扩充到二百，每个弟兄都能揹上一杆快枪，咱就活的更痛快了。咋哩？官军而今一门心思剿灭游击队，腾不出手来招惹咱们；游击队也是急着扩充人马和官军兜圈圈，跟咱根本没啥纠葛；只有葛条沟那一帮子是咱的祸害……」

黑娃一拍大腿：「把狗日连窝儿端了！」

「端是要端，得瞅好机会。」大拇指说，「葛条沟辛龙辛虎那俩货脑子里安了一个转轴儿。四乡闹农协闹得红火那阵儿，你的那个姓鹿的共产党头儿找他，三说两说他就随了共产党；农协塌火了官家追杀游击队，他扔了共产党游击队牌号儿又打出土匪的旗旗子！这种人谁敢信？这俩货而今比咱难受，游击队恨他想收拾他，他也叨空想收拾游击队；他急着想扩充力量对付游击队，拉我跟他合伙，我不干！跟这种货谁敢共事？他就想拾掇我的摊子端我的老窝儿。一句话，这货不除终



究是咱的祸害！」

黑娃还是冷冷地重复一句：「咱先把他的老窝端了！」

「好！」大拇指举起酒碗说，「咱们就开始准备这件大活儿吧！」

黑娃饮下一碗酒：「放心啊大哥。黑娃脑子里没有转轴儿，是一根杠子！」

天色透亮。大拇指说：「夜个黑间有个人来寻你，我让他先睡在你的炕上……」

黑娃忙问：「谁？谁还来寻我？」

大拇指笑笑：「你进门就知道了。」

黑娃走进自己的山洞，惊得叫起来：「哦呀兆鹏……」

# 第二十二章

黑娃看见坐在自己铺炕上的人，愣怔许久才辨认出兆鹏来，随之俩人就交臂呼叹起来。黑娃久久地瞅视着兆鹏，头上缠裹着一条脏兮兮的蓝布帕子；穿着一件褪色的蓝色对襟布衫，肩头缀着一块白布和一块黑布补丁，衫子的下襟过长，苫住了前裆又盖住了屁股；黑色布裤，又缀着蓝布和紫红色的补丁；脚上蹬着一双乌麻六道的麻鞋，白布裹毡从脚趾一直缠扎到膝盖；从头顶的帕子到脚下的裹缠布，全都污染着草汁树液漆斑和苔藓的干涸的黑色疤痕；脸上也布满污垢，耳轮里和脖颈上积结着黑色的垢甲，鬓角露出来的头发粘成毡片，与白鹿镇小学校里那个穿一身藏青色制服的潇洒精干的鹿兆鹏无法统一到一起，完完全全变成一个地地道道的秦岭深山里的山民了。如果寻找破绽，就是那一口白色的牙齿。山民们也许生来就不懂得刷牙，也许是饮水的关系，十个有十个的门牙都是黄色，像是蒙了一层黄色的瓷釉。鹿兆鹏仍然保存着在白鹿镇小学当校长时那一口白得耀眼的牙齿。黑娃笑着说：「要不是你这一口白牙，我根本就认不出你咧！」鹿兆鹏笑得牙齿更白更耀眼了：「你而今人强马壮，你把世事弄大了，老哥投奔你来咧！」

黑娃从炕头的架板上取下酒瓶儿，又叫醒了管伙做饭的兄弟，端来了刚才留给他的那些饭菜，在冒着一股粗壮黑烟的吊盏油灯昏黄的光亮里，俩人举起盛着清凌凌的酒液的粗瓷碗，黑娃大声慨叹起来：「哎呀兆鹏哥，咋也想不到咱兄弟俩在这





儿会面咧！我常想着咱俩怕是今生今世谁也见不着谁了！兄弟而今没牵没挂，没妈没爸，没婆娘没娃，落得个光独独的土匪坯子咧！喝呀喝呀，咱兄弟俩敞开喝……」借着酒兴，黑娃把他揣着兆鹏的手条怎么寻找习旅、怎么从士兵受训到成为习旅长的贴身警卫、怎么参加暴动及至踩着麦捆子似的尸体死里逃生、怎么落草山寨一下子倾吐出来，说完大哭：「兆鹏哥，我只听你说闹农协闹革命穷汉得翻身哩，没想到把旁人没撞动，倒把自个闹光了闹净了，闹得没个落脚之地了……」兆鹏的脸膛也泛起红色，撕去了头上的帕子，大声沉稳地说：「知道，我都知道。」黑娃瞪着眼狠狠地问：「你都知道？你见过尸首跟麦捆子一样稠地摆在地里的情景？你看见习旅的士兵倒下一茬子涌上一茬子，再倒下一茬子再涌上一茬子的情景？你知道习旅长抱着机枪杀得两眼着火的情景？我挨枪子的时光习旅长还活着，后来就不知道他死了呢还是活着……」兆鹏仍然不动声色地说：「你说的情景我都知道。策划那场暴动时我也参与了。习旅长那阵子没死，带着余部出潼关到了河南，东逃西躲一月之久，还是没有站住脚……他死的时候枕着机枪。我们唯一的一支能打仗的正规军就此完结了。」黑娃问：「事情过去了，我想问你一句，你们策划暴动的时光，想没想到过这个结局？」鹿兆鹏说：「想到了。」黑娃惊异地问：「想到了还硬要伸着脖项去挨刀？」鹿兆鹏仍然沉稳地说：「你忘了习旅长讲的『七步诗』的故事？做出诗是死，做不出诗还是死！就是这样。」黑娃叹口气：「完咧。到底还是给大哥煎了。」鹿兆鹏却冲动起来：「完不了，怎么能完了呢？真正的革命现在才开始了啊黑娃兄弟！」黑娃正灌下一口酒，瞟了兆鹏一眼，垂下头默默地夹起一块野猪肉咀嚼着，良久才找到一句恰当的话：「革命开始了，你咋么有空儿到我这儿逛来咧？」鹿兆鹏也找到一句恰当的话：「我嘛，瞅中你的好营生……入伙来了。」黑娃立即敏锐地作出反应：「兆鹏哥，你甭要笑。」兆鹏说：「我没要笑。我来了就不走了，入伙！」黑娃当即说：「这话跟我再不能往下说。要说明日跟大拇指当面说。」鹿兆鹏说：「那当然。你

第二十二章

# 白鹿原

中卷

陈忠实　著

还是很义气。」黑娃说：「天快明了，咱们睡觉。明日个跟大拇指当面说。」

黑娃一觉醒来，已是第二天傍晚，木杆上吊着的灯盏已经点火，在夕阳的红光里闪耀。那是一只生铁铸成的盆子，里面装着麻油，燃着一根擀面杖粗的油捻子，黑烟滚滚，空中飘浮着未燃尽的烟油絮子。这是重要宴庆的信号。伙房里接连传出煎油爆炒的脆响。弟兄们出出进进嘻嘻嚷嚷，显然是被好酒好菜鼓舞着。他找到大拇指的洞穴。大拇指兴致勃勃地说：

「弟兄们好久没有团圆了，今日个犒劳一顿吧：一来为你解解心烦；二来嘛，你有朋友到来，这可是你生死之交的朋友。你的朋友就是我的朋友，理应款待。」黑娃想告诉大拇指兆鹏入伙的事。大拇指仍然朗声说：「先咥了饭再说。」

大吃猛喝一毕，尚未醉倒的土匪们练开了功夫，有的练拳，有的舞刀，有的练枪法，有的练爬树翻墙，有的练捆缚敌手，倒显得生龙活虎。黑娃引着兆鹏进入大拇指的洞穴。大拇指不用寒暄，不讲客套单刀直入：「我的二拇指说你想入伙？」

「是的。」兆鹏点点头。

「真的？」大拇指套问。

「真的。」兆鹏平静地肯定。

「你把『真的』这话连说三遍。」大拇指盯着他说，「看你能不能说得出来？」

「好咧好咧！」兆鹏释然笑了，「说真的也算真的，说半真半假也是半真半假，可不完全是假的。」

「完全是假的。」大拇指不屑地说，充满了自信，声音的平静愈显出透里知底的决然肯定，「你是想把我的弟兄纳进你的游击队。你入啥伙哩！」

「你比神瞎子的卦还算得准。」兆鹏也很平静，没有一丝被戳穿的尴尬，坦然笑着反问，「真要这样，你说行不行呢？」



「天爷！空里的鹰地上的狼，飞的和跑的拢不到一搭嘛！」大拇指轻俏地调侃起来，「你是堂堂共产党头儿，我是土匪，咋也拢不到一搭咯！」

「咱俩差不多。搁秤上吊一吊分量差不了多少。」兆鹏也是一腔调侃的调儿，「滋水县通缉我悬赏一千块硬洋，悬赏通缉你也是大洋一千块，咱俩值的一个价码咯！」

大拇指笑了。黑娃也忍不住笑了，心里凝结的紧张气氛顿然松弛下来；他始终没有说话，斟酌了三人之间的关系而决定自己不必开口；他只期望这两个人之间不发生冲突，无论谈判的结局如何；他很珍惜大拇指的笑，企图扩延刚刚出现的轻松气氛，就以打诨的口气说：「滋水县的『共匪』头子和土匪头子值的一个价码！嫽哇嫽哇！」

兆鹏适时地掌握着松活了的气氛：「我了解你。你是个灵醒（聪明）的木匠。你是个不怎么样的和尚。你会成为一个有出息的红军指挥官，这一点我肯定无疑。你当山里王太屈材料，太可惜了。我是瞅中你这块材料才来找你的……」

大拇指收敛了笑，冷冷地说：「我也了解你。我在三官庙当和尚那阵子就知道你。你也是个灵醒人。但我这个寨子里不要你。我知道你跟黑娃的关系。黑娃是个可靠的义气的人。黑娃愿意跟你走我放黑娃走，还有哪些弟兄情愿跟黑娃一搭投靠游击队也都放他们走，我还让他们把家伙一起带走……」

黑娃打断大拇指的话说：「大哥你说哪里话！我跟你绝无二心，可以指天为誓……」

兆鹏坦率地表白说：「我刚才说了，我是瞅中你这块料了。我希望跟你搭手共事……」

大拇指接住自己被打断的话继续说：「我说的是真话。我明白，无论谁家当朝坐江山，都容不得土匪。而今国民党悬赏捉我，日后有一天共产党把事弄成了，还是要拾掇我。我要是能活到那一天，你兆鹏坐江山拾掇我的时光，能给我一个浑全

的尸首就遂心了。」

兆鹏不由地动了情：「这又何苦哩？你一进红军队伍就会明白，你肯定比当土匪活得畅快。告诉你，我根本不是拉你去游击队，我们已经建立起来一个正儿八经的红军军团，军长是正儿八经的黄埔军校训练出来的……」

大拇指并不动心：「我刚才把话说到尽头了，黑娃愿意走就跟你走，还有哪些弟兄愿意走的话也跟你走，家伙都随手带走。我算义气了吧？旁的话你再甭说了，你日后能给我一个浑全尸首就算义气之交咧！」

黑娃再次申明：「我而今连尸首浑全不浑全都不顾虑。」

兆鹏笑笑说：「我也没想让你当下跟我走。我给你打个招呼，你慢慢思量思量；你啥时候想开了，再给我打个招呼，我来接应。」

大拇指说：「那好……日后再说吧！」

兆鹏说：「我们肯定还会见面的。」

半年以后，他们果然又见面了，鹿兆鹏作为俘虏被大拇指捉上山寨。半夜时光，探马回来报告大拇指，有一杆子来路不明的红军人马闯进山来，在离山口几十里的章坪镇安营下寨，遭到了政府军的包围，一个军的人马给连窝捂死了，剩下的分成几股逃走了。有一股逃到离他们山寨三十来里的双岔沟歇下了，大约二十来个人。双岔沟只有三五户人家，住得散散落落，这一股红军就住在沟梁上的茹姓人家里。大拇指当即叫来二拇指黑娃，让探马把这事再述说一遍，然后问：「兄弟，你看这活做得做不得？」黑娃说：「油水厚不厚？红军都是些秕谷瘦皮，谅也没多厚油水。」探马插话说：「他们都掮一



杆快枪。」黑娃又问：「这一杆子红军打哪儿来的？是不是山里那几股游击队的一股儿？」探马说：「山里那几股游击队全是本地猴儿，滑得黄鳝一样。这杆子红军是从山外闯进来，人生地不熟，刚进山就给捂住了。弄不清哪达来的，反正不是南山猴儿。」黑娃说：「大哥你定点儿。你看中那二十几杆快枪的话，我带弟兄们去拿回来就是了。」大拇指却不像黑娃那样轻松：「本来嘛，咱们跟红军游击队是井水不犯河水，各吆各的车，各辗各的辙。黑娃你心里本不愿意挫红军，你是怕我疑心你跟红军有丝连才这么说。我也根本不想撞惹红军。这回不同，这杆子来路不明的红军蹬踏到黑窟窿里了，撞到舅家门板了，出山是决然出不去了。再往前走，或是再过上两天，让葛条沟那帮子扫风着了的话，非吃不结，红军手里的快枪就落到他们手里了。这样子的话，不如咱们先动手把家伙缴了……」黑娃听了就折服了：「大哥我明白了，我去吆喝弟兄们。」黑娃站在往常发号施令的石阶上，连连发出三声尖锐的唿哨，匪徒弟兄们便从各个角落拥到平场上来，作为大殿的山洞里灯盏齐发。大拇指站在大殿的台阶上部署行动：「从双岔沟两边摸上去包围姓茹的那一家，记住：只缴家伙，不准伤人，缴下枪来放人走；不许开枪，只准吓诈，实在缴不下枪来，放走算毬了。」有弟兄问：「咱不开枪，他们要是朝咱开枪咋办？」大拇指沉吟一下说：「万不得已要开枪……只许打下三路！」在最后确定谁领头去的时候发生了争执，黑娃执意要去，大拇指毫不动摇地说：「轮我打食，轮你守窝了。」

完全是万无一失的捕捉而不是交火拼杀。天空落着夏季里不大常见的濛濛雾雨，山道湿滑，伸手不见五指。土匪们灵如猿猴，一直摸到双岔沟梁上站岗放哨的卫兵脚下，一个土匪蹿上去突然抱住哨兵的双腿把他撂倒，另一个土匪同时把一块烂布塞进他的嘴里，前门和后门的两个哨兵几乎同样被擒获。当土匪们准备踏门而入的时候，低矮的屋脊上响了一枪，那儿

还隐伏着一个暗哨。但是为时已晚，土匪们从前门后门和树枝围成的篱笆墙踏过去，把茹姓山民的两座房子全部控制到手中。睡在炕上和脚地上以及台阶上的红军士兵疲惫不堪反应迟钝，有三五个反应迅敏的人刚摸起枪，就被土匪们缴到手了。土匪们三个人对付一个红军士兵绰绰有余，缴了枪就把他们统统逼进一间屋子。最后从山民火炕上拖出来的那个人是个伤员，腿上淌着血一步也挪不动，由一个红军士兵背着他从炕上挪到地下。大拇指命令所有俘虏转过身去面向墙壁，然后才让弟兄点着了一支火把，拿到那个匍匐在地上的伤号面前一照，他几乎吃惊地叫起来，那是兆鹏。大拇指立即发布命令：「你们现在可以走咧！你们在这山里扎不住脚赶快出山去，记住不要结帮搭伙，要零碎单个往出走，不要开口说话，一开口就露馅了。」那些红军士兵还背对着他没有动。大拇指吩咐两个弟兄架起受伤的鹿兆鹏出了门。回到山寨，大拇指对迎上前来的黑娃说：「真是撞到舅家门板了——你的共产党大哥给我弄来了。」

黑娃在灯下一看，兆鹏昏昏迷迷不辨生人熟人，小腿肿得抹不下裤子，整个脚面和脚趾都被血浆成红紫色。大拇指唤来大先生。大先生提着药葫芦跑来，用剪子割开左腿的裤子，用水洗了伤口四周的瘀血，皱着眉对大拇指和黑娃说：「糟毬咧，是个瞎眼儿！」枪子穿透了身体被土匪们称作亮眼儿，未穿透被称作瞎眼儿，弹头还留在小腿肚儿里。大先生说：「有两个办法，一是将就着治好外伤，让人家出山进城到洋医院去掏枪子儿；二是我给他掏出来再治好，可咱没麻药，怕他受不住疼。你说咋治我咋治。」大拇指瞅瞅黑娃。黑娃说：「干脆给他掏出来。」大拇指对大先生说：「掏！」大先生解开布包，取出一只带环儿的钢扦儿，刚挨住伤口，兆鹏就惨叫起来。大先生迟疑一下说：「这人没咱的弟兄皮实。」大拇指笑着对黑娃说：「就这副虚气儿他还想入伙哩！咱伙里弟兄可都是断胳膊折腿不吭声。没这股子毒劲儿还想入伙当土匪？绑起！」于是七手八脚把兆鹏的身子和手脚都捆绑在木板上。大先生说：「我下手了——」话音未落，一下子就把那





根带环儿的钢扦子塞进伤口。兆鹏撕肝裂肺似的吼叫起来。黑娃说：「把嘴给塞住，叫得人心烦。」于是又用烂布塞进嘴里。大先生捏着那根钢扦儿在腿肚里寻找弹头，一挖一拐又猛然一提，一串血肉模糊的东西带着一股热血的腥气从小腿肚里拉出来，扔到盛着清水的铜盆里，唧一声脆响，水面上就绽开一片耀眼的血花。伤口里的血咕嘟嘟涌冒出来，大先生不慌不忙拔开药葫芦的木塞儿，把紫红色的刀箭药倒人伤口，拿一只带勺儿的钢扦往伤口里头搡塞，血流眼见着流得缓了少了，随之就止住不流了。大先生又掂起另一只药葫芦儿，往伤口四周撒上一层厚厚的黑色药面儿，然后用布条垫着麻纸缠裹起来。大先生瞅着被他折腾得完全昏死的兆鹏说：「没彩没彩，这人没彩！招不住我一刀的人都没彩。」他摸摸兆鹏的额头，拔下塞在兆鹏嘴里的烂布，把两粒黑色的药丸塞进口腔，灌下一口水，迫使兆鹏咽下去，然后说：「抬走。让他睡去。睡醒来就没毬事了。」

第二天傍晚时分，兆鹏睁开眼睛嚷着要喝水。他强挣着坐起来，把伸到眼前的水碗抱住一饮而光，才瞅着递给他水碗的人惊奇地叫起来：「黑娃黑娃，怎么是你？」黑娃抿抿嘴没有开口。大拇指却说：「你忘了你说的『咱们还会见面』的话啦？这回是我请你来入伙儿！」兆鹏猛地转过头，瞅住站在炕脚地上的大拇指：「我咋毬落到你手里了？」黑娃接住说：「你多亏落到大哥手里了。」兆鹏转着眼珠朝后倒下，靠在背后垫着的被卷上，悲不堪言地合住了眼睛，两个眼皮痉挛似的弹动着，眼角流出晶亮晶亮的泪珠儿……

那是一场从一开始就注定了失败的进军。省委接到一支红军武装企图攻打西安的密讯，派鹿兆鹏化装潜入红军部队传达省委意见，要求红军指挥官做出一个详细周密的进攻方案，省委讨论之后才能作出决定，同时将西安地区守军布防的情况提

供给红军指挥官，供他们斟酌自己的力量作出抉择。鹿兆鹏扮装成一个受聘赴任的教书先生，顺利地通过渭河平原，进入渭北高原之中刚刚创立的根据地茂钦。茂钦这个像遗落在山间的一粒羊粪一样默无声息的村镇，现在在北半个中国日渐显露声名。南有瑞金北有茂钦。茂钦中华苏维埃的红布旗帜在莽莽苍苍的黄土高原上看去确似一簇生动飞扬的火焰。共产党人在这里创建起来第一支农民武装，称作红三十六军。鹿兆鹏的到来使红军最高指挥员之间的争论更加激烈，争论双方的力量对比是二比二。廖军长和王副政委干脆把进攻西安说成是葬送红军的冒险行动；姜政委和权副军长力主进攻西安，理由比反对派要充足十倍。在二比二相持不下的时候，廖军长首先表现了妥协，才使进攻派占了上风。鹿兆鹏向他们传达了省委意见，唯一坚持不改初衷的王副政委重新挑起争论，理由是省委没有肯定这个行动计划。廖军长立即更改了违心的妥协又恢复了反对派的真实面目。姜政委倒很冷静地反问：「省委没有肯定也没有反对进攻呀？敌方在西安的布防情况我早已清楚不过，嫡系和杂牌正大眼瞪小眼乌龟瞅王八，咱们趁这个空子正好得手；缓后无论乌龟吃了王八还是王八吃掉乌龟，他们就成铁板一块无缝可钻，失掉战机了。省委要我们报一个详细作战计划是多此一举，一切已经成熟。」姜政委对廖军长的摇摆不定有点生气，用一句粗话讽刺说：「屎尿去了屙下屎来——连稀稠都拿不住了！这样子的话怎么带兵打仗？你可是咱们四个人中独独上过军校的指挥员呀同志！」廖军长脸红了，不仅没有发火，诚挚的声音令人感动：「姜政委，你挖苦我两句我不在乎。我弄起这一杆人马来着实不容易，我只担心弄不好又丢光了咧……」鹿兆鹏心里颤悸了一下，这个长着四方脸盘英俊漂亮的陕北汉子，一口鼻音浓重言词笨拙的话令他感动。廖军长是黄埔生，投身国民革命战功赫赫；国共翻脸以后，他带着他拉出来的那一部分队伍参加了习旅的暴动，暴动失败后他就成了光杆司令，几年间又创建起红三十六军来。姜政委是省委派到三十六军来的，他很尊重这个前额突出有点像列宁面孔的政委，似乎也有点说不清为



什么的怯惧心理。姜政委说：「军事行动上的摇摆不定反映出思想立场的动摇。」王副政委与大脑门子政委一丝也不妥协：「这仅仅是一个具体军事行动的分歧，与立场无关。」廖军长痛苦地扭曲着脸沉默了。姜政委说：「一切按原计划进行。王副政委下连当兵。鹿兆鹏同志做副政委。」鹿兆鹏说：「我必须赶回去向省委汇报。」姜政委说：「不急。打下西安咱们一起去汇报。」鹿兆鹏急了说：「我也反对这个行动。」姜政委说：「你反对我也要你做副政委。」

鹿兆鹏在根据地住了下来，发现在红军士兵里头却没有这样严峻的分歧和争论，而且洋溢着几乎是迫不及待的攻打西安的战斗热情。姜政委深入浅出的讲演特富魅力和鼓动力量：「南昌暴动失败了，广州暴动失败了，咱们这儿的暴动也失败了，国民党高兴得近乎得意忘形。我们攻下西安就是向全中国的反动派敲响第一声丧钟，共产党还存在，真正的革命刚刚开始！」姜政委洪亮激越的声音被热烈的呼喊打断了，他谦逊地低着硕大的脑袋等待欢呼声结束，然后扬起头来分析这次行动的形势：「西安的嫡系初调入陕，两眼紧盯着杂牌子地方军；杂牌子地方军收罗的都是土匪民团，属于乌合之众，十有八九都是逛窑子抽大烟的二流痞子，根本不经打。咱们红军不是一个顶仨，而是以一当十。渭北地区农协运动开展最早，地下党遍布各个村镇，我们路过之地会一呼百应。我们一举攻下西安，建立起中国革命的第一个红色政府，必将照亮整个北半个中国……为了共产主义，同志们，努力冲锋啊……」

整个红军陷入一种激战前的狂热之中，以致王副政委在下到炊事班当伙头兵时，竟然连连受到士兵们的嘲笑和鄙视。廖军长现在尽可能认真地按照在黄埔军校学习的指挥艺术设计这场进攻……队伍终于拉出山沟进入坦荡如砥的关中平原了，此时刚刚黎明。鹿兆鹏此时才弄清白，这支号称三十六军的红军部队实际上只有九百多人，不过是一个团的编制力量，心里就愈加忧虑和胆怯。在山区小镇茂钦根据地里，九百多人显得熙熙攘攘，一投身到雾雨濛濛的关中平原上以后，这九百多

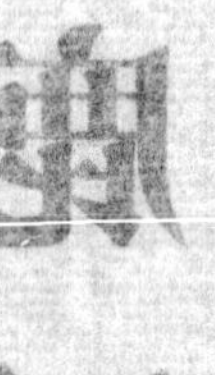

人的队伍就不再显示出浩浩荡荡的气势，反而觉得过于细瘦了点儿。他们沿途所经过的许多千户大村，无一例外地遭到了村社门族自立的保安队的偷袭和骚扰，根本不曾发生一呼百应的情况。（那些村庄里确实有共产党的地下支部秘密地活动着，他们没有得到任何指示或消息，压根儿不知道这次军事行动，甚至搞不清楚这支穿着杂七杂八衣服的军队是国军、土匪还是杂牌子地方武装。）霪雨绵绵，这是关中平原旱季里极为罕见的阴雨天气，池满河溢，遍地泥浆，找不到一坨干燥的立足之地，更拾不来一把柴火。士兵们渴急了就喝路边水坑里的泥水，好多人抱着肚子提着裤子拉稀不迭。姜政委执意选择雨天出击的理由是，反动派军队怕吃苦，怕夜战，也怕雨战，红军战士瞅准其弱点专事夜战雨战，因为红军士兵自小就在苦水里泡大，不计苦累，不避风雨。姜政委瞅住了敌手的弱点却忽视了自己的弱点，这些自小生长在渭北以北黄土高原上的士兵全都是些旱鸭子，在粘湿滑溜的平原上行军不久就疲惫困乏，全都被淋浇得湿透了衣裤又溅满了泥巴，变成落汤鸡或更像泥猴了。渡过渭河以后，在河岸边的柳林里暂作歇息。姜政委擦拭着眼镜片上的泥巴浑纹儿，怎么也擦不干净，他发觉自己的衣襟和手指全都给泥巴弄脏了，无奈就把无法擦净的眼镜架上鼻梁，对瘫坐在湿漉漉的沙地上的士兵们鼓劲打气：「同志们，再走五六十里路就进城咧！老孙家羊肉泡馍，老白家饺子馆，西安饭庄葫芦鸡尽饱咥啦……」姜政委给士兵打足气儿之后，就把另外三位领导者引到远离士兵的柳林深处，坚定不移地说：「我回省委汇报情况兼作城内策应，你们继续前进，不能有丝毫的动摇情绪。咱们在滋桥北桥头会面。」姜政委连一个随身警卫也不带，只身走掉了。

姜政委临走时委托鹿兆鹏做代理政委。姜政委走过柳林进入蒿蓬茅草地带，三个站在原地未动的领导者谁也不说话，一直瞅着姜政委在蓬蒿和茅草上隐现的脑袋完全消失，他们才不约而同地面面相觑起来。鹿兆鹏心里浮起一缕惆怅一种空虚，像被抽掉了主心骨一样茫然失措。他说：「我提议让王出来做代理政委。」廖军长和权副军长只碰了一眼就说：「你去把



王叫来。」下到炊事班的原王副政委不紧不慢走过来，冷着脸站住。廖军长说了姜政委回城向省委汇报的情况以及委托他做代理政委的意见，王副政委对此先不表态，却冷冷地说：「姜要是跑到国民党省党部汇报怎么办？」鹿兆鹏噎得说不上话咽下一口唾液，廖军长显然也看出王副政委的鸡肠小肚，不客气地说：「同志，你这样的态度令人失望！」权副军长从中调和：「王副政委别记惦今日个以前的事了。今日个或者说目下咱们咋办？」鹿兆鹏立即附和说：「对！咱们下一步的事才最要紧。」王副政委仍然冷冷地说：「往回撤。撤回茂钦还来得及。」廖军长惊诧而又生气地问：「你这意见是出于对队伍的负责，还是跟姜致气赌输赢？」王副政委说：「这怎么分得开呢？」廖军长窝气地说：「你们俩的意见呢？撤还是进？」权副军长现在变得异常耐心温柔起来：「大家都冷静才好。我觉得现在撤回去的根据不充足。」鹿兆鹏觉得权副军长的意见与自己相吻合，随即说：「我同意权副军长的看法。」又对王副政委诚恳地劝说道：「你的意见可以保留。你还是应该代理政委。」王副政委冷漠地笑笑说：「我……还是回炊事班去好。」

廖军长没有说话，连瞅一眼已转身离去的王副政委也没有，对鹿兆鹏和权副军长说：「我们还得往前走。」队伍被集结起来继续前进，近傍晚时赶到滋桥北边两个村庄之间的空阔地带。鹿兆鹏和权副军长扮装成当地农民的模样走进了滋水桥街道，在桥北头踅磨好久看不到姜政委接应的任何迹象，俩人不敢再等，又离开镇子。权副军长说：「我们像一条出了山的狼，天地开阔却危机四伏。」兆鹏苦笑一下没有说话。俩人回到集结地，廖军长急不可待地把他俩拉到稍远一点的地方，以调侃的口吻说：「王副政委看来是吣到向上了！」廖军长问也不问接应的事，告诉他俩一个严峻的事实：姜政委没有回省委汇报。那么姜政委到哪儿去了呢？。半路上出事了或是……鹿兆鹏忙问：「你的根据？」廖军长公开了一个秘密：队伍出山前，他背着姜政委派人进城向省委汇报，要求省委具体指示这次进军的方案。汇报的同志刚刚回来，让队

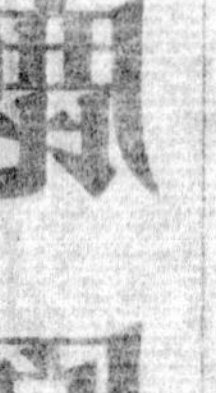

伍赶紧撤回茂钦或先进入秦岭隐蔽。鹿兆鹏似乎顿然变得轻若一根羽毛，随便一股微风都可以掀起它来，那是一种真切的彻底灭亡的预感。他揪住自己的头发软软地蹲下去，说：「我没有阻止这个冒险我……」权副军长诚挚地说：「廖军长我对不住你我混账……」廖军长痛苦地摇摇头：「只怪我不怪你们。快不要说怪谁不怪谁的话，赶快想法挽救部队！」鹿兆鹏看见廖军长一张七色脸，痛苦惶恐，急迫悔恨，也还有冷静。他指使鹿兆鹏叫来了王副政委，仍然用他诙谐调侃的习惯说话：「好了，现在我们按你的意见办。你甭当伙夫了，当政委吧，代理那俩字儿太啰嗦，干脆去毬了！」王政委仍然冷冷地说：「我已经改变『撤回去』的主张了！」鹿兆鹏瞅着这个严厉得有点冷漠的王政委揶揄地说：「毬毛总是不合股儿！」王政委说：「我们撤回去，要是茂钦的老窝给人捣了咋办？」廖军长拍一下王政委的肩膀说：「好了！咱们合到一股了——进秦岭！」

撤退的命令下达以后，队伍便有点松懈，那些谋着进城吃羊肉泡馍的士兵满肚子怨气，便无缘无故地射击公路上驰过的汽车。枪声突然引发了炮声，大炮的轰击声震撼着大地，队伍加快了撤退的步伐。但鹿兆鹏尚不知晓他们已经侥幸地脱出了灭亡的境地。原来城防驻军就驻扎在桥南不过十里的草滩一带，早已发现了他们的行踪，而且报告了司令官。司令官是个土匪出身的杂牌子军长，摆摆手说：「轰走轰走！轰走算毬了！」副手建议说：「送到口边的菜就该吃。」军长说：「那个『菜』是一罐子萝卜缨子酸菜！缴不来大炮机枪，也肯定没有黄货白货，那几杆破枪缴回来反成了累赘。咱打死他十个不抵他打死我一个，打死他十个给咱添不了一个，他打死我一个我就少下一个……」军长虽是粗人却不乱主意……这就留给了鹿兆鹏他们安全转移的机会。

进入秦岭隐蔽的行动方案很快统一确定下来，以风景和温泉驰名古今的骊山是距离最近的山地，自然成为撤离选择的最佳



路线。鹿兆鹏是关中人，就被推到领头人的位置，和廖军长走在前头，领着队伍朝骊山进发，王政委和权副军长殿后督促。这支只对过往汽车打了几枪的红军队伍，完全被泥泞雨水饥饿和拉稀拖垮了，士兵当中的怪话开始冒出来，「逛平川赏景致，也该择个好日子嘛！」「咱不打人家，人家也没打咱，咱就跑毬了，这算哪家子的战法？」傍晚时分，部队踏进了通向骊山的一条沟壑，鹿兆鹏才顿然觉得悬提在空里的心落到实处，那是山地给人的一种安全的依托。十之八九来自陕北山区的战士对山的感觉更为敏锐，情绪活跃了，怪话俏皮话风凉话一茬一茬冒出来。鹿兆鹏忍不住悄声说：「你当初坚持不出就好了。」廖军长也悄声说：「那样的话，队伍就会掰成两半。」鹿兆鹏问：「这个队伍不是你一手弄起来的吗？」廖军长笑笑说：「他嘴巴上功夫深，我说不过他。」鹿兆鹏有点讥诮地说：「我看你好像总有点怯他？」廖军长说：「他是省委派来的呀！」说罢也讥诮地反问：「你不也一样吗？他叫你当副政委，你不当，还是拗不过他是吗？」鹿兆鹏没有说话。走出沟壑踏上一道驴脊梁似的山梁，鹿兆鹏驻足片刻朝南望去，对面的白鹿原刀裁似的平顶呈现出模糊的轮廓，自东而西逶迤横亘在眼前。那一瞬间，一只雪样儿的白鹿在暮云合垂的原顶上纵跃跳蹦了一下消失了。鹿兆鹏舔了舔干裂的嘴唇对身边的廖军长说：「看见了吗？」廖军长毫不惊奇地问：「看见什么了？」鹿兆鹏仍然抑止不住兴奋：「瞅那儿我的家乡——白鹿原。」

王政委从后头赶到前头来，拍了拍鹿兆鹏的肩膀说：「你的任务完成了。你引路引得好。进山了该我领路了。」鹿兆鹏就坠到队伍后头和权副军长殿后。王政委是山里人，他的那个村是滋水县所辖的秦岭深山最僻远的一个仓。队伍一刻也不停留，沿着山梁，又倚着崖坡朝前走，山越来越高，路越来越细，直走到根本没有什么路，依然沿着梁或翻着沟往前走。天色完全黑下来。跌翻绊倒的人呻吟着叫骂着再爬起来往前走，战士们已经没有说俏皮话的兴趣了，正好借机以咒骂发泄心

中的不满。权副军长是进攻派，他的意见被否决，怀着深沉的愧悔和羞耻的心绪一声不吭跟在队伍后头。鹿兆鹏几次和他搭话他都不吭，就忍不住玩笑式地刺了这位陕北军长一句：「你权副军长难道还为羊肉泡馍憋气？」他仍然不吭不响。

邻近午夜，队伍进入秦岭深处的章坪镇驻扎下来，全镇动员了十几户人家一齐点火熬烧包谷糁子。士兵们喝罢就躺下了。

鹿兆鹏刚刚睡下就被枪声惊醒，密集的枪声响成一片，像母亲在锅里炒爆包谷花的密集的脆响。他从腰里拔出手枪冲出住屋，跌进一个长满藤蔓和青草的壕沟，趁势躲在那里观察一下阵势，随之就悲哀地发现，章坪镇四周完全被包围了，敌人像合围的网一样从南北两面的山坡和东西两边的山道围堵过来。红军战士四处奔逃，无法形成突围的力量。他贴着一条低矮的坡根往前蹿去，小腿感到了麻木和沉重，大约是在冲出屋子后门时挨上枪子了。鹿兆鹏往前蹿一截就伏下来隐蔽一会儿，看着敌人黑漆漆的身影从他头顶的缓坡上跃过去，他的头脑十分清醒，十分镇静，这使他自己也很吃惊。那一刻他心里甚至自豪地闪出一个念头：行啊我还行！他蹿过那面坡塄进入一条河沟，发现了和他同方向往前跑的人影，急中生智喊叫起来：「三十六——三十六——三十六跟我走——」沟沟岔岔里就有人吆喝起来：「三十六——三十六来咧——等等三十六——」鹿兆鹏拾拢起二十几个逃散的三十六军战士，沿着河沟跑过二十多里，拐弯改变方向进入双岔沟……他根本不知道，自打他们从滋水桥撤离的那一刻起，一张网早已向他们张开，当他们在章坪镇喝着甜丝丝的包谷粥的时候，嫡系国军早已完成了四面包围的阵势，只等着他们睡觉哩……

鹿兆鹏在黑娃的洞穴里住过半月，伤口已长平愈合，始终也搞不清那个白胡须老汉葫芦里装着什么神丹丸散。大拇指芒儿在头六七天里，每天派二三十个弟兄下山，四沟八岔去寻找散失的红军士兵，塞给他们几枚银元或一撮烟膏，然后指明出



山的路径。鹿兆鹏临走时对大拇指说：「你很义气。你我有缘分儿。我不死你不死咱们还会见面的。」大拇指说：「你而今下山咋弄哩？你的队伍没有了。」鹿兆鹏说：「我得再去弄出一个军来。」

黑娃亲自护送兆鹏出山，鸡啼二遍时走出峪口，俩人便分了手。黑娃说：「啥时候需用兄弟帮忙，你尽管开口。」鹿兆鹏说：「要说嘛，我还是那句老话，你再考虑，你的山里王不能再当下去了，哪怕招安县保安队也行……」黑娃一愣。兆鹏再次肯定地点头颔首，转身大步走了。

久雨初晴的夜空洁净清爽，繁密的大大小小的星星一齐闪烁，星光给白鹿原单调平直的原顶洒下了妩媚和柔情。鹿兆鹏沿着滋水河川的小道走着，看看黎明即将邻近，就斜插到通往原坡的一条小径，直走到坐落在半坡上的白鹿书院。朱先生刚刚起来，掂着一把长柄笤帚走到院庭。鹿兆鹏说：「先生，我还得给你添麻烦。」朱先生一句话没说，拉着他走进一间屋子：「你上回住过的老地方咧！」鹿兆鹏说：「这回我只待一天，天黑夜静了我就走。」朱先生也不问他从哪儿来到哪里去，吩咐师母给他拾掇早膳。兆鹏吃了饭就倒头睡下了。

鹿兆鹏醒来时天已昏黑，知了在书院里的树杈上叫成一片，他吃了点晚饭踱到前院朱先生的书房来。朱先生抬起头，摘下花镜，搁下毛笔，神色略显紧张：「你还是待在后头屋里。」兆鹏说：「待会儿夜静时我就起身了，没事儿。」随之坐下来，顺手拈起桌边上一摞纸页看，在《民国纪事》总栏的末尾一条中写道：××年×月×日共匪三十六军覆灭于本县章坪镇。鹿兆鹏的眼睛久久盯住那个匪字，没有说话。朱先生说：「你知道不知道在章坪开的这一仗？」鹿兆鹏说：「知道。」朱先生问：「真的全军覆没了？」随即把一张报纸拉过来递给兆鹏：「就像这报上写的一样？」鹿兆鹏接过报纸，头版有一条醒目的大号黑字标题：全歼共匪三十六军于滋水县章坪镇。鹿兆鹏说：「全军覆没，是这样的。我就是从山里

逃出来的。」朱先生惊愕地噢了一声，瞅着他说：「你又把本蚀光了。」鹿兆鹏放下报纸平静地说：「三回了。」朱先生说：「你还干？」鹿兆鹏苦笑着说：「啥时候连我也蚀了就不干了。」说着换出一副好强的口气：「如果我的老本儿蚀不了，你老也长寿，我将来要请你老把县志上这个『匪』字改成『军』字。你看你的弟子像匪吗？」朱先生稍一愣怔，一时还不上话来。这当儿院里一阵脚步响，有两个人走进门来，竟然是国民党滋水县党部书记岳维山，后边跟着一身县保安队戎装的白孝文，双方一时都惊愣住了。

岳维山迅即清醒过来，拱手说：「喔呀鹿先生，你这多年好呀？」鹿兆鹏也从惊诧中镇静下来：「你是明知故问啊岳书记！」岳维山说：「说的是。咱们曾经共过事嘛！我希望咱们再一次共事。」鹿兆鹏说：「你先前跟我共事，而今跟孝文搭帮共事了，我插不上手了。没关系！孝文也是原上人，俺俩还是本家子兄弟。」岳维山说：「咱们还是可以重新共事的呀，鹿副政委！你的姜政委已经进了省党部一块共事了！所以说你我在滋水县再次携手……」鹿兆鹏没有听清后边的话，耳朵里嗡嗡嗡响起来。姜政委果真叛变了吗？天哪！早就看到这一步的王政委倒在章坪镇那户农家的猪圈旁边再也爬不起来了，尸体也不知被扔到哪里去了。鹿兆鹏觉得自己的手指顿时冰凉如泥，冷着脸说：「有人愿意当狗爬到贵党的宴桌下啃骨头，不要由此断定人都会变狗嘛！」岳维山哈哈一笑：「我真是服了你了！闹农协你赔光了，策划渭北暴动输光了，好容易凑合起来一个三十六军，你又输光赔净了，连堂堂的政委也反叛了，你老兄这么瞎折腾下去……」鹿兆鹏说：「你现在很得意我能想得到。可你说俏皮话的本领还不老到咯！你要不服咱俩比试一下，你在县城搭起戏台，咱俩摆开场子比……」岳维山嘬嘬嘴又哈哈一笑：「这个主意不错……」说着转过头对孝文说：「你回去给我把那本『宋词』拿来，我要请教朱先生一句……」鹿兆鹏哼了一声说：「岳书记动手了，想挣一千块赏银了！你甭让孝文去搬兵，我跟你走就是



了。」岳维山绷住脸解释说：「鹿先生多心了，真可谓惊弓之鸟！我真要抓你当下就可以办到。」朱先生插话调和：「误会误会。孝文你也甭去拿书了，『宋词』我这儿有。」孝文在门口停住。岳维山说：「友人送我一块湘缎，正好可以裱一幅中堂，我想请先生写一幅中堂，让孝文回去拿来量一量大小。」鹿兆鹏讥刺地说：「岳书记，你的忘性好大啊！」朱先生看看岳维山的意图已明显不过，就扯开说：「岳先生，我知道你和兆鹏是冤家对头。到我书院来寻我的人，我一律视为君子，概不分党政派系。你们两家的冤仇你们去解，但必须等出了书院大门，撕呀杀呀烧呀煮呀我不管。」岳维山讪讪地笑着：「是啊是啊，全中国就剩下先生这一方清净之地了。」朱先生说：「你还没说你寻我的事体哩！拿『宋词』和湘缎是临时才记起来的。你说你有啥事要我效力？」岳维山其实什么正经事儿也没有。全歼红三十六军有本县提供的准确情报和保安队的紧密配合，他因此而受到省党部的特别嘉奖，心情十分愉快，于傍晚时分散心避暑，就拉着孝文来找朱先生雅谈。万万料想不到会在这里撞见鹿兆鹏，临时想出让孝文去取「宋词」和湘缎的措辞，孝文自然明白不过是一个脱身回家搬兵的借口……岳维山现在只好硬着头皮说：「真是来请先生写字。」朱先生就势应承：「行啊，咱们甭顾了斗嘴，先写完字让墨汁干着，你们再争再辩……孝文你来替姑父研墨。」孝文瞅一眼岳维山，无奈接过一柱墨锭在砚台里研磨起来。鹿兆鹏站起来说：「二位坐着，我去吃点饭。」朱先生说：「你吃了饭甭耽搁就过来陪岳先生说话儿。」鹿兆鹏已走到门外回头说：「岳维山，咱们后——会——有——期！」说着就撒腿跑起来。岳维山霍地站起来喝道：「孝文快撵——」白孝文扔了墨锭从腰里拔出手枪，从桌子旁跃出书房时几乎把朱先生拽倒，「叭」的一声枪响，震得夜栖在院庭古树枝杈上的喜鹊乌鸦斑鸠等惊叫着飞起来。白孝文吼喊着「不准动，再跑我开枪啦」跑进庭院。岳维山也从屋里跳出门，站在环绕庭院的砖砌水渠边摇晃着右臂：「后院后院——朝后院追——」朱先生没有动身，用铁扦儿拨一拨油灯捻子，站起身背着

手说：「看来都不是君子！」





# 第二十三章

朱先生重新开始因赈济灾荒而中断已久的县志编纂工作，一度冷寂的白鹿书院又呈现出宁静的文墨气氛。他四处奔走的劳顿和风尘早已消失，饥饿造成的恐怖阴影却依然滞留在心间，眼前时不时地映现出舍饭场粥锅前拼死拥挤的情景。尽管这样，他的心头还是潮起案头文字工作的渴望和生气。

大饥馑是随着一场透雨自然结束的，村民们迫不及待从青葱葱的包谷秆子上掰下尚未干须的棒子，撕去嫩绿的皮衣，把一掐即破的颗粒用刀片刮削到案板上，流溢出牛奶似的白色浆汁，像捣蒜一样捣砸成糊浆，倒进锅里掺上野菜煮熟了吃。有人连同包谷棒子的嫩芯一起搁石碾上碾碎下锅，村巷里每到饭时就弥漫起一缕缕嫩包谷浆汁甜丝丝的气息。大人和小孩的脸色得了粮食的滋润开始活泛起来，交谈说话的声调也硬朗了，尽管还有那些赤贫户不得不继续拉着枣木棍子去讨饭，讨到的毕竟是真正的粮食。原野上呈现出令人惊喜的景象，无边无际密不透风的包谷、谷子、黑豆的枝枝秆秆蔓蔓叶叶覆盖了田地，大路和小道被青葱葱的田禾遮盖淹没了，这种景象在人们的记忆里是空前仅有的。白鹿原的伏天十有九旱，农人只注重一料麦子而很少种秋，棉花也因为干旱的天象制约而几乎不种，收罢麦子以后就开始翻地，用一把二尺长镶着铁刃的木板锨扎翻土地，让土壤在伏天里充分曝晒，秋天播种小麦时，那土壤就松散绵软如同发酵的面团儿。整个广阔的原野

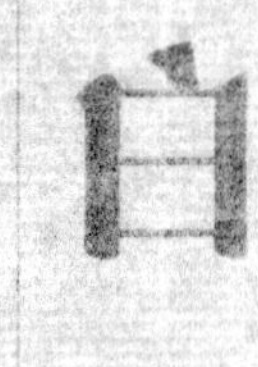

上，男人们只穿一件短短的裤头，在强暴的烈日下挥舞锨板，地头的椿树或榆树下必定有一个装着沙果叶凉茶的瓦罐。有人耐不住寂寞就吼喊起来，四野里由近及远串连起一片「嘿……哟……嘿……哟……嘿……」只有吼声而无字词的悠扬粗浑的号子……今年的年馑打乱了白鹿原的生产秩序，农人等不及到明年夏天才能收获的麦子，谁和谁不用商量就一律种下秋粮了。苍天对生灵施行了残暴之后又显示出柔肠，连着下了两三场透雨，所有秋粮田禾都呼啦啦长高了、扬花了、孕穗结荚了，原上再不复现往年里这个时月扎翻土地吆喝号子的雄浑壮观的景象。所有土地被秋庄稼苦着，农人们无法踏进田地就在村巷树荫下乘凉，农闲时月的悠闲里便生出异事，有人忽然忆及朱先生赈济救命的恩德而发动大家纷纷捐款，敲锣打鼓把一块刻着「功德无量」的牌匾送到书院来。朱先生听到锣鼓和铳响走出大门，弄清了原委就发了一通脾气：「你们刚刚吃上嫩包谷糊汤就瞎折腾！兴师动众搞这些华而不实的事图的啥？再说赈济粮是上头拨下的，不是我家的，我不过是把粮食分发下去，我有何德敢受此恭维？」说罢关了大门再不出来。那些人突然改变主意，抬着金匾敲着锣鼓赶往朱先生的故里朱家圪去了。朱先生的儿子不胜荣光热情接待，把匾额端端正正挂到门楼上方。接着又有几个村子效法起来，朱先生家门口隔几天便潮起一次庙会，而且大有继续下去的势头。朱先生闻讯后赶回老家，制止了儿子们的愚蠢行为，把挂在屋里屋外的大小金字牌匾统统卸下来，塞到储存柴火的烂窑里去。

这件事多少干扰了朱先生清理赈灾账目的工作，拖延了几天才挟着一摞明细账簿走进郝县长的办公房。郝县长接过那一摞账簿很激动：「这真是『有口皆碑』！」当即与朱先生商定时日，要为他以及参与救灾的诸位先生设宴洗尘。朱先生避而不答转身就告辞了，走到门前说：「如若发现账目上有疑问，尽管追查，朱某绝不忌讳。」郝县长拉着推着又把朱先生拽进门来说：「我还有话跟你说。」朱先生坐下来。郝县长说：「年馑已过，人心稳住了。县府新添国民教育科，我想请先



生出山。」朱先生听了一笑，说：「你不知道我这个人不成器，做点文墨文字的事还可以滥竽充数，一当起官来自个心里先怯得惶惶，日里不能食夜里不得眠。生就的雀儿头戴不起王冠——你饶了我吧！」郝县长根本不信：「这话不实。单是这次赈灾，先生所作所为无论朝野有口皆碑。卑职以为滋水不乏有识之士，当今最短缺的却是清廉的人。」朱先生依然不为所动，摇摇头轻淡地申述说：「我一生不勉强人，人也不要勉强我，勉强的事是做不好的。」说着又站起来告辞。郝县长再开不得口，钦服而不无遗憾地陪朱先生出门，又提出开头的话来：「那……你还是择空儿抽一天时间咱们聚聚，我也好代饥民向诸位先生说一句谢承的话呀？」朱先生笑着却很果断：「不必了。你有这心意，把那笔款子籴成粮食，分给街头路口那些乞丐吧！他们的年馑还没过哩！」

县志编纂进入最费神的阶段，在一一找出前人所编几种版本的疑问和谬误之后，现在就要进行严格的考证，关于本县历史沿革需要大量查阅史料典籍，有关风土人情以及物产特产要到四乡去踏访询问，有关历朝百代本县所出的达官名流、文才武将、忠臣义士的生平简历需得考证，还有数以百计的烈女节妇的生卒年月和扼要事迹的查核，这么庞杂的事项都得由诸位先生分头去做。顶麻烦的是对本县山川岭原地貌的核查，一沟一峪，一峰一溪都得勘测，而这样的专门技能的测工得到省城去请。朱先生亲自出马到西安，请来了一主二副三位测工，又雇来三位年轻农人帮他们背行李扛测具，就开始钻山巡河去工作了……朱先生决计编出一部最翔实最准确的可资信赖的新县志，那无疑是滋水县的一部百科全书。大饥馑的恐怖在乡村里渐渐成为往事被活着的人回忆，朱先生偶然在睡梦里再现舍饭场上万人拥挤的情景，像是一群饿极的狼争夺一头仔猪；有时在捉筷端碗时眼前忽然现出被热粥烫得满脸水泡的女人的脸，影响他的食欲……尽管如此，毕竟只是一种阴

影，他对县志的编纂工作更加专注了。

白灵的不期而至使朱先生又惊诧又喜悦。朱先生在后院吃罢午饭走到前院去阅稿，看见迎面走来一位风姿绰约的女洋学生，齐耳的短发乌黑发亮，上穿一件月白色的短袖衫，下穿一条白色的折叠裙，一双圆口青布鞋，齐眉的刘海下是一双圆圆的眼睛，笑着叫了一声「姑父」。朱先生说：「灵灵呀？你不叫姑父，姑父真不敢认你咧！」朱先生领着白灵折身又走到后院来，悄悄暗示说：「你先甭叫姑妈，看你姑妈能认得你不？」说着抢先一步跷上台阶：「有客人来了。」朱白氏掀开竹帘站在台阶上，拘谨温厚地招呼说：「请屋里坐。」举止和神态如同往常接待一切朱先生的崇拜者一样。朱先生又说：「这是从省城来的贵客。」朱白氏仍然温谦地笑笑：「哪儿来的都一样，请屋里用茶。」白灵大叫一声：「姑妈，你真的认不得我咧？」说着跳上台阶，抱住朱白氏的肩头。朱白氏惊得合不拢嘴：「噢呀灵灵呀……」

坐下来以后，朱白氏抓着灵灵的胳膊一直不松手，温柔敦厚的性情也发生变异，连着询问侄女在哪儿住，在哪儿吃，在哪儿念书等等惦念的事。朱先生端坐在一边插不上话，对着白灵的眼睛瞅了又瞅，那双又圆又大的眼睛有点突出，尽管不像她爸白嘉轩那么突出，但仍然显示着白家人眼球外凸的特征；这种眼睛首先给人一种厉害的感觉，有某种天然的凛凛傲气；这种傲气对于统帅，对于武将，乃至对于一家之主的家长来说是宝贵的难得的，而对于任何阶层的女人来说，就未必是吉祥了；白灵的眼睛有一缕傲气，却不像父也不像兄那样流溢外露，而是作为聪慧灵秀的底气支撑主宰着那双眸子，于是就和单纯的美女或一切俗气的女人显示出差异来：纺线车下，织布机上，锅前灶后，无论如何窝不住这样一双眼睛，整个白鹿原上恐怕再也找不到这种眼睛的女子了。朱先生在心中这样想着，忽而浮出第一次看见妻子朱白氏的眼睛的情景——





那天她在涝池边上帮母亲白赵氏淘布。春天织成的白布搁到夏天，打下核桃捶下青皮，再摊到石碾上碾轧成糊涂，然后和白布一起装进瓷瓮沤窝起来；五至七天以后，再掏出来到涝池淘洗，白布已经变成褐黑色的了，这种颜色直到棉布烂朽成条条缕缕也不捎色。紧紧连接的第二道工序是把着了底色的棉布塞进涝池的青泥里再度加色，黑青色的淤泥给棉布敷上黑色，然后就可以做棉袄棉裤夹衣或套裤的面料了。那时候，朱先生和媒人装作走累了也走热了的过路人，到涝池旁边卸下肩头的褡裢洗手，媒人悄悄指向涝池左边那棵半腰上结着一块树瘤的皂荚树下的那个女子。大涝池四周长满大大小小的皂荚树，那是女人们洗衣用过皂角遗下的胡核又繁衍的树族。那时候，朱白氏跟母亲白赵氏把最后一绺经过核桃皮沤染的棉布从瓷瓮里掏出来，在涝池里摆呀淘呀搓呀拧呀。长工鹿三当时在涝池边沿挖下一个半人深的坑，坑边堆积着从涝池里捞出的沤成黑色的淤泥。朱白氏和母亲把刚刚淘洗干净的褐黑色棉布一段一段铺进坑里，鹿三挖一锨青泥覆盖上去。朱先生看见那女子挽着袖子，露出健壮白嫩的小胳膊，两只手被核桃皮染得黑紫如漆，坠着一条粗辫子的脑袋始终低垂着不抬起来。朱先生佯装找一处清水实际是想换一个角度，不料脚下踩着淤泥几乎摔倒，果然那母女听到涝池周围女人们的哗笑扬起头来。朱先生恰在那一刻瞧见了她的模样，转身就离开涝池上了官路，对媒人说：「就是这个。八字不合也是这个。」

朱先生不是瞅中了她的模样而是瞅中了那双眼睛。此前他曾毫不惋惜地摈弃了四五个媒人介绍的亲事，全是她们的眼睛经不住他的一瞅。朱先生向父亲坚持一条要求，凡是媒人介绍给他的女子必须经他背看一眼。他已看过四五个媒人介绍下的七八个女子，都不是因为门第不对或相貌丑陋，在于朱先生一瞅之后发觉，有的眼睛大而无神，有的媚气太重，有的流俗。他究竟要找到一双什么样的眼睛自己也说不透彻，在涝池边瞅见白家大姑娘的眼睛时心里一颤，那种朦胧的追寻顿然明朗起来：刚柔相济！男子眼里难得一缕柔媚，而女子难得一丝刚强。朱先生从涝池边离去时断然肯定，即使自己走到人

生的半路上猝然死亡，这个女人完全能够持节守志，撑立门户，抚养儿女……现在，朱白氏眼睛周围布满了细密的皱纹，愈见深沉愈见刚正，愈见慈爱了……

朱先生注视着白灵的眼睛，似乎比初次见到朱白氏的眼睛更富生气，甚至觉得这双眼睛习文可以治国安邦，习武则可能统领千军万马。他沉默专注的神情引起白灵的注意：「姑父，你盯我是认不得我了？」朱先生自失地笑笑说：「噢！姑父正给你相面哩。」白灵兴趣陡生：「姑父，你算我命大还是命苦？」朱先生说：「你的左方有个黑洞。你得时时提防，不要踩到黑洞里去。跷过了黑洞，你就一路春风了。」白灵真的当回事追问起来，黑洞意味着一般灾祸，还是彻底毁灭？是指不治之症，还是指挨黑枪上绞架，塞枯井，甚至自杀上吊跳涝池？她装出轻松的不在乎的神气：「姑父，你说明白点，我好防备着。」朱先生也笑着说：「你防备着点儿好。」白灵还想问个究竟，姑妈却插话说：「你甭听你姑父胡掐冒算。他是跟你说笑哩！」转过脸对丈夫流露出一缕责备：「年轻轻的娃嘛，你给她算啥哩掐啥哩？吓娃做啥哩！」有意岔开话题问起妹子家皮货铺子的生意。朱先生理会了妻子的眼色反而笑起来：「我知道灵灵信西学不信八卦，才跟她故意逗笑哩！」白灵坦然地说：「姑妈放心吧，我不会吓出毛病的。岂止我的左侧有黑洞？我的前头后头，左首右首，全都布满陷阱。可以说整个中国现在就是一个大黑洞，咱们全都在这黑洞里头。」

朱白氏顶关心的是侄女的婚事，现在好不容易得到了和白灵见面的机会，心诚意笃地要尽一番作为姑妈的责任，企图松动弟弟嘉轩父女之间的死结：「灵灵，你咋么今儿想起来看姑妈咧？」白灵毫不迟疑地回答，声调里颤动着真切的娇气：「我成年成月天天都在想着姑妈。好姑妈你想想，我而今有家难归只剩你一个亲人啦……」朱白氏倒真的被侄女感动了。

朱先生悄然退出寝室到前院书房去了。朱白氏便斟酌了字眼探问：「你跟鹿家老二还拉扯着？」白灵做出坦荡无掩的声调





说：「早先几年我俩都私订终身了哩！那阵儿都小都不懂啥。现在都大了懂得道理了，觉得不合适又拆散了，只是一般乡亲乡党有点来往，再没啥拉拉扯扯的事。」朱白氏听着就很惊诧，白灵说着私订终身这种伤风败俗悖于常情的事，跟说着今年的庄稼长得好或不好一样平淡，一样无所顾忌，便禁不住撇着嘴角鄙夷地骂：「灵灵，你的脸皮真厚！」白灵委屈地叫起来：「姑妈，是你问我，我才跟你说的呀！你问我我能哄你吗？」朱白氏说：「你看你说这号事的神气，跟喝米汤一样，脸连红一下下都没有，你的脸皮还不厚？」白灵故意抹一下脸颊，顽皮地盯着姑妈说：「姑妈，你忘了我自小就不会脸红！」朱白氏不为所动，语意反而更加沉重铁硬：「你不脸红你爸可脸红，你脸皮厚你爸可脸皮太薄，你不要脸你爸可是要脸的人。」白灵再也撒不出娇来：「姑妈，我来看你，你倒骂我？」朱白氏依然冷着脸：「你看我做啥？你连你爸你妈都能丢舍，还在乎我？」白灵受到当头棒击，一下子无所措起来，慈爱可亲的姑妈一下子变得冷峻如铁，心里顿时产生了沉重的失望而哑口无言。朱白氏说：「你一张退婚字条儿，把你爸的脸皮揭光咧，你知道不知道？」

腊月根上，白灵托一位回原上过年的同学给王村婆家捎去一封信。信里只写着一句话：你们难道非要娶我革你们的命？白灵借此彻底勾销了那桩没有任何感情的婚姻，也想对从未照面的女婿和阿公开一个辛辣的玩笑，至于这封信捎去以后的结局，她已经无心顾及了。姑妈现在就来给她补这一课。

王家父子见信气得暴跳如雷，扔下正在筹办新年的诸多家事，父子两人拉着媒人找到白家，把那一绺信纸掷到白嘉轩的面前。白嘉轩从桌面上捡起信纸，看着白灵风流潇洒的墨迹，眼前顿时涌起一片浑黄厚重的土雾，手里捏着信纸如同攥着一条死蛇。王家儿子唱白脸耍脾气说难听话，老子则唱红脸慢条斯理讲仁义道德，论乡风民俗，父子俩一高一低，一阴一阳，挖苦酿制撣牙，耍尽了威风，出完了恶气。白嘉轩始终僵硬地挺着腰，瞪着眼，一声不吭。媒人被拉来时，对白嘉轩

也颇多埋怨，表面上做出居中调节不偏不倚的态度，现在突然发生了根本逆转：「够了够了，尽够你爷儿俩的了！歪话能吠下一牛车，嘉轩一句不吭还不够吗？」白嘉轩满脸灰败，如同刮去了紫皮的茄子，硬撑着脸制止媒人：「你悄着，有话让人尽量说。」又侧过脸做出更真诚的姿态对王家父子说：「有话尽管说，有气尽管出，我都揽着，即就唾到我脸上，我都不擦。」王家父子互相瞅着交换着眼色：是不是还要继续骂下去？王老先生突然抡起拳头捶到桌面上，懊悔地自我责备起来：「嘉轩，我混账！」说罢拉着儿子的手不告而辞了。第二天，白嘉轩指使孝武和鹿三从楼上粮囤里灌出整整二十口袋麦子，又捆扎了十五捆棉花，装了满满两套牛车给王家送去。鹿三扬起落满粮食尘土的脸问：「灵灵的彩礼不是五石麦十捆棉花么？你给他退这么多？」白嘉轩平静地说：「我把利息加上了。」鹿三喉头粗大的疙节猛烈滑动了两下，闭上了毛碴碴的阔大的嘴巴。孝武缓缓转过头，猛然用力扯动皮绳抽击着黄牛的肚子，牛车嘎吱嘎吱启动了。白嘉轩瞅着两套装满粮食口袋和棉花捆子的牛车驶出巷道，转过身抱起双拳，对围聚在街巷里的族人说：「我给本族白鹿两姓的人丢了脸了！」说着扬起头来，两只粗大的手背抄在弯蜷的后腰上，沉静如铁地宣布：「白姓里没有白灵这个人了。死了。」说罢依然背抄着手走进自家街门。……

姑妈叙说过这段事，抿嘴不语，有意使自己因为重提往事而激起的情绪平静下来，陷入凝然不动的沉默里。白灵看了一眼姑妈凝重的脸色，自然地联想到父亲的脸色。她有点懊悔自己的鲁莽，捎给王家父子的信，最终像石头一样砸到父亲的鼻梁上；王家父子拿那二十口袋麦子和十五捆棉花不仅可以订娶一个媳妇，甚至连将来给孙子做满月的吃用花费也够了。姑妈平静地说：「你爸苦就苦在一张脸上。孝文揭了他脸上一层皮，你接着再揭一层。」白灵想到此行的重大使命，便从家庭的纠缠里跳出来，对姑妈说：「这样也好。权当我死了，俺爸也就再不为我伤脸蹭皮了。」姑妈还想说什么，白灵捺不





住性子听她数落，便抢断说：「姑妈，我还要到县城去，我给旁人捎了一封信要送。」姑妈到前院书房叫来姑父。姑父说：「给谁的信？放我这儿让顺路人捎进城去，免得你跑。」白灵说：「郝县长的公子是我同学，嘱我亲自交给他爸。」

白灵走进滋水县县府大院时正值午休。郝县长在他的卧室里接待白灵。白灵赶上午休时间，不是偶然，而是经过悉心的算计，所以才有听姑妈数落她的难堪。她以县长公子的同学关系说了一通编好的假话，然后就把那封信交给县长。郝县长拆了信封，看了信，双手握住白灵的手久久不语。白灵忍不住说：「如果有困难，你就甭勉强。」郝县长松开手坐下来挥一下手：「困难咋能没有嘛！可问题已经解决了。」郝县长告诉白灵，红三十六军溃散后的第三天，他就安排山区地下党在峪口和山里收容红军战士，引渡出山，不少人已经返回老窝茂钦。郝县长压低声音，惊喜万分地说：「廖军长虎归北山，让组织放心。」白灵按捺不住问：「鹿政委呢？」郝县长瞅了瞅白灵异常殷切的眼睛，反而有点矜持地说：「他也回到老窝白鹿原上。」白灵猛然站起握住郝县长的手说：「你可真是遮风挡雨的老母鸡啊！」

白灵一身轻松走出郝县长的房子时县府开始上班，院子里有小干事匆匆忙忙的身影，也有老职员含而不露城府很深的持重脸孔，她有点好笑，如果某一天郝县长突然站在院子里宣布一声：我是共产党！那么这些小干事老职员肯定会吓得跌坐到地上。白灵走过县府很深的宅院时反复考虑，要不要去会一会大哥孝文？见了会有什么影响？不见又会造成怎样的影响？最后决定还是应该去。

白孝文瞅着站在门口矜持地笑着的洋学生不禁一愣，整个滋水县城也没有这样漂亮的女子。白灵叫了一声「大哥！」白孝文僵硬狐疑的脸色顿然活泛起来：「噢呀灵灵呀！」白灵完全是一个妹妹的天真姿态：「哥呀，我要毕业了。原先还

想考高等学府，没人供给只好不考了。」白孝文说：「你考你考，我供给，你顶好考到北平去。」白灵说：「迟了迟了，我已经找下饭碗了。」白孝文问：「做啥？」白灵说：「教书。」白孝文点点头赞赏地说：「教书也不错，日子很安宁。」说着才记起问，「你今日怎么记起寻哥来了？」白灵说：「我来看看大姑妈，也看看你，我而今有家难归成了孤儿一个……」白孝文宽慰妹妹说：「咱爸那人就是个那……好了好了，你别伤心。一会儿我领你去认一下嫂子。这几天忙得要死……」白灵漫不经意地说：「大哥如今正开顺风船，当然很忙。」白孝文摇摇头说：「平时紧一阵松一阵倒也罢咧，前一向共匪三十六军窝死在山里，这一向正收拾那些散兵败丁，抓不紧可就让他们溜出山了。上边见天催报抓人的数目哩！」白灵做出好奇的样子问：「我从报上看到消息，说是『全歼』。你们参加围剿来吗？」白孝文说：「我只负责县城防务。」这么说似乎又不过瘾，接着就不无遗憾地说：「有天晚上，我陪岳书记去看大姑父，万万没料到共匪三十六军政委就在大姑父屋里。你猜是谁？鹿兆鹏呀！碍着大姑父的面子我不好出手，小子又跑了算是命大……」白灵的心早已缩成一蛋儿，想不到兆鹏差点栽到大哥手里，而大姑父居然没有向她提及这件事，姑妈肯定觉得这件事没有她的退婚信引起的反响重要。白孝文得意地笑着问：「你看玄乎不玄乎？」白灵从最初听到的惊诧里松懈下来，反而完全证实了兆鹏已经脱险的消息，证实了郝县长说的兆鹏就在老窝白鹿原上。她装作表示遗憾：「玄玄玄，真个玄乎！到手的银洋又丢了——你和岳书记一人正好分五百哩！」白孝文说：「钱算个屁！关键是让这个祸根又逃了。他是滋水的大祸根，滋水县不除鹿兆鹏甭想安宁。」白灵淡淡地笑笑说：「你要是抓住他，可就有热闹戏了，尽是咱们一个村子的人闹事。」白孝文不以为然地摇摇头：「现在亲老子也顾不上了，甭说一个村的乡党。两党争天下，你死我活地闹……」说到这里，白孝文忽然意识到作为兄长的责任：「灵灵呀，你可得注意，而今当先生了，你就好好教书，甭跟不三不四的人拉扯，共匪脸上没刻个『共』字，把你拉扯进去你还不晓得。」白灵笑着说：「要是那样的话，哥呀，你就带人来抓我。」白孝文半是玩笑半是认真地吓唬说：「真要那样的话，哥也没办法——我吃的就是这碗饭嘛！」白灵说：「这碗饭可是拿共产党的人肉做的！」白孝文瞪起眼。白灵嘎嘎嘎笑起来伸出双手：「铐上我的手吧，大哥，我是共匪，你铐吧！」白孝文莫可奈何地笑笑，在妹妹伸过来的白手上拍打了一掌：「你长到这么大还是没正性……」

白灵以惋惜的口吻谢绝了哥哥邀她去认新嫂，说她今晚必须赶回省城，明天早晨要给学生上课，再晚就搭不上进城的牛车了。这样的理由不容变通，白孝文只好应允，热情诚挚地叮嘱妹妹得空儿就回县城来，甚至以玩笑的口吻和妹妹结成联盟：「你跟哥一样，都是有家难归哦！咱们就相依为命咯！」

白灵坐上回城的牛车舒出一口气来，「碍着大姑父的面子我不好出手！」耳际蓦然回响着这句显示着职业特点和个性特征的用语……白灵现在几乎是迫不及待地想要见到兆鹏，问他在一千大洋的悬赏者岳维山和「不好出手」的白孝文当面，究竟是怎样逃脱的？牛车粗大笨重的木头轮子悠悠滚动着，在坑坑洼洼的土石大路上颠出吭噔吭噔的响声，轮轴磨出单调尖锐的吱嘎吱嘎的叫声，渐渐远离了灰败破落的县城，进入滋水川道倒显出田园的生气，一轮硕大的太阳正好托在白鹿原西部的平顶上，恰如一只滗去了蛋清的大蛋黄。白灵双手掬着膝头，瞅着对面陡峭的原坡，顶面上平整开阔的白鹿原，其底部却是这样的残破丑陋……

从原顶到坡根的河川，整个原坡自上而下从东到西摆列着一条条沟壑和一座座峁梁，每条又大又深的沟壑统进几条十几条小沟，大沟和小沟之间被分割出一座或十几座峁梁，看去如同一具剥撕了皮肉的人体骨骼，血液当然早已流尽枯竭了。一座座峁梁千姿百态奇形怪状，有的像展翅翱翔的苍鹰，有的像平滑的鸽子；有的像昂首疾驰的野马，有的像静卧倒嚼的老

牛；有的酷似巍巍独立的雄狮，有的恰如一只匍伏着的疥蛙……它们其实更像是嵌镶在原坡表层的一幅幅动物标本，只有皮毛只具形态而失丢了生命活力。峁梁上隐约可见田堰层叠的庄稼地。沟壑里有一株株一丛丛不成气候的灌木，点缀出一抹绿色，渲染着一缕珍贵的生机。这儿那儿坐落着一个个很小的村庄，稠密的树木的绿盖无一例外地成为村庄的标志。没有谁说得清坡沟里居民们的始祖，何朝何代开始踏进人类的社会，是本地土著还是从草原戈壁迁徙而来的杂胡？抑或是土著与杂胡互相融化的结果……（「碍着大姑父的面子我不好出手！」哥哥孝文的残忍狰狞，被职业习惯磨练成平淡的得意和轻俏。当时应该给他一个嘴巴，看他还会用那种口吻说那种职业用语不？）革命现在到了危急关头，报纸上隔不了几天就发布一条抓获党的大小负责人的消息。三十六军的溃灭和姜政委的叛变是猝不及防的灭顶之灾。兆鹏半年前临走时只告诉她一句：有一个段老师和你接头。直到报纸上登出三十六军被歼的重大消息时，她才知道鹿兆鹏半年前去了三十六军。段老师之后又来了一位薛老师，说他从今往后和她联系，因为段老师被抓捕了；前不久又有黄先生来和她接头，说薛老师也被当局抓捕和段老师一起被装进麻袋投进枯井。黄先生说，小白你所以还安全无虞，正好证明段、薛两位老师堪称真正的老师。白灵脑子里只剩下两只装着段老师薛老师的麻袋，七尺汉子塞进三尺长的麻袋扎紧袋口，被人拽着拖着扔进干枯的深井的逼真情景。她当时听罢哑然无语，最初的惊恐很快转化为无可比拟的愤怒。她对黄先生冷笑着说：「多亏你给我说明了这个消息，临到我被装麻袋时我就不惧怕了。」后来她一再重现段、薛两位老师被装入麻袋扔进枯井的情景；她从来没有经见过活人被装进麻袋和投进枯井的情景，却居然能够把那种情景想象得那么逼真，那么难忘。白灵觉得正是在黄先生说出那种情景的那一刻里，最终使她成熟了，也看轻了自己：死了不算什么；一个对异党实施如此惨绝人寰的杀戮手段的政权，你对它如若产生一丝一毫的幻想都是可耻的，你就应该或者说活该被装进麻袋投进枯井；必须推翻它，打倒





它，消灭它，而不需要再和它讲什么条件；她现在才能切近地理解义无返顾和视死如归这两个成语的生动之处。

黄先生隔了好久才第二次与她接头。在这段间隔里，她几乎天天都担心黄先生也被装进麻袋撂入古城某一眼枯井。这个创造过鼎盛辉煌的历史的古城，现在保存着一圈残破不堪却基本完整的城墙，数以百计的小巷道和逐年增多的枯干了的井，为古城的当权者杀戮一切反对派提供了方便，既节约了子弹又不留下血迹，自然不会给古城居民以至整个社会造成当局残忍的印象。黄先生这次来更显得心情沉重：「党组织这回遭到的破坏是太惨重了。」白灵忍不住溢出泪来：「你好久不来，我瞎想着……你大概也给……撂进枯井……」黄先生苦笑一下：「这很难避免。我现在给腰里勒着一条红丝带，将来胜利了，你们挖掏同志们的尸骨时，可以辨认出我来。」白灵破涕笑了：「我用丝绸剪一只白鹿缝到衬衫上，你将来也好辨出我……」黄先生随后就指派她到滋水县来给郝县长送信……

大蛋黄似的太阳沉落到白鹿原西边的原坡下去了，滋水川道里呈现一种不见阳光的清亮，水气和暮霭便悄然从河川弥漫起来。白鹿！一只雪白的小鹿在原坡支离破碎的沟壑峁梁上跃闪了一下，白灵沉浸在浮想联翩之中……

她进入教会女子学校第一次听到一个陌生的名字——上帝时，就同时想起了白鹿。上帝其实就是白鹿，奶奶的白鹿。奶奶坐在炕上，头顶的木楼上挂着一撮淡褐色的麻丝丝。奶奶抽下一根麻丝子加进手中正在拧着的绳子里，左手提起那只小拨架，右手使劲一拨，紫红溜光的枣木拨架儿啪啦啦转成一个圆圈，奶奶就讲起她的白鹿来。那是一只连鹿角都是白色的鹿，白得像雪，蹦着跳着，又像是飞着飘着，黄色的麦苗眨眼变成绿油油的壮苗了，浑水变成清水了，跛子不跛了，瞎子眼亮了，秃子长出黑溜溜的头发了，丑女子变得桃花骨朵一样水灵好看了……她冷不丁问奶奶：白鹿是大脚还是小脚？白鹿她妈给白鹿缠不缠脚？白鹿脚给缠住了蹦不起来飞不起来咋办？奶奶的嘴就努得像一颗干枣，禁斥她不许乱说乱问……

教会女子学校的先生像是一个模子铸出来的，一律的女人，一律的穿着，连行为举止说话腔调都是一律的，只有模样的宽窄胖瘦黑白的差异；脸上的表情却同样是一律的，没有大悲大喜，没有慷慨激越，没有软溃无力，更没有暴戾烦躁，永远都是不恼不怒，不喜不悲，不急不躁，不爱不恨，不忧不虑的平和神色。经过多年训育的高年级女生也就修炼成这份习性和德行。古城的各级行政官员军职官长和商贾大亨等等上流社会的人们，都喜愿到这所女子学校来选择夫人或纳一个小妾，古城的市民争相把女儿送到这所学校就读的用心是不言而喻的，一夜之间就可能成为某个军政要员的老岳丈。

皮匠姑父和二姑在两个表姐身上也押着这注宝。大表姐嫁了个连长，婚后不到一月开拔到汉中。半年后，大表姐忍不住寂寞，翻山越岭赶到汉中去寻夫，那连长已经有一个皮肤细腻的水乡女子日陪夜伴。大表姐打了闹了，抓破了连长的脸和那女子的下身，随后就再也找不着那俩人的踪影了。她没有回家的路费，几乎在汉中沦为乞丐，后来被一位茶叶铺子的掌柜发现，听她口音是关中人，就把她引进铺子里询问身世。掌柜本是关中人，在汉中落脚做小买卖，死了女人不愿意再娶一个汉中女人，主要是听不顺汉中人那种干涩的发音。大表姐就落脚为茶叶铺掌柜的续弦妻子。他比她大整整二十岁，正当中年，倒是知道体贴她疼她，只是经济实力并不比姑父的皮货铺子强多少。

二表姐嫁给一位报馆文人，权势说不上，薪金也不高，日子倒过得还算安宁。那位文人既不能替老岳丈的皮货生意扩张开拓，也没有能力孝顺贵重礼品，却把皮匠丈人的苦楚编成歌谣在自己的报纸上刊登出来：皮匠苦皮匠苦，年头干到腊月二十五。麻绳勒得手腕断，锥子穿皮刺破手。双手皴裂炸千口，满身腥膻……这是他第一次拜谒老丈人时在皮货铺子的真切体验和感受。他被各种兽皮散发的腥膻味儿熏得头晕恶心，尤其在饭桌上看见岳丈捉筷子的手又加剧了这种感觉。那手背上手腕上被麻绳勒成一道道又黑又硬的茧子死皮，指头上炸开着大大小小的裂口，有的用黑色的树胶一类膏药糊着，有



的新炸开的小口子渗出血丝，手心手背几乎看不到指甲大一块完整洁净的皮肤。二女婿一口饭一匙汤也咽不下去，归去后就写下这首替老岳丈鸣不平的歌谣，而且让二表姐拿着报纸念给父亲听。皮匠听了一半就把报纸拉过来又踩又唾，脸红脖子粗地咆哮起来：狗东西，把我糟践完咧！狗东西没当官的本事可有糟践人的本事！而今满城人都瞧不起皮匠行道了你还念个屁……皮匠姑父十分伤心，发誓不准二女婿再踏进他的皮货作坊。

白灵明白姑父失望的根本症结并不在此，是在于两个女儿都没有跟上一位可以光耀门庭的女婿，但他并不知道，这几乎是痴心妄想。教会女子学校是女人的世界，整个城市里各种体态的女子集中于一起，那些精华早被高职要员一个个接走了，属于这个女人世界里芸芸众生的两位表姐，只能被军队的小连排长或穷酸文人领走。皮匠姑父后来直言不讳地给白灵说：「你比那俩有出息呀灵灵儿，凡团长以下的当科员跑闲腿儿打闲杂的都甭理识他，跟个有权有势的主儿你能行咯！到那阵儿，看哪个龟五贼六死皮丘八敢穿皮鞋不给钱？」皮匠姑父这桩夙愿的实际可能性确实存在。无论学识无论气质，尤其是高雅不俗的眉眼，白灵在美女如簇的教会女子学校里也是出类拔萃的。白灵已经谢绝过几位求婚者，挡箭牌倒是那位从未照过面的王家小伙儿。她对求婚者说：家父在我十一岁时就许亲订婚了。在她离开教会学校之前，校务处通知她说有一位政府要员要见她，她问什么事？如果是求婚者她就不去。校务处职员忧心忡忡地劝她说应该去，愿意不愿意都得去，此人校方得罪不起。白灵去了。她看见一位精明强干的中年人端端正正在校务处的桌前坐着，棱角分明的脸膛，聪颖执著的眼睛，从脑门中间分向脑袋两边的头发又黑又亮。白灵一进门，那人就站起来颔首微笑。校务处的先生介绍了那位中年人的身份，是省府某要员的秘书，随后就退出门去。那秘书很坦率地问：「小姐，你的第一印象如何？人和人交往的第一印象很重要。」白灵天真地说：「你像汪精卫。真的。我进门头一眼瞧见你就奇怪，汪精卫怎么屈尊坐在这儿？」秘书含而不

露地笑笑：「小姐过奖了。汪是中国第一美男子，我怎么能……」白灵笑着说：「你就是中国第二。」秘书不在意地转了话题：「白小姐毕业后做何打算？」白灵问：「你找我究竟要问什么事？」秘书说：「你愿意继续求学我可以资助，你愿意就业我可以帮助安排。」白灵说：「你怎么对我这样好呢？」秘书说：「这还用问吗？」白灵说：「我已经嫁人了。」秘书说：「难道他比汪还英俊？」白灵说：「他可是世界第一。」秘书俏皮地说：「怕是情人眼里出潘安吧？他在哪里？」白灵说：「十七师。」秘书轻舒一口气：「杂牌子。」白灵说：「杂牌子军队没规矩。那可是个冷恐子。他说谁要是在我身上打主意，他就跟他拼个血罐子。」秘书说：「这我倒不怕。」白灵说：「我怕。」属于政府部门的人都怯着杂牌子十七师，秘书说他不怕是强撑面子。白灵再一次重复说：「他会连我都杀死的。我怕。那真是个冷恐子！」

……

白灵又想起和鹿兆海的铜元游戏，那多像小伙伴们玩过家家娶新娘。然而正是这游戏，却给他们带来不同的命运。蒋介石背叛革命以后，她每天都能听到也能从报纸上看到国民党屠杀共产党的消息，古城笼罩在阴森和恐怖之下。那天后晌正在上课，两三个警察踏进门，把坐在第三排一个女生五花大绑起来。一位警察走出教室门才转过头向先生也向学生解释了一句：「这是共匪。」女学生们惊疑万状。女先生说：「共匪不是上帝的羔羊，让她下地狱。」白灵浑身像是被一根看不见的麻绳勒着，首先想到了鹿兆海。鹿兆海到保定军校学习去了，他能挣脱五花大绑的麻绳吗？她那时急不可待地想见到鹿兆鹏，打问一下鹿兆海的音讯，却找不到他。五六天后，一个更令人惊讶的事情发生了，那位被绑走的同学领着三个警察到学校来，由她指点着绑走了三个外班的同学。那时候整个学校乱了秩序，女生们拥挤在校园通往大门的长长的过道两边，看着三个用细麻绳串结在一起的同学被牵着走到校门口，塞进一辆黑色的囚车。


陈忠实 著
中卷
三八二

白灵已经无心上课，就断断续续请假，寻找鹿兆鹏。她回到白鹿原一位老亲戚家打听风声，说是鹿兆鹏早跑得不见踪影了，倒是听到了不少整治农协头目的种种传闻。白灵连夜离开白鹿原又回到城里皮匠姑父家。她再次回到学校时，听到女生们悄悄说，被捕的三个共产党分子全部给填了枯井，本班那个领着警察来抓捕同党的女生也一同被填进井里。白灵恶毒地说：「上帝不能容忍赎罪的羔羊。」

可是，当她找到鹿兆鹏以后，却彻底改变了她的命运。那天午间放学回来，白灵在皮匠姑父的柜台前看见了鹿兆鹏，惊讶得几乎大叫起来。鹿兆鹏迅即用一种严峻深切的眼光制止了她。鹿兆鹏穿一身半新不旧的西装，戴一顶褐色礼帽，像是一位穷酸的教员，在柜台前琢磨着柜台里的各式皮鞋。鹿兆鹏说：「你发愣干什么？我是鹿兆海的国文老师，兆海带你听过我的课你忘了？」白灵立即按照鹿兆鹏递过来的话茬儿往下演戏：「噢！老师呀屋里坐。」转脸就对二姑父喊：「姑父，这位老师想请你定做一双皮鞋。」皮匠姑父热情地招呼说：「你快把老师引进来嘛！」鹿兆鹏悄声说：「你得让我在这儿磨蹭到天黑。」

皮匠姑父像接待任何主顾那样认真地给鹿兆鹏量了双脚的长短宽窄，又征询了皮鞋的颜色和款式，就继续忙他手中的活儿去了。白灵领着鹿兆鹏进入自己那间小小的卧室转过身问：「你害怕给塞到井里？」鹿兆鹏被突如其来的问题问得愣住片刻，紧紧盯着白灵的眼睛，企图从那眼神里判断出她问话的意图。他却看见那两只微微鼓出的眼睛周边渐渐湿润，然后就潮起两汪晶莹的泪水。鹿兆鹏点了点头。白灵眨了眨眼睛，泪水便溢流下来，颤着声说：「我要加入共产党。」鹿兆鹏用手按着白灵的肩膀让她坐下来，说：「现在全国都在剿杀共产党。」白灵说：「我看见他们剿杀才要入。」鹿兆鹏说：「我们被杀的人不计其数。」白灵说：「你们人少了，我来填补一个空缺。」鹿兆鹏猛地抓住白灵的双手，热泪哗哗流淌

下来：「我而今连哭同志的地方也没有了……」白灵说：「我讨厌男人哭哭咧咧的样子。」

鹿兆鹏磨蹭到天黑定时走了。走时对白灵吩咐了两点，再不许她去找任何人申述要加入共产党的意愿，二是继续在教会女子学校念书，那儿无疑是最安全的所在。大约一月后，鹿兆鹏于傍晚时分来到皮货铺店取走了定做的紫红色皮鞋，对皮匠的手艺大加赞扬。皮匠则亲自把皮鞋给他穿到脚上，要他在作坊里走了一圈，而且叮嘱他要是夹脚或者绳子断裂可以随时来修理。鹿兆鹏肯定这是他买到过的最称心的皮鞋，发誓说比上海货好得多。皮匠很得意自己的杰作。鹿兆鹏随之把一本《圣经》交给皮匠，说这是白灵要他买的。白灵于傍黑时分回到皮货铺子，在那本《圣经》里得到一个联络地址：罗嗦巷十五号。

罗嗦巷在这座古老的城市几乎无人不晓。罗嗦巷大约在明初开始成为商人的聚居地，一座一座青砖雕琢的高大门楼里头都是规格相似的四合院，巷道里铺着平整的青石条，雨雪天可以不沾泥。这条巷道的庄基地皮在全城属最高价码。破产倒灶了的人家被挤出罗嗦巷，而暴发起来的新富很快又挤进来填补空缺；进入罗嗦巷便标志着进入本城的上流阶层。鹿兆鹏住进罗嗦巷用意正在这里，特务宪兵警察进入罗嗦巷也不敢放肆地咳嗽。白灵找到十五号，见到鹿兆鹏就迫不及待地问：「你这成月天都到哪儿去咧？」鹿兆鹏说：「在原上。」白灵问：「你还在原上？」鹿兆鹏说：「在原上。」白灵问：「还要去原上？」鹿兆鹏说：「那肯定。不过这回在城里得待上些日子。」白灵说：「剿杀高潮好像过去了？报纸上登的杀人抓人捷报稀少了。」鹿兆鹏说：「能逮住的他们都逮了杀了，逮不住的也学得灵醒了不好逮了。损失太惨了，我们得一步一个脚窝从头来。」白灵问：「我上次在二姑家提的申求，你考虑得怎样？」鹿兆鹏说：「你等着。」白灵说：「我是个急性子。」鹿兆鹏笑了：「这事可不考虑谁是急性子蔫性子。」白灵问：「很难吗？」鹿兆鹏说：「肯定比以前更严



格了。这次大屠杀我们吃亏在叛徒身上。」白灵说：「我肯定不会当叛徒。」鹿兆鹏说：「现在要进共产党的人恐怕不容易当叛徒。当叛徒我想也不容易，他们首先得自己把自己当作狗，且不说信仰理想道德良心。」白灵惊喜地说：「你这句话说得太好了。我可是没想到当叛徒还是很不容易的事。」

白灵第二次被通知到罗嗦巷十五号来，鹿兆鹏以亲切庄严的态度通知她已经得到批准了，随之叫了一声：「白灵同志！」便握住白灵的手。白灵听到「同志」那声陌生而又亲切的称呼时，心头潮起一种激情，她紧紧地反握住鹿兆鹏的手，久久说不出一句话，脑子里又浮出本班那位被捕的女生领着警察到学校来抓捕同志的情景。白灵说：「请党放心，白灵只会替同志赴死，绝不会领着警察去抓捕同志。啊！你再叫我一声同——志！」鹿兆鹏松开手说：「白灵同志！我受党组织委托，领你宣誓。」说着从箱子里翻出一面红旗挂到墙上，站正之后，举起了右手。白灵并排站好，也举起右手，心头像平静而炽烈的熔岩。

这家四合院的男女老少正集中在厅房明间客厅里欣赏唱片。他们的大公子最近从上海捎回来一架留声机，新奇得使全家兴趣十足。同时捎回的还有唱片，全是软声细气的越剧和嗲声奶气的流行音乐，只有一张「洋人大笑」的唱片使全家老少咸宜，于是每天晚上客厅里都充斥着洋人们男的女的，老的少的，粗嘎的尖细的，粗野放肆的，阴险讥讽的，温柔的，畅快的，痛切的笑声。在洋人们的笑声的掩护下，白鹿原上两个同宗同族的青年正在这里宣誓，向整个世界发出庄严坚定的挑战。

宣誓完毕坐下来之后，鹿兆鹏坦诚地说：「我又想起我入党宣誓的情景。我每一次介绍同志入党宣誓就想起我入党宣誓的情景。」白灵问：「你入党宣誓是怎样的情景？」鹿兆鹏说：「那阵儿还是公开宣誓的呢！」他怀着新鲜的却似遥远的记

忆说：「我们一起宣誓的有九个人，现在连我在内只剩下三个了。三个给大哥煎了，两个随大哥走了，一个经商去了，而且发了财，咱们现在就在他屋里坐着。」白灵问：「他们没有供出你？」鹿兆鹏笑了说：「他们首先供出的就是我，算我命大。」接着又说：「大哥这回翻脸，小兄弟血流成河。大肆逮捕，公开杀害，全国一片血腥气，唯独我们这座古城弄得干净，不响枪声，不设绞架，一律塞进枯井，在全国独树一帜，体现着我们这座十代帝王古都的文明。」白灵说：「中世纪的野蛮！」鹿兆鹏说：「一切都得重新开头。白灵，你说说你这会儿想什么？」白灵说：「我想到奶奶讲下的白鹿。咱们原上的那只白鹿。我想共产主义就是那只白鹿？」鹿兆鹏惊奇地瞪起眼睛愣了一下，随之就轻轻地摆摆头笑了：「那可真是一只令人神往的白鹿！」

白灵头一次主动去找鹿兆鹏是迫于无奈。她知道这是不能允许的。鹿兆海从军校学习期满回到本城，带给她一个意料不及的难题，他已改「共」为「国」了，而她恰恰在他归来前改「国」为「共」了。她和他在热切的期待中突然发觉对方已不是记忆中的那个人，双方都窝了兴致，都陷入痛苦。她相信自己无法改辙，也肯定他不会更弦，对于第二次约见已丧失信心，于是就去罗嗦巷寻找兆鹏。他们是亲兄弟，他有责任帮助她处理这件十分为难的事。鹿兆鹏严厉地批评她来找他的冒险行为，不经通知绝不许随便找他，后来却仍然答应她前去见自己的弟弟……

鹿兆海去榆林归队前夜找到皮货铺子，对白灵说：「我们出去走走。我明天一大早就上路了。我想和你说说话。」白灵就跟他走出来，不自觉地又走到抛掷铜元游戏的地方。白灵触景生情，抓住鹿兆海的手几乎是乞求说：「兆海，你退出『国』吧！你哪怕什么党派都不参加也好。」鹿兆海紧紧攥着白灵的手说：「我向你让步，我听你的，我退出『国』这可以，你也退出『共』吧！咱们俩干脆什么党派都不参加，你教你的学生，我当我的兵，免得『国』呀『共』呀是非非。」白灵猛地拉出手激烈地说：「你知道不知道，你参加的那个国民党怎么杀戮异党？抓住了甚至连审问的手续也不走就塞进枯井！你参加这样的党难道不怕脸上溅血？」鹿兆海却沉静地说：「我想和你和解，你还在坚持偏见跟我争执。」白灵说：「我没办法忘记枯井里的惨景。」鹿兆海说：「你回咱们原上去看看，看看共产党在原上怎么革命吧！他们整人的手段也是五花八门，令人不寒而栗」争论比以往更加激烈，更加深刻。鹿兆海再次妥协：「这样吧，咱们谁也改变不了谁，就等一等看吧！等过上几年，也许看得更清楚了，说不定你，也说不定我，会自动改变的。」白灵说：「好！我等着。」鹿兆海转过身说：「明天我就走了，说不定几年才能回来。我现在只有一条——」白灵问：「什么呀？」鹿兆海说：「我们再见面时，也许依然没有结果，也许有一方改变了而得到一致。我只要你答应一条，在我走后几年，在我们下回见面之前，你甭应允任何求婚者。」说到这儿又抓住白灵的双手：「我们有那枚铜元为誓，我要是失去你，我将终生不娶。」白灵动情地说：「放心走吧！我盼着你回来时再不跟我争辩。」鹿兆海说：「每一次见面我都不会忘记。今晚的话咱们都记住。」白灵说：「你好像信不过我？好像疑虑着什么人要夺走我似的？」鹿兆海说：「我害怕把这个包袱背到榆林沙漠去。敞开说吧，你上次为啥让我哥代你出面？」白灵说：「他向你解说过了他出面的原因。」鹿兆海说：「我那晚非常憎恨他。」白灵说：「你也太……」鹿兆海激动地说：「我看见他就有一种不好的预感。也许我对你太专注了。」白灵叹口气说：「天！我做梦也想不到你会这样想……」鹿兆海说：「无论任何人，哪怕是我亲哥，谁夺走你，我就不认他是天王老子！」

白灵再见到鹿兆鹏时就觉得有点不自然，鹿兆鹏像灵敏的狐狸一样嗅出了白灵异常的神情，警觉地问：「有什么情况？」白灵说：「没什么情况。」她的神情更引起鹿兆鹏的警惕：「白灵同志，现在是非常时期，任何情况都不能隐瞒。」白灵说：「个人私事。」鹿兆鹏说：「个人私事也不能隐瞒。」白灵担心引起鹿兆鹏的隐忧，就恢复了她素来的爽朗：「你猜你兄弟怎么着？怕你把我夺走了。」鹿兆鹏大瞪两眼，骤然红了脸，摆一下手尴尬地笑了：「扯淡！」

白灵随后和鹿兆鹏也不常见面。她在豆腐巷小学校任教员，负责学生运动，刚刚成功地组织了中正中学的一场学潮。在这之前，她已经参与和组织过两所学校的学潮，接着就想在以中国最高统治者蒋的名字命名的中正学校也搞一次。中正中学在古城被政府命名为一所模范学校，教员乃至学生都逐个经过审查，绝无异党嫌疑。白灵抓住学生对伙食不满的机会，促进了一场激烈的算伙食账的学潮。结果是贪污学生伙食费的总务处长被收审，校长也被撤职。白灵兴奋鼓舞：「看来中正的学校也不是模范！」这当儿鹿兆鹏召见她：「要不失时机地把饭馍斗争提高到反黑暗的政治斗争。」白灵说：「我有信心。」鹿兆鹏随之告诉她：「我要离开这儿。」白灵说：「我能问去哪儿吗？」鹿兆鹏笼统地说：「山里。」白灵又问：「去多久？」鹿兆鹏说：「难以估计。」白灵就不再问了。鹿兆鹏郑重地说：「兆海马上要回来了。十七师撤回来了。」

……

白灵在豆腐巷小学校接待了鹿兆海。她瞅见他那一身下级军官服装就觉得他们的关系将要完结了。他在她的小房间里坐下，一只手攥着茶杯，另一只手夹着烟卷。他的脸色不仅没有因为北方的沙漠和严寒变得粗糙，反而红润细腻了，只是上唇的黑青色胡碴子变化明显。她笑着说：「你倒更细和了。」鹿兆海说：「那地方水好。」他笑着侃侃而谈，「那地方是一眼望不透的沙漠。走十天八天见不着人烟，见不着树木，只看见一片沙了。到那儿你才能明白，历代皇都为啥要


陈忠实 著
中卷


选在咱们这个关中……可那儿有好水。那水养的娃子一律是吕布的模样，那水养的女子一路都是貂蝉的姿色。我待了这几年也沾光了……」白灵说：「你该在那儿给你引回个貂蝉。」鹿兆海说：「我还是恋着白鹿原上的……」白灵抿住嘴没有说话。鹿兆海却豁朗地说：「我这回回来有一点收获，再不逼你了。我知道我变不了，你也没变。但我再不逼你改变什么了。你可以随意嫁人。我嘛……我还是恪守誓言，非你不娶。你嫁了人我就发誓再不娶妻……你可以验证我的话。」白灵说：「这又何苦？你这样说让我怎么办？」鹿兆海说：「没有办法。我走南闯北这多年，愈是相信世上找不到我心里的你了。」白灵赌气地说：「我明天就嫁人！」

木轮牛车嘎吱嘎吱响着，终于驶出白鹿原坡下的滋水河川。回头望去，河川的出口恰如一只喇叭口；口下便是山坡的终结，眼前立刻展现出辽阔无垠的渭河原野，滋水蜿蜒着投进原野流入渭河去了。到这儿才又看见了太阳。太阳在河天相接的地方已经变得难以辨认，像一只破碎的蛋黄，金黄的稠汁流摊开来，和黑色的乌云搅和在一起。白灵的心开始紧揪，到哪儿去寻找鹿兆鹏呢？

## 第二十四章

白灵回到城里的第二天，就向黄先生汇报滋水之行的情况。这是她受命去滋水时就跟黄先生约定了的，地点仍然是二姑父的皮货铺子。白灵上完课没有吃午饭就走出了豆腐巷，在二姑家所在的巷口一家泡馍馆门前如期而遇黄先生，两人就走进皮货铺子。白灵对姑父喊：「姑父，我又给你拉来一个买主。」皮匠见到买主像见到财神爷一样虔诚地咧嘴笑起来，妻侄女虽然至今未能攀上高枝光耀皮货铺子，但隔三差五不断给他拉来买主也算不错，于是就认真地征询买主对鞋的式样、皮子颜色的选择，然后就量脚的长短宽窄和肥瘦。白灵在一旁嗔声叮咛：「这位先生是个细活人，穿衣穿鞋讲究得很，姑父，你得做细法点儿。」随后就领着黄先生坐到里屋里，把自己到滋水得到的关于三十六军的情报详细地汇报给他。黄先生说：「按你姑父说的取鞋的日子再见面。」

白灵赶后晌上课又回到豆腐巷小学校，心里平静得像一泓秋水，那是圆满完成一项重大而又神秘的工作之后的心理报偿。这种情绪仅仅保持了一个后晌，当叽叽喳喳纷纷攘攘的学生放学离校之后，她在自己的房子里坐下来就又躁动不安起来。一种孤寂一种压抑，一种渴盼，一种恨怒交织着心境，使她无法平心静气批阅学生们的作业，甚至怀疑自己不适宜做这种极端严密的工作。她至今也不能估计出这座古城里究竟有多少人和她一样在为着那个崇高的目的秘密地战斗着，她仅仅只


陈忠实 著
中卷


认识鹿兆鹏和黄先生；她同样估计不来有多少同志被当局抓去了，古城的枯井里填进去多少同志的尸体。「我碍着大姑父的面不好出手！」白灵仿佛又听见哥哥孝文职业性的习惯用语——出手，这无疑是一个绝妙的用语。一旦他出手，就宣告了一个活蹦蹦的人的死期，就给古城的枯井增加一个装着革命者的麻袋。孝文说着出手时那种顺溜的语气就像二姑父说着自己皮鞋时的得意，也像教员走上讲坛让学生打开课本一样自然。白灵真后悔没有抽他一个嘴巴，好让他记住再不许当着她的面说什么出手不出手的用语，更不许他用那样顺溜自然的语调显示出手与未能出手的得意和遗憾。整个国家正在变成一架越来越完备也越来越强大的杀人机器，几百万军队和难以估计的宪兵警察以及特务，首要的任务不是对付已经占领华北的日本侵略军而是剿杀共产党，连滋水这样的小县城也建立起来专门对付共产党的保安大队，培训出来像孝文这样的不说杀也不说抓，而习惯说出手的职业性地方军人。鹰鹞在空中瞅中地面小鸡箭一般飞扑下来的时候，称为出爪，狼在黑暗里跃向行人时称作出牙，作为保安队员的孝文在从裤兜里掏出手枪射击鹿兆鹏时便自称为出手！出爪出牙和出手不过是一字之差，其结局却是相同的，就是把久久寻找的猎物一下子抓到爪心，或咬进嘴里，或撕碎啄了噬了，或撂进枯井去。

白灵简直忍受不了夜的静寂，在门与床铺之间的脚地上踱步，心如焚烧似的急于见到鹿兆鹏。半年之久了！罗嗦巷最后一面，他竟去了红三十六军。全军覆没之后，他又逃潜到白鹿原上，在孝文未能及时出手时，他侥幸地逃脱了。他现在仍潜在原上。她想见他，不仅是想看他半年以后是黑了瘦了伤愈了，而且有一种揪心的逼近着的亲情在挠抓她的心。她已经意识到一个重大的心理变化，从昨天到今天的两天时间里，鹿兆海在她心目中急遽地暗淡下去，而他的哥哥鹿兆鹏却急遽地在她心里充溢起来……「我要做一个真正的军人推进国民革命！」兆海的理想和抱负曾经唤起她的毫无保留的赞同，可是，当初那种国民革命变得不再是驱逐封建军阀而是屠杀人民的时候，鹿兆海的抱负和志向就令她不仅是惋惜了。鹿兆鹏

陈忠实 著
中卷 三九二

在那架巨大的杀人机器里侥幸逃脱，她在孝文职业习惯的语气里才明朗地感觉到自己与那个人不可分割地粘结在一起。她根本无法预测什么时候才能见到鹿兆鹏呢？

这种情绪有增无减继续了三四天，而且形成一种规律性的循环，白天她和学生们在一起，学生们的天真不断地冲淡或者截断她的思虑；一到晚上，那种情绪便像潮汐一样覆盖过来，难以成眠。第四天后晌刚下课，门口传达室校工周老头交给她一本书，说是一位姓黄的先生捎来的。白灵扫瞄一眼是一本《古文观止》，便走回自己的房子，当即坐下翻掀起来。书的封皮上包着一层牛皮纸护面，护面里用铅笔写着一行字：我今晚得提前取回皮鞋。

白灵放晚学后就回到二姑家等候黄先生。她急不可待地出出进进于里屋和柜房之间，最后索性坐在二姑父旁边聊起家常。白灵说：「姑父，你现在不必从早到晚刀子剪子锥子不离手地干啦！」二姑父做出莫可奈何的得意口气说：「嗨呀，没法子咯！那些熟人来定货，非得要我亲手做的嘛！」二姑父又一次叙述了老皮匠去世时留给他的遗训，即使皮货铺子发得家产万贯，也要他每月至少亲手做一双皮鞋。二姑父平和地笑着说：「闹到这阵儿我还没发起来，还敢撂下刀子剪子锥子？」这当儿，白灵瞅见黄先生戴着一顶礼帽走进来。

黄先生进门来就对二姑父说：「我要去上海办公务，鞋子得提前取。」二姑父问：「还得几天走？」黄先生说：「后日。」二姑父说：「来不及，根本来不及。」黄先生说：「这咋办？上海那鬼地方以衣帽取人，我可要丢人现眼了。」二姑父蔫蔫地说：「你明晚来取。我熬眼也要你先生在上海风风光光走一程。」白灵笑着说：「放心吧黄先生，有我姑父这句话你就放心吧！」说着就引着黄先生进入里屋。

黄先生坐下后说：「我来传达一个新的任务。」白灵庄严地期待着。黄先生说：「你去给一个同志做假太太。」白灵愣愣地瞪大眼睛叫起来：「你说啥？」黄先生强调说：「是假的。」白灵说：「可我根本没结婚。我根本不知道怎么当太太，假的更装不来！」黄先生说：「你当然得从头学起。况且嘛，得像真夫妻一样甭让人看出破绽。」白灵惊叫：「妈呀，这算什么任务呀？」黄先生说：「一种掩护。」白灵又问：「那位同志是个什么人呢？」黄先生说：「我也不知道。」黄先生接着就对这件事做了具体安排。

白灵辞去了豆腐巷小学教员的职务，提着一只小棕箱走出学校大门，门口有一辆洋车等候着。戴着一只发黄变色的细草帽的年轻车夫一句话也不说，拉起车子就逐步加速到小跑。白灵坐在车上说不清是一种什么心情，无法猜测假夫妻的生活将会是什么样子，而真正的夫妻生活她也是没有体验的。她有点新奇，甚至有点好笑，怀着冷漠的心去履行神圣的工作使命。车子钻来绕去经过七八条或宽或窄的巷道，在一个虽然气魄却显得苍老陈旧的青砖门楼前停下来。车夫拍击着大门上的一只生锈的铁环，院里便有了一阵轻捷的脚步声。白灵的心忽然跳起来，仿佛真的要见到自己的女婿了。街门吱扭一声启开，白灵一看见来迎接她的人几乎惊叫起来，竟然是鹿兆鹏。她惊讶地张了张嘴又抿上了嘴唇，心在胸膛里便跳荡得一阵眩晕；她的双腿像抽去了筋骨绵软无力，坐在车子上动弹不得；她晕晕乎乎看着鹿兆鹏给车夫摞码铜子，车夫像是多得了几枚铜子很感激地连连哈腰，十分殷勤地要帮助送箱子。鹿兆鹏接过箱子，然后扬起头对她说：「到家了，下车吧！」白灵的心又怦然轰响起来，血液似乎一下子涌上头顶，脸颊顿时烧骚骚热辣辣的，眼睛也模糊不清了，下车踩到地面上的双脚像踩着棉花，几乎不敢看鹿兆鹏的眼睛。走进街门，穿过过道跨进一幢厦屋。未及白灵开口，鹿兆鹏尚未放下手提的棕箱就猛然转过身，满脸变得尴尬而又紧张局促：「白灵呀，我咋也没料到会是你！」

白灵顺势在一张椅子上坐下来，心情平静了许多，看见鹿兆鹏满脸尴尬紧张局促的神色，她自己反倒冷静下来。她依然没

有说话，看见那尴尬局促的脸色忽然觉得他很可怜。其实她在从门缝里瞅见他的眼睛的那一瞬间，已经准确地判断出他和她一样事先互不知底。她与他记不清有多少次见面了，他的老练，他的敏捷，他留给她的总体印象里，从来也没有惊慌失措，局促不安，尴尬难堪这些神色；她甚至以为他永远都不会出现这些神色，即使被围捕被通缉，被塞进枯井，他也不会尴尬，不会惊慌，不会难堪；实际不尽然，他在她的面前像普通人一样尴尬了，难堪了，局促不安了。她的心渐渐平静下来之后，才意识到自己不能再现出惊慌难堪和局促。鹿兆鹏放下箱子以后，搓着双手在厦屋脚地转了一圈，回过头来又解释一遍：「我确实事先没有料到会派你来！」白灵看见鹿兆鹏的脸上已沁出一层细汗，冷静地说：「你如果事先知道派我来会怎么样呢？」鹿兆鹏不假思索地说：「我会坚决反对的。」白灵说：「你讨厌我还是觉得我不保险？」鹿兆鹏更加尴尬，连忙解释：「不不不，我不是这个意思。」白灵说：「你反复解释你事先不知道派我来是什么意思？」鹿兆鹏更加难堪，语言也支吾起来：「我怕你产生误会，以为这是我有意的……安排……」白灵却进一步追问：「即使你事先知道，即使是你有意的安排，又怎么样呢？」鹿兆鹏猛然转过头说：「那样的话，我就太卑鄙！」白灵不动声色地问：「谁会这样说你呢？谁又了解这真真假假呢？」鹿兆鹏憋红了脸说：「兆海。」白灵朗声笑了：「你想证明你是个君子啊！其实卑鄙每个人或多或少都有一点儿。有一点卑鄙也可以原谅，只是不要太多。」鹿兆鹏被噎得说不上话来：「你这是……」白灵说：「你再三解释的时候，想没想到我的处境？我难道事先知道派我到你这儿来吗？我难道比你脸皮还厚吗？你反复解释的本身就有点卑鄙。」鹿兆鹏更加尴尬地仰起脑袋，轻声慨叹说：「老天爷！在你眼里谁心中连一丝灰垢也藏不住。」白灵却一本正经地说：「鹿兆鹏同志，白灵奉党的派遣来给你做假太太，你吩咐任务吧！一切不要再解释。」鹿兆鹏却使着性子咕哝说：「这么厉害的太太，谁支使得了啊！」白灵调皮地笑了：「你教我怎么做假太太吧！」鹿兆鹏不以为然地



说：「权当演戏吧！你不是戏演得挺好吗？」白灵摇摇头说：「一台戏演两小时就完了，下了台子我还是我。这……长年累月做假演戏，人怎么受得了呀？」鹿兆鹏开始恢复正常情绪，不在意地说：「没有外人来的时候，你我是同志又是兄妹，该咋着就咋着；有人进门时你就开始演戏，一直演到送客人出门。」白灵说：「我要是忘了呢？」鹿兆鹏平缓而又郑重地说：「你可不能忘。」白灵不无忧虑地问：「万一我一涣神忘了咋办？」鹿兆鹏舒口气，做出无奈的手势说：「那样的结果——你我就得填井。」

房东老太太这时候走进门来，先瞥一眼白灵，又瞅住鹿兆鹏问：「太太接来了？」鹿兆鹏向白灵介绍房东主人魏老太太。白灵一眼看出魏老太太是个经见过大世面，洞达世情又藐视世事的人，她的充分发胖挺前坠下的腹部，显示着臃肿，也显示着豁达大度，两只硕大无朋的乳房匍匐在宽大的胸脯上，那双眼皮下垂的眼睛透出即使地震也会镇静自若的神气。她第一眼瞥人就使白灵觉得她的眼色像看一只普通的羊一样平淡，而她已经见过成千上万只羊了。她转着脑袋打量了厦屋的摆置说：「缺啥家具就到后边去拿。」鹿兆鹏连连道着「添麻烦」一类歉词。魏老太太不就坐，只站了一阵就转身出门，走出厦屋门时，回过头来撇了撇嘴角，露出一丝笑意：「你这太太脸蛋子惹人心疼。」白灵羞羞地笑笑，表示接受了奖励，回到屋里就迫不及待地问：「兆鹏哥，你是怎样逃回来的？」鹿兆鹏愣了一下说：「狼狈逃跑。」说罢轻轻摆一下手：「这回这事不提它了，看下一回吧！」白灵很不满足，说起她到滋水县找郝县长的事，以及无意中听到孝文说的与他的遭遇！「他说他碍着大姑父的面子不好出手。」鹿兆鹏显然对这个职业性用语也觉得新鲜：「出手？出手这话很得体。」说完就转换了话题：「准备做晚饭吧。让咱们的烟囱先冒出烟来！」白灵听了这话顿然激动起来。原上人用「盼邻家烟囱不冒烟」的话，讥讽心术不正谋算旁人的褊狭阴毒的人。鹿兆鹏看去像是无意间撂出来的家乡话，有效地抑制或者说镇住了

总在她心头蠕动着的孝文那句习惯用语，感觉到了一种心态的平衡。白灵热烈地响应道：「好啊，先让咱的烟囱冒出烟来！」

晚饭白灵做下的是长面。长面象征长寿，象征交谊长久，常常只在过年过节，或新婚嫁娶，或为长者祝寿，或为新生婴儿过满月等喜庆活动中招待亲朋好友。白灵在不无欢欣，不无庄严的心境下点燃第一把柴火时，竟然激动地跳出灶房站在庭院里呼唤鹿兆鹏，要他一起观瞻那砖砌的烟囱袅袅升起的第一缕炊烟……

白灵把一碗浇着肉丁臊子的长面递到鹿兆鹏手上时，抱歉地说：「碱放多了——我今日个头一回捉擀杖。」鹿兆鹏用筷子翻搅一下，被臊子覆盖着的面条已经变成黄色，碱面儿放得过量不止一倍两倍，他猛然吸了一大口说：「瑕不掩瑜。长嘛可是够长的，筋性也不错，味道嘛还是咱原上的味道。」白灵也给自己端来一碗。吃着饭的时间里，她还是忍不住再次问：「你啥时候回到城里的？」鹿兆鹏沉思一下说：「巧了，就是你去滋水县的那天，我是后晌进城的。」

鹿兆鹏在白鹿原上度过了一段恬静的日子。他在白鹿书院从白孝文的枪口下逃脱以后没有上原，而是斜插过北部原坡一直向西跑去。选择这条路径的唯一目的是原坡上沟梁纵横便于藏匿，因为他充分估计到岳维山会立即用兵封锁滋水河川西部出口，同时搜索整个白鹿原。他的判断完全准确。保安大队派出一个中队士兵分散到原上挨家挨户搜寻鹿兆鹏，另一个中队的士兵进入滋水河川执行同样任务。鹿兆鹏于曙色初露时赶到距离城市不过十里的另一条河流边上，在沙滩上的草丛里躺下来睡着了。一个放牛割草的老汉用脚把他踢醒来，他说要钱输光了家产，连婆娘也输给赢家了，想跳河自杀，不料竟睡着了。放牛老汉撇着嘴角，说他有一个治疗赌症的良方。鹿兆鹏装作很迫切的样子跪地相求。放牛老汉用手里的镰刀弯



柄指着河流不远处的渡口说：「去背河。」鹿兆鹏装作丧气的模样说：「凭背河挣那俩麻钱到死也赎不回婆娘。」放牛老汉说：「能。能赎回来。」鹿兆鹏还是装作犹疑不定。放牛老汉说：「娃子，你把旁人驮到脊背上那阵儿，才能明白自个该怎样活人。」

鹿兆鹏倒真的怦然心动，想去亲自试验一下放牛老汉的人生药方，也许这是他眼下隐蔽的最好手段。他挽了裤子站在水边沙地上，做出背河谋生者的架势……这条河名曰润河，自秦岭流出山来，绕着白鹿原西部的坡根向北流去，流入滋水再投进渭河。通往古城的路上就形成一个没有渡船的渡口，也就造就了一种背人渡河的职业。不用究问，凡背河人都是些既无产业，亦无技艺的又穷又拙的笨佬儿。鹿兆鹏背起第一个人走到水中，忽然想起与朱先生辩论的事。那是离开白鹿书院进入古城培德中学念书的第一个寒假，他去拜望朱先生时就向先生宣讲共产主义。朱先生笑着问：「你要消灭人压迫人人剥削人的制度，这话听来很是中听，可有的人甘愿叫人压迫、叫人剥削咋办？」鹿兆鹏说：「世上哪有这号人呢？」朱先生举出例证说：「在润河上背河的人算不算？你好心不让他受压迫、可他挣不来麻钱买不来烧饼。」鹿兆鹏说：「人民政权会给背河的人安排一个比背河更好的职业。」朱先生说：「要是有人背河背出瘾了，就专意想背河，不想干你安排给他的好工作，你咋办？」鹿兆鹏急了：「人民政权就给河上搭一座桥，车碾人踏都不收钱，背河的人就是想背也背不成了。」朱先生笑了：「你的人民政权的办法还真不少……」鹿兆鹏现在想起这件事觉得自己那阵子很可笑，不过现在背河却已成为他隐蔽的最佳选择。河边上偶尔走过一位看去是政府下级官员的人物，也花几个麻钱让人背过河去；偶尔晃荡过来一排士兵，便把包括他在内的所有背河的苦力都集中起来背他们过河，自然是谁也不敢伸出手掌企图什么的。所有经过河边的过河者和背河者，谁也不会想到政府正在追捕的红三十六军政治委员鹿兆鹏正在背着一个小脚女人过河……鹿兆鹏趁天黑

时进了东城门，找了两处地下交通都失败了：一个搬迁了，另一个已被逮捕。他感到一种危机，不敢贸然再去瞎撞。他无奈间混入东城墙根下的贫民窟，在一个名是家庭客栈实是兼营卖淫的小栈通铺里挤了一夜。第二天晌午进入东关，那儿有闻名东半城的一家羊肉泡馍馆子。鹿兆鹏走进门，装作寻觅座位扫视各色就餐的人时，看见了一张熟悉的脸盘，不禁喜悦起来，那是一位同志。那位同志几乎同时也认出他来，激动地站起来叫了一声「鹿哥」，扬起的手里还攥着半个尚未掰碎的饦饦馍。鹿兆鹏顿时毛发倒竖，急忙转过身去，几乎同时从他左边一张餐桌旁跃起两个人来；兆鹏和他们不过五六步距离，要逃脱已不可能。他急中生智，一把夺过正在翻搅着煮馍的炉头手里的铁瓢，一扬手迎面把满满一瓢羊肉汤煮泡着的滚烫的馍馍泼撒到两个大汉的脸上。鹿兆鹏只听见俩人惨厉的叫声而无暇一顾他们跌倒翻滚的惨景，拐进一条小巷才撒腿跑起来，最后还是跑到润河边继续干起背河的营生……第二天黎明时分，鹿兆鹏走进白鹿原南端秦岭脚下的大王镇高级小学……

鹿兆鹏对白灵说：「我听见他叫『鹿哥』时，看见他眼里射出一道绿光，跟我夜里在原上碰见的狼的眼睛一样。」白灵索性放下筷子，不吃长面了，说：「我们日后成功了，决不能轻饶叛徒。」鹿兆鹏说：「一个叛徒比一千个白孝文岳维山还厉害。」

鹿兆鹏住在校长胡达林的屋子里，装作是城里来的亲戚到山脚下的温泉洗治皮肤病，每天装模作样去温泉洗一次矿泉水，夜晚宿住在胡达林校长的套间房里。学校靠近温泉，先生们无一例外都要接待安排前来洗病的亲朋友好，鹿兆鹏的到来不会引起任何猜疑。胡达林是鹿兆鹏在白鹿镇初级学校发展的头批党员，在他逃离以后隐蔽下来，又遵照他的安排进入秦岭



脚下的大王镇学校。胡达林豁达而又谨慎，豪壮大气而又机敏狡黠，在大王镇镇面上已经成为一个捏事了事的人物；他在学校里发展了五个党员，建立起一个支部，把那些心眼拐曲不可信赖的人一个个挤走，把学校经营成了一个安全的据点。胡达林对鹿兆鹏说：「你现在好好洗，好好吃好好睡吧！要弄啥让我给咱去弄。」鹿兆鹏说：「必须尽快找到组织。」胡达林说：「你还是好好洗，好好吃，好好睡，把精神先养起来。找组织你说路数，我着人去找。」鹿兆鹏心急如焚，既不能好好洗，也不能好好吃，更不能好好睡，焦灼急迫的心情里渗透着一缕悲凉，这是他投身革命以来不曾有过的一种情绪。国民党反手对共产党实行大屠杀的那一次，激起的是无以诉说的愤怒而没有悲凉；这回因党的重要首脑叛变造成的损失更为惨重，刚刚建立起来的红三十六军彻底覆灭了，苦心经营的地下组织像蛛网一样被轻而易举地捣烂了。他不过是一只侥幸逃亡的蜘蛛，在重新结网之前就有了一股悲凉。他给胡达林说了一个联络路数，胡达林派了一个党员进城去了，结果没有联系得上，接着又去了三回才找到一丝线索。鹿兆鹏在大王镇高级小学已经住下整整十天了，难得的安静生活和美好的矿泉水的滋润，使他褪去了疲惫焕发起精神，当这个游丝似的线索被他抓住以后就断然决定：「让那个同志再跑一趟约他见面，我还在润河边上背河，腰里勒一条蓝布腰带。」……

鹿兆鹏对白灵沉静地说：「姜政委进山去三十六军以前，已经和当局策划了这场阴谋。」白灵又重复一遍她的话：「我们成功了首先要找叛徒算账，他们太卑劣了。」鹿兆鹏说：「对他姓姜的账绝对不能等到成功了再算。」

严峻的气氛浓厚地笼罩着这两间厦屋，因为假夫妻这种特殊的关系而弥漫在两人心头的尴尬纷乱的云翳消散了廓清了。鹿

兆鹏受命调进城来，替补被填了枯井的同志的位置；更为险恶的环境需要采取更为隐蔽的方式，与白灵结成假夫妻就是一种隐蔽方式。鹿兆鹏对白灵说：「我们个人的一切都是不重要的。」他向她暗示这种特殊关系，心头已经排除了悲凉而涨起壮豪：「我们现在重新来织一张新网。」白灵说：「党在危机中让我来协助你，我感到骄傲。即就被填了枯井，我还是骄傲。」鹿兆鹏哼了一声：「先不要想自己被填井，先织我们的网吧！把那些苍蝇蚊子网住吃掉，让我们也痛快一下。」白灵笑了说：「我可不吃苍蝇不吃蚊子，我嫌恶心！」鹿兆鹏也笑了：「你不吃全让给我，苍蝇蚊子毒虫猛兽我都敢吃它们。」

夜深以后应该睡觉的时候，白灵想提醒鹿兆鹏时却说不出「睡觉」那俩字，那一刻她意识到自己其实还是个女人；女人在这种特殊环境里的劣势和障碍，自己连一丝一毫也摆脱不掉。她终于没有说出「睡觉」那俩字，而是默默地抓住一只棕毛笤帚扫起床面，心儿却嘣嘣跳起来。她铺开一条被筒，接着再铺下一条被筒，心儿的跳荡已加剧到两个鬓角频频弹动；在摆下一只枕头要摆第二只枕头时，变得更加迟疑了，那枕头像炙热的物体烤烘得她脸颊烫烧。鹿兆鹏转过身，似乎看出她的窘迫，弯下腰从床底下取出一块桐油油布铺到砖地上，从床上抱起一条被卷扔到油布上，接着从她手里夺过枕头放到地铺上，悄声说：「我早都准备好了。」白灵骤然掀起的窘迫又骤然回落，心里反倒产生了一种冷寂。她说：「让我睡地铺。」鹿兆鹏用手指指门前，压低嗓门提示说：「我睡地上给你挡狼。」说罢噗哧一声吹灭了煤油玻璃罩子灯，屋子里骤然黑暗下来。他躺倒到地铺上，还在回味着刚才随意说下的「挡狼」的话，并为自己这句双关语中所含的机智不无得意。其实鹿兆鹏心里比白灵更窘迫，他看见白灵的羞怯，也看出她的单纯，而他已经结过婚，知道同床共枕的实际内容。他比她年长，再说她与弟弟兆海又是那种关系，说来是他的弟媳。他既要保持领导者的尊严，又要不损哥哥的脸面。他见到她



的第一眼就感到窘迫，但却极力掩饰着。他掩饰内心紧张欢乐痛苦的本领是非凡的，也是老到的。

他现在依然为自己说下「挡狼」的话而得意，这既解除了自己的窘迫，也解除了白灵的窘迫，只要度过最为难的第一夜，窘迫就会从俩人的身上消失。他躺在地铺上，屋里静寂无声，凭感觉可以断定白灵依然端坐在床上。他以平淡而又真诚的语气说：「睡吧。」却听不到她的反应。久久的沉默之后，鹿兆鹏终于听见白灵脱剥衣服的窸窣声儿；屋子里弥漫着一缕异样的温馨的气息，那是白灵的肌体辐射到空间里的一种难以名状的气息。他的脑子里突然冒出自己结婚头一夜的情景，于是又腾起了一层悲哀的浓云浊雾。

白灵则显得单纯得多。她起初为并排或是两头摆置枕头而为难，而当鹿兆鹏躺到地铺上以后，便顿然化释了。她根本说不清自己刚才骤然而起的心跳脸烧是为了什么，似乎只是一种朦胧模糊的意象，或者是女性的一种本能。在她脱衣裳时，又产生了这种本能的障碍，即使吹了灯在黑暗中脱，也仍然感到局促。她的手摸到胸前的纽扣时，又抑止不住地心跳；双手解开裤带儿的时候，甚至有一种无端的颤栗。她仓皇地脱掉衣裤溜进被筒，心里才渐渐舒活起来。她又一次嘲笑自己，假娃子毕竟不是娃子啊！白灵悄无声息地躺着，闻到一股异样的诱人的气息，那是睡在地铺上的人辐射到空间里的男人的气息，心里却产生了荡秋千的那种奇妙的感觉……

白灵对原上家乡最显明最美好的记忆是清明节。家家户户提前吃了晌午饭便去上坟烧纸，然后集中到祠堂里聚族祭奠老辈子祖宗，随后就不拘一格地簇拥到碾子场上。

村子北巷有一座官伙用的青石石碾，一年四季有人在碾盘上碾除谷子的外壳，或碾碎包谷颗粒，然后得到黄灿灿的小米和

细碎的包谷糁子。碾盘南边有两棵通直高耸的香椿树，褐色的树皮年年开裂剥落，露出紫红色的新皮；新发的叶子散发着浓郁的清香，成为理想不过的一副秋千架子。黑娃把一条擀杖粗的皮绳拴到后腰里的裤带上，猴子一样灵巧轻捷地攀爬上去，把皮绳在杈股上拴绾结实，两条皮绳在离地三尺的地方绾系着一块木板。为了让众人心地踏实而不担忧皮绳松扣，黑娃率先跳上踩板第一个荡起来。黑娃第一个就把秋千荡高到极限，人在空中呈现出脚朝上头在下的倒立姿势；脚下的踩板撞上某一条树枝成为荡得最高的标志，随后陆续跨上秋千的人就企图打破那个纪录。黑娃的姿势也是最洒脱最优美的，秋千荡到半空时，两臂撑开和身体构成一个十字；收缩双臂时那皮绳在空中就发出啪啪啪的颤响，令胆小的人发出一阵阵欢呼又一阵阵惊叹。能够把秋千荡到黑娃那样高度的人还有几个，有年轻人也有壮年汉子。父亲白嘉轩总是在众人都试过一回之后才上架子，启动的动作有力却笨拙，他只能荡到两条皮绳在空中拉直摆平的高度，那形体像平展双翅沉稳盘旋在苍穹的一只老鹰。而鹿子霖一上秋千就引起满场喧哗。他不是以高度取胜，而是以花样见长。他一会儿坐在踩板上，一会儿又睡在上面；他敢于双足离开踩板只凭双手攥住皮绳，并将身体缩成一团；他可以腾出一只手捏住鼻子在空中擤鼻涕，故意努出一连串的响屁，惹得树下一片亲昵的叫骂。

鹿兆鹏在外上学，难得遇着清明节在家乡过，白灵只见过一次。那时候鹿兆鹏穿一身藏青色制服，一上手就企图超过黑娃创下的纪录。他的动作不大协调，技术不熟练，但他很努力。当踩到接近黑娃的标高时，树下响起一片欢呼，白鹿村又出了一个荡秋千的好手了。这当儿，发生了一件吓人的事，当踩板高过肩膀时，他竟双脚脱开了踩板，树下顿时又响起一片惊慌失声的尖叫。白灵也吓得「妈呀」尖叫了一声。鹿兆鹏凭着双臂在空中荡了两个来回才又踏住了踩板。鹿兆鹏从秋千上跳到地面时，人们正掐着鹿子霖的鼻根儿救命哩……



这是一年里唯一的轻松活泼的一天，男女老幼不分，门族尊卑不论，都可以聚到碾场上来纵情谈笑，都可以到秋千架上去表演一番，显示一回，尤其是大姑娘小媳妇，可以不受公婆以及门风家法族规的约束，把长长的辫子甩到空中，也把畅快的笑声撒向天空。白灵头回上石碾场的秋千是女娃子里最小的一个，荡的高度虽不能与大人们相比，却也令人惊异。当她躬身屈膝把踩板推向前方的高空时，感到的是一种酣畅淋漓，而当秋千从高空倒退回来的时候，却感觉到一种恐惧，风在耳边呼呼呼啸叫，身体像一片落叶悠悠飘浮着，心儿紧紧地缩成一团，微微颤栗……

白灵睡不着，奇怪自己怎么会想起秋千的往事来，忍不住说：「兆鹏哥，还记得你那回打秋千的危险吗？」鹿兆鹏也没有睡着，笑着说：「真想回原上再打一次秋千！」

第二天早晨白灵醒来时，鹿兆鹏已穿戴齐整，把被子和枕头叠好送回床上，又把油布卷起来塞到床下。白灵慌忙穿衣蹬裤跳下床来。鹿兆鹏说：「按照一般家庭的习惯，妻子应该比丈夫早起一步，打好洗脸水再清扫房间，然后做早饭。今天头一回可以原谅。」白灵伸伸舌头做个鬼脸就忙活起来。吃罢早饭，鹿兆鹏把一绺纸条交给她说：「送到八仙台偏南殿北墙根下。」白灵接过纸条，整个身体里的神经都紧张亢奋起来。鹿兆鹏说：「你现在是一个虔诚的道教徒。到门口甭忘了买香蜡纸表。」

白灵从此开始了这种隐秘的工作。有一天，白灵对鹿兆鹏说：「那张网织起来了吧？」鹿兆鹏说：「还没有。咱们是两只不错的蜘蛛。」白灵问：「过了一向光景了，你看我做假太太有没有漏洞？房主老婆子很贼的。」鹿兆鹏沉吟一下说：「似乎没有什么明显的漏洞。你看我有什么漏洞没有？」白灵说：「有。」鹿兆鹏忙问：「什么事？」白灵却不说。

那是她刚刚搬来五六天，鹿兆鹏出去了，白灵坐在台阶上补缀鹿兆鹏的一双线袜。房东魏老太太很友好地送来一只袜子楦头。白灵把楦头塞进袜子试一下，有楦头果然好缝，连连说着感激的话。魏老太太问：「你们晚上怎么总跑茅房？」白灵一时摸不清话意，只顾低着头纳扎袜子。魏老太太以长者的关怀口气指导她说：「置个夜壶尿盆该多方便。往后天冷了，下雪了，跑茅房还不冻死！」白灵顿时意识到做假夫妻留下的漏洞，也判断清楚老太太并无歹意，随机应变说：「我家先生闻不惯尿臊气儿，害得我……再冷也得跑茅房。」魏老太太咂着卷烟，撇着嘴角，世故地说：「男人家毛病多，差不多个个男人都有一个怪毛病，我那老掌柜的毛病才怪哪……」

白灵一直未对鹿兆鹏提说过这件事，说了会使俩人更加难堪，于是就说：「假的总是假的。漏洞你甭问了，我已经掩盖过去了。不过……作假还真难。」白灵说完瞧着鹿兆鹏，发觉他有点不太注意自己的话题，似乎心不在焉，就问：「啥事不顺利吗？」鹿兆鹏也不抬头，低沉地说：「郝县长出事了！」白灵像是给人拦腰抽击了一棍：「啊……」鹿兆鹏说：「还是那个叛徒告的密。」

白灵承受不起这个沉重的打击，变得郁郁寡欢，沉默不语。鹿兆鹏几次提醒她「甭露出破绽来」，也不能使她完全改变过来。她的脑子里日夜都浮现着郝县长那张机智敦厚的圆脸盘儿，一次又一次重现她到滋水县见到郝县长的情景。又莫名其妙地幻化出郝县长被塞进麻袋撂进枯井的惨景。鹿兆鹏劝解不下时，竟然硬着心说：「白灵同志，在中国干共产的人，得修炼成能吞咽刀子的硬功夫，只凭一般的顽强是不行的。」白灵愣了一下，瞅了兆鹏一眼，依然缄默。鹿兆鹏说：「不然，我还敢跟你说重要事情吗？」白灵终于溢出两滴泪花：「瞧着吧兆鹏哥……我能练出这个硬功夫的！」说着扑到鹿兆鹏怀里，浑身颤抖着几乎站立不住，从牙缝里迸出一个个单个字来，「我已经……把刀子……咽下去了……」鹿兆鹏抱扶



着白灵猛烈颤抖着的身体，抬起右手摩挲着她的头发，随之双手挟着白灵的肩头把她撑离开自己的身体，冷峻地盯着白灵近在咫尺的眼睛说：「郝县长今日被害了！」白灵瞪着眼问：「又给填了枯井？」鹿兆鹏说：「不，这回是枪杀。岳维山专意从城里把人要回去，杀场就在白鹿原上。」白灵说：「杀一儆百哦！」鹿兆鹏按着白灵的肩膀坐下来说：「我们还得学会容纳仇恨。」

白灵终于从痛苦的深渊爬上岸来，变得沉静了。她继续把鹿兆鹏交给她的字纸绺儿送到某个秘密的地方，或一尊香炉下，或两块石缝里，或一块砖头底下，或某棵柏树的空心中。一次在埋着万余具尸骨的革命公园里，她取回一条纸绺，正装作游人在甬道上徜徉，猛然左肩被谁重重地拍击了一下，吓得她几乎叫出声来。她转过头，却见鹿兆海微喘着气站在面前，一只手还死死地抓着她的左臂：「你让我找得快要急疯了！」白灵吁出一口气说不出话，鹿兆海拉着她的胳膊离开甬道，朝一座亭子走去。

鹿兆海告诉她，他去过皮匠铺店，也去过豆腐巷小学，问谁谁都说不出白灵的踪迹。他疑心皮匠对他保密，又买了古城名点水晶饼和腊汁羊肉孝敬给皮匠，皮匠收了礼物竟然对他赌起咒来，甚至骂起白灵是个「喂不熟的白眼狼」……

鹿兆海说：「你真心硬！」白灵瞅着鹿兆海的军装，却问：「你这衣裳是连长，还是营长的？」鹿兆海说：「问那干啥？好不容易撞见你，难道跟我连一句知心话也没有啦？」白灵嗔怒地说：「我怕你把我填了枯井！」鹿兆海说：「那是特务干的事，而我是一名军人。」白灵说：「特务难道不是贵党豢养下的？」鹿兆海恳切地说：「难道我们一见面就非得吵这种事不行吗？你和我之间就只有『国』和『共』的争斗吗？我们那时候两小无猜，想能想到一起，说能说到一道儿，我们

抬死人也是抬一副架子！我们屁股底下就埋着我们抬出来的尸骨，我们在这儿挖坑掩埋死者又修起公园。我们订了终身，而今却弄到这个局面……」鹿兆海说到这儿已经伤心了。白灵却冷淡地说：「你该不是从月亮上刚下来吧？城里的枯井几乎天天都有活人被撂进去，你却在这儿抒情。」鹿兆海说：「你能告诉我你的住处吗？」白灵说：「不能。」鹿兆海说：「你不相信我？我还不至于卑劣到向特务去密告我的……」白灵站起来说：「我要回家了。」鹿兆海说：「我们一月能不能见一面？我看看你就行了。我再说一遍，我等你，决定终生不娶。」白灵说：「我已经成家了，还能再和你约会吗？」鹿兆海说：「我不信。你不过是推托。我等你到老。」白灵发觉自己的心开始颤栗，故意冷着脸说：「你到枯井里认我的尸首时，我谢你。」

白灵回到家天已擦黑。鹿兆鹏仰躺在床上闭目养神。白灵把那张取回来的纸条儿塞到他的手里。鹿兆鹏看了一眼，猛乍鱼跃似地跳到脚地上，一把抓住白灵的手臂，脸颊上的肌肉痉挛着：「灵灵，你知道不知道你取回来一个什么情报哇？」白灵沉静地说：「你不用担心，我可以吞吃刀子了！」鹿兆鹏撇一下嘴角说：「这回是把刀子插到他们嘴里了！」白灵顿然激动起来，双手抓住鹿兆鹏的胳膊急切地期待着。鹿兆鹏解气地说：「我们把那个大祸根除了——只用了一小包药面儿。」

根除叛徒的斗争刻不容缓，缓一天就意味着有更多的人被塞进枯井。处死姜的第一方案是设法炸掉汽车，姜有坐小汽车的瘾。这个方案不大切合实际未能实施，随之就有给姜家打进一个佣人的方案，也没能得以实施，是因为姜的警惕性比这个方案的设计者更高一着。最后实施的第三方案，是从姜的饮食上打开的缺口。姜是关中人，早餐喜欢吃一碗羊肉泡馍；过去是自己到泡馍馆亲自掰碎馍块耐心等待，而今叛卖同志得了赏金，发了横财，摆起阔佬架子，在古城久负盛誉的老孙家



泡馍馆吃订饭，由堂倌每天早晨送饭上门。老孙家雇佣着十数个专事送饭上门的堂倌，用一个竹编提盒装着两层保温棉套的饭碗，在街道上一路喊着「借光」小跑过去；不说行人，即使街痞警察看见听见这些小厮也是赶忙躲让，唯恐不及，因为这些小猴子爬附在老虎背上——他们送饭的主户肯定是大亨要员，以及要枪杆子的军警长官。按照鹿兆鹏设计的方案，通过熟人给老孙家打进一个堂倌，又以不经意的理由和给姜送饭的堂倌调换了路数。为了使姜消除任何猜疑，直到第七次把饭碗从提盒里取出时，才把一撮砒霜溜进碗里。热气蒸腾香味扑鼻的羊肉泡馍递到姜的手里时，堂倌像往常一样哈着腰恭维一句：「口味不合您老早说哎！」姜习惯性地用筷子搅一搅，把沾在筷子上的稠汁搁嘴角捋一捋，咂咂味儿点点头，不屑于和堂倌开口说话就大吃起来。堂倌依然哈着腰倒退到门口才直起身来转身出门，走过四合院过庭出了街门，便钻进一条早已窥测好了的巷道，再也不回老孙家泡馍馆去了。姜吃完泡馍以后习惯喝茶，不断地揩着额头上冒出的热汗，这是羊肉泡馍吃罢后最惬意的感受，然后就坐等在屋里接待来人议事。姜被当局委以高职却无实权，四合院门口有专司门卫的特务，说是保障他的安全，其实是提防着他。姜品罢一壶香片茶，突然听到胃里咯噔一声响，体内如同发生了地震，一阵剧疼几乎使他跌翻到椅子底下去；在他尚未坐稳时，又来了一声咯噔，像是一声闷雷在腹腔爆炸；他这时顿然悟觉到死亡的危机，一把抓过刚才吃罢泡馍的细瓷大碗瞅着，碗里残留着腥汤残渣，他满腹狐疑翻转过碗来，在碗底上发现一行铅笔写的小字：执行人鹏。姜完全证实了自己的猜测，立即用手指死劲抠抓舌头，想把毒药吐出来。然而为时已晚，他刚吐出一口膻腥的秽物就从椅子上跌翻下去……

「家里有酒吗？」鹿兆鹏述说了处死姜的简单过程之后问：「我今日才算出了一口闷气。」白灵从柜子里摸出一瓶太白酒，蹾到兆鹏面前的桌子上说：「我去炒俩下酒菜。」鹿兆鹏抻住白灵的胳膊说：「我喝酒是干抿不要菜。」说着用牙齿

咬掉瓶塞，往酒盅里斟满了酒，端起来说：「枯井下的同志，你们的敌人今个完结了。」说罢把酒洒到脚地上。白灵端起另一只酒盅同样洒下去，口里喃喃着：「郝县长，我给你祭酒哩！」鹿兆鹏重新给自己也给白灵的杯子里斟上酒：「白灵同志，你知道不知道？正是你送出去和取回来的那些小纸条，给姜叛徒缀成一杆通向黄泉的引魂幡！」白灵舒口气说：「我也参与了杀人。哦！他不能算做人！」说罢主动地和鹿兆鹏碰了一下，然后一饮而尽；饮罢抓过酒瓶，给兆鹏斟上，再给自己斟上，溢出红晕的脸膛容光焕发：「我今日个才知道，烧酒合我的口味！」三巡之后，鹿兆鹏从白灵手中夺下瓶子拧上瓶塞：「不能醉倒……这是戒律。」白灵却双手捂着脸呜呜哭起来。鹿兆鹏抚着白灵的肩头说：「不能哭——这也是戒律。」白灵猛然站起来，抓住兆鹏的手说：「咱们做真夫妻啊兆鹏哥！」鹿兆鹏猛烈地颤栗一下，抿嘴不语。白灵扑到他的胸前紧紧抱住了他。鹿兆鹏伸开双臂把白灵紧紧地搂抱住时，一股热血冲上头顶，猛烈颤抖起来。那洪水一样的潮头冲上头顶过后，鹿兆鹏便拽着白灵一起坐到床沿上，掰开白灵死死箍抱的手臂，强迫自己做出大哥的口吻劝喻说：「你喝多了胡吣！」白灵扬起头，认真地说：「我说的是心里话。我头一天进这门时就想说。」「这不行。我原上屋里有媳妇。」「那才是假夫妻。」鹿兆鹏痛苦地仰起脸，又缓缓垂下头来说：「我根本没想过娶妻生子的事。我时时都有可能被填了枯井，如果能活到革命成功再……」白灵打断他的话说：「我们做一天真夫妻，我也不亏。」鹿兆鹏愈加清醒愈加坚定地说：「过几天咱们再认真谈一次。今黑后半夜我得出门上路。」白灵说：「这个『假』我做不了了。兆鹏哥，你不情愿我吗？可我从你眼里看出你情愿……」鹿兆鹏臊红着脸不吭声。白灵说：「有两回你半夜叫我的名字……我醒来才知道你是说梦话……」

鹿兆鹏转过身，瞅住白灵的眼睛，屏着呼吸向她逼近。白灵看见一双燃烧的眼睛，意识到火山爆突的熔岩瞬间将溅到自己



的脸上，一阵逼近的幸福促使她闭上眼睛，等候那个庄严的时刻。鹿兆鹏猛然抱住她的肩，她在那一瞬先是觉得肩头酥了熔化了，随之浑身的骨肉皮毛都酥了碎了轻飏起来了。他的嘴唇搜遍了她的衣领以上外露的全部器官和皮肤，翻来覆去吻吮她的嘴唇，她的脸颊，她的眼睛，她的耳朵，她的鼻子，她的额头和她的脖颈。他的嘴唇带着炙热的火焰，触及到哪儿哪儿就燃烧起来。她觉得自己像一叶小舟漂在水上，又像一只平滑在晴空丽日的鸽子。他的手在解她腋下的纽扣。她猛然忆及到重要的一件事而挣扎着爬起来，把他的双手控制到他的胸前，然后从柜子里取出一双红色的漆蜡点燃了，又一口吹灭了油灯。鹿兆鹏惊讶地张了张嘴。白灵说：「我等待着这一天。」说罢拉着鹿兆鹏跪下来：「得先拜天地！」

夜半时分，鹿兆鹏在白灵耳边说：「我得起身上路。」白灵紧紧抱住他说：「不能等到天亮吗？」鹿兆鹏说：「我真想把这一夜睡到大亮。」俩人紧紧地偎依拥抱着不再说话。白灵问：「去哪儿？」

「回原上。」

「回原上？」

「回原上。」

「得多少日子？」

「不出半个月。」

「能告诉我什么事不？」

「大事。我一生中干过的最大的事。这件事办成功了，白鹿原将载入史册。」

鹿兆鹏从被窝里坐起来穿衣服。白灵也爬起来。鹿兆鹏按住她。白灵说：「你的家法要妻子先起床呀。」鹿兆鹏已穿好

上衣说：「让我给你穿戴吧！」白灵羞羞地坐起来，温顺地伸出左臂又伸出右臂，听任兆鹏给她把衣袖套上去。在扣结最后一道胸扣时，他又吻了她的乳房。鹿兆鹏抬起头来说：「哥今黑出了这门，即使再进不了这门，也不遗憾了。」白灵神色骤然惊惶起来，伸手捂住了他的嘴。鹿兆鹏挎上行李袋出门时，又回过头来：「灵灵……哥我粗……鲁……你甭……」白灵打断他的话说，「你是火山……爆发！」

鹿兆鹏出门以后，传接纸条的工作便基本中止，白灵除了照例去八仙台，烧香拜道，做做样子以掩房东魏老太太的眼目以外，便有了宽裕的时间，开始为鹿兆鹏准备棉衣棉裤。她买来布面布里和棉花，专意展示在魏老太太眼前，让她品评布质的优劣和价格合算不合算。在裁剪衣服时，又恭敬地请来魏老太太，问询领子腋下裤腰挎裆等处裁剪的尺寸。魏老太太一条胳膊扶着另一只胳膊肘，弹着手里的卷烟烟灰，自豪而又不屑地说：「我一辈子没捉过剪子。连针线也没捏过。」

白灵比着兆鹏的旧衣裤剪裁完成，坐在庭院里明亮的天光下穿针引线时，就有了充裕的时间和安静的环境回味那一夜。他等不得她羞怯忸怩地解去纽扣而自己动起手来，手忙脚乱三两下就把她剥得精光；他的嘴唇，他的双手，他的胳膊和双腿上都带着火，触及到她的任何部位都能引起燃烧；他的整个躯体就是一座潜埋着千万吨岩浆的火山，震颤着呼啸着寻求爆发。她那时候突然意识到自己也是一座火山，沉积在深层的熔岩在奔突冲撞而急于找寻一个喷发的突破口；她相信那种猛烈的燃烧是以血液为燃料，比其他任何燃料都更加猛烈，更加灿烂，更为辉煌，更能使人神魂癫狂；燃烧的过程完全是熔化的过程，她的血液，她的骨骼和皮毛逐渐熔化成为灼热的浆液在缓缓流动；她一任其销熔，任其流散而不惜焚毁。突然，真正焚毁的那一刻到来了，她的脑子里先掠过一缕饱含着桃杏花香的弱风，又铺开一片扬花吐穗的麦苗，接着便闪出一颗明亮的太阳，她在太阳里焚毁了……火山骤然掀起的爆发和焚毁迅猛而又短暂，爆发焚毁过后是温馨的灰雾在缓缓飘



移，熔岩在山谷里汩汩流淌，整个世界是焚毁之后的寂静和明媚……

这是一种无法遏止的回味。白灵的眼前不断地浮现出鹿兆鹏变形的脸和颤抖的身躯。这种回忆常常被魏老太太冲断。魏老太太从屋里转磨到她跟前，常常说出一些市井哲人的话。她不在乎地问：「你们白天黑间屋里老是悄没声儿的？像是住着一对老夫妻。你俩才多大嘛！」白灵也不在意地说：「过日子嘛，有啥吵吵闹闹的！」魏老太太说：「人跟人差远了，甭看都是个人咯！」白灵附和说：「有的人性情活泛，叽叽嘎嘎。俺们俩人在一起总觉得没多少话好说。」魏老太太说：「在你们前头这房里住过俩活宝，白天唱唱喝喝，晚上整夜闹腾，那女人弄到好处就嗷嗷叫唤，跟狗一个式子！」白灵不觉红了脸，惊奇的是魏老太太说着这种话跟说柴米油盐一样平淡：「那个男人是个军官，八辈子没沾过女人一样，黑间弄一夜还不过瘾，二天早起临走前还要弄一回……我看不惯那俩二毬货，就把他们打发走了。」白灵不想再听，又不敢惹恼老太太，便不经意地转移话题：「您老这辈子福大命大……」魏老太太听了竟慷慨起来：「我命大也命硬。算卦的神瞎子摸过我的膝盖儿，说能浮住我的男人就能升官发财，浮不住我的男人就难为世上人。这卦神咧！我十六岁嫁人，到二十五岁跟现今这老头子成婚，九年嫁了七个男人，六个都是浮不住我成了阴司的鬼。那六个男人有吃粮的粮子，有经商的，有手艺人，还有一个是水利技师，啥样儿的男人我都经过。那个粮子瞎得很，前门走顺了，生着六指儿走后门，弄得我连路都走不成。那个商人是个软蛋，没本事可用舌头舔。水利技师在野外一走一月四十，回到屋来顾不得洗手洗脸先抹裤子。男人嘛，就比女人多那一泡尿尿，把那一泡尿尿腾了就安宁了。」白灵臊羞得满脸发烧。魏老太太却根本不理会，一味说下去：「你得看透世事，女人要看透世事，先得看透男人。男人房事太勤不好，可不来房事你就得提防，肯定是在外头打野食儿。你们的房事咋样？我老也听不见你屋里的响动。」白灵愣了一下说：「房事是啥事？」魏老太太撇一下

嘴：「你倒装得像个黄花闺女！房事嘛就是日。你俩一夜日几回？」白灵怨艾地盯一眼魏老太太没有说话。魏老太太却依然面不改色：「你甭那样盯我。我说的是实话。我看你家先生也是个满天飞的人物，回家来黑间总是悄没声儿的，怕他走了歪路……」

鹿兆鹏于半月后的一个傍晚归来。白灵正在庭院井台上洗衣服，甩着手上的水滴迎接他进门。刚一进入厦屋，鹿兆鹏一句不吭就把她抱起来了。

鹿兆鹏回到白鹿原南端的大王镇高级小学，对胡达林交待了任务：「党决定在你的学校召开非常代表大会。」胡达林激动得不知所措。鹿兆鹏说：「你的工作给党提供了这个场所。」胡达林说：「你具体说该做什么吧！我即使明日被枪杀也不眨眼。」鹿兆鹏当即召集了学校五个党员教员的支部会，布置了每人的具体工作，关键是要保证从全省各地来的代表必须有一个万无一失的安全住处，于是就在大王镇的私栈和农户里物色……十天以后，当第一位代表装作浴客进入大王镇一家客栈的时候，当晚又召开了一次支部会，鹿兆鹏对党员们说：「同志们，一个不平凡的事件就要在这儿发生了。我们做成这件事，将使本原载入史册！」

大王镇在不知不觉中增加了许多浴客。有披绸挂缎携着太太的富商大亨，有长袍马褂的财东，也有不饰边幅一身粗布的农人·还有装得跛腿弯腰的病人。他们都是在最近一次大逮捕中尚属侥幸的共产党人，到这里参加遭到大破坏大劫难之后的党的非常代表大会来了。为了不致在大王镇引起任何异常现象，他们岔开时间到温泉去泡洗……会议只开了两天，实际只有两个晚上，是在大王镇学校最破烂的二年级教室里召开的。

两天的会议完成了任务，代表们按照严格的时间和路线悄悄离开了温泉。直到最后一位代表起身上路，鹿兆鹏抱着胡达林热泪盈眶：「达林兄弟，你的功劳和南山同在。」这件大事的完成，在本原和整个滋水县竟然没有出现一丝漏洞，这有一个客观上的原因：原上刚刚枪杀过郝县长，岳维山估计共党起码得蛰伏一阵子。鹿兆鹏正是利用了胜利者得意的心理误差而完成了自己的壮举……

鹿兆鹏紧紧地搂抱着白灵，久久地亲吻，盯着白灵的眼睛说：「你得再去上学念书。」白灵一愣。鹿兆鹏说：「党的非常代表大会做出决议，要动员全中国人抗日。你到学校去组织发动学生促进当局抗日……」白灵亲了鹿兆鹏一口说：「这比跑八仙台更合我的性子……」